ANGELA POINTNER

Phie und das Gedächtnis der Steine

ANGELA POINTNER

# Phie und das Gedächtnis der Steine

Seifert Verlag

Umwelthinweis:
Dieses Buch und der Schutzumschlag wurden auf chlorfrei gebleichtem Papier gedruckt. Die Einschrumpffolie – zum Schutz vor Verschmutzung – ist aus umweltverträglichem und recyclingfähigem PE-Material.

1. Auflage
Copyright © 2017 by Seifert Verlag GmbH, Wien

Umschlaggestaltung: Rubik Creative Supervision, unter Verwendung einer Illustration von Julia Klötzer
Verlagslogo: © Padhi Frieberger
Druck und Bindung: EuroPB, s.r.o.
ISBN: 978-3-902924-68-1
Printed in Austria

*Für Paula und Lilith*

*Ein besonderer Dank an Julia und Max*

*Knowing
an angel
is a gift
of love and hope.*

# Prolog

Der Mond stand genau in der Mitte der mächtigen Felsklippen, an denen die gebirgige Landschaft ringsherum ein jähes Ende fand. Riesige Gletscher hatten einst diesen Einschnitt geformt, in dem nun das Meer behäbig rauschte. Der eisige Nordwind jagte einzelne Schneeflocken vor sich her, die wie feine Nadelstiche auf der Haut prickelten. Der Junge zog seine Kapuze tiefer ins Gesicht. Er hatte sich der Witterung entsprechend warm eingepackt, doch die Kälte kroch ihm unerbittlich in die Glieder. Was hatte er sich nur dabei gedacht, als er sich von seiner Schwester zu dieser Tour überreden hatte lassen! Zwei Jugendliche fuhren mitten in der Nacht in einer wackeligen Nussschale den Fjord hinauf. Gut, seine Schwester war schon fast erwachsen, doch wenn sie beide hier und jetzt in Seenot gerieten, dann Gnade ihnen Gott. Alles für diese eine Sache. Bewundernd sah er das Mädchen an, das hinten am Heck saß und den Steuerknüppel des tuckernden Motors hielt. Ena hatte immer schon gewusst, was falsch und was richtig war. Ihre glühende Begeisterung hatte ihn angesteckt, doch im Moment bereute er es zutiefst, auf sie gehört zu haben.

Seine Schwester hingegen schien die Kälte nicht zu spüren. Blonde Strähnen, die sich aus ihrem langen Zopf gelöst hatten, wirbelten um ihr Gesicht. Sie blickte konzentriert nach vorne, ihre Miene wirkte entschlossen, die unentwegt arbeitenden Kiefermuskeln verrieten ihre Anspannung. Von Weitem hörte man das laute Surren eines Motors, der wesentlich leistungsstärker sein musste als der ihre. Und schon bald wurden die beiden von der Bugwelle eines schnittigen Sportbootes durchgeschüttelt. »Das muss Einar sein«, bemerkte das Mädchen knapp. Sie ließ sich nicht aus der Ruhe bringen, während sich der Junge noch verzweifelter an der Sitzbank festklammerte.

Es dauerte eine gefühlte Ewigkeit, bis endlich der kleine Holzsteg im Mondlicht auftauchte. Frischer Schnee bildete flauschige Kissen auf dem Geländer, und tiefe Fußspuren verrieten, dass sie nicht die Ersten hier waren. Mehrere Boote hatte man bereits in dem kleinen Hafen festgemacht, und jetzt schaukelten sie im eisigen Wind. Die Geschwister kletterten vorsichtig von ihrem wackeligen Gefährt über eine rutschige Leiter nach oben. Die große Schwester zog ihren Bruder mit festem Griff hinter sich her. Der Blick, den sie ihm dabei schenkte, ließ ihm warm ums Herz werden. Ena würde ihn niemals im Stich lassen, das wusste er.

Vor ihnen erstreckte sich zu Füßen der steilen Fjordwände ein sanftes Plateau. Ein fruchtbarer Schuttkegel, auf dem im Sommer saftige Wiesen und die weißen Stämme der Birken zum Verweilen einluden. Jetzt war die Landschaft tief verschneit, und jemand hatte durch das hüfthohe Weiß einen Pfad gezogen, in den sie nun einbogen. Links und rechts steckten lodernde Fackeln im Schnee, die den Weg in ein warmes Licht tauchten. Das Mädchen stapfte entschlossen vorwärts, der Junge stolperte unsicher hinter ihr drein. Ein Motor heulte jäh auf, und ein herannahendes Snowmobil durchschnitt die Stille. Es parkte genau an jener Stelle, an der sich der schmale Pfad weitete. Zwei Gestalten, in dicke Schneeanzüge gehüllt, stiegen ab. Sie würdigten die Geschwister keines Blickes und hasteten vorwärts, auf jenen Ort zu, den alle Ankommenden anstrebten.

Der Junge traute seinen Augen nicht, als sie endlich ihr Ziel erreichten. Auf einer großen Ebene, umrahmt von verkrüppelten Birken, die sich unter der Schneelast bogen, ragten die stolzen Felsen eines Steinkreises in den Nachthimmel. An drei Stellen brannten Feuer, mehrere vermummte Menschen tummelten sich zwischen den uralten Steinen. Es mussten ungefähr zwei Dutzend sein, schätzte der Junge. Und sie alle gehörten derselben Vereinigung an, für die er von seiner Schwester angeworben worden war. Hier und heute sollte etwas Großartiges geschehen, etwas, das in früherer Zeit selbstverständlich gewesen und nun schon über Jahrhunderte in Vergessenheit geraten war. Und er sollte ein Teil davon sein, er wurde gebraucht. Das fühlte sich gut an.

Ena hob ihren Kopf und schritt selbstbewusst auf eine Gruppe zu, deren Mitglieder sich bereits eifrig unterhielten. Als sie das Mädchen mit dem langen blonden Zopf bemerkten, hielten sie abrupt inne und begrüßten sie überschwänglich. Seine Schwester schien beliebt zu sein, so wie überall, wo sie auftauchte, dachte der Junge. Ena konnte mit ihrer Ausstrahlung einen ganzen Raum zum Leuchten bringen, und das lag nicht nur an ihrem ausnehmend hübschen Äußeren, sondern vor allem an der Offenheit, mit der sie jedem Menschen begegnete. Sie wollte die Welt zu einem besseren, freundlicheren Ort machen. Deshalb waren sie beide auch hier in der klirrenden Kälte.

Der Junge hielt sich schüchtern hinter seiner Schwester, nickte nur kurz, als er der kleinen Gruppe vorgestellt wurde. Er war noch viel zu jung und zu unerfahren, um das, was hier vor sich gehen würde, in seiner vollen Bedeutung fassen zu können. Doch er war hier, war Teil dieses ehrgeizigen Vorhabens, das den Lauf der Dinge verändern würde. Stolz brannte in seiner Brust und hätte fast die übermächtige Angst verdeckt, die ihn in Wellen übermannte. Doch als der laute und eindringliche Ton eines Horns in den steilen Felswänden widerhallte, kehrte die Furcht zurück, stärker denn je. Die Menschen blickten auf, alle schienen das Signal verstanden zu haben. Sie reichten einander die Hände und bildeten im Inneren der mystischen Felsformation einen Kreis. Der Mann, der das Horn, das an ein Trinkgefäß der Wikinger erinnerte, um Hals und Schulter trug, ergriff das Wort. In der Kälte gefror sein Atem zu Nebel, der sein bärtiges Gesicht umspielte.

»Wie in einem Horrorfilm«, schoss es dem Jungen durch den Kopf. Es fehlte gerade noch, dass der Teufel einem der Feuer entstieg. Er hörte nicht, was gesprochen wurde, und hielt krampfhaft die Hand seiner Schwester und die einer fremden Frau fest. Ena blickte konzentriert auf den Mann mit dem Horn. Sie schien absolut furchtlos, während ihr kleiner Bruder sich seine Angst mit dem Gedanken an weitere mögliche Filmszenarien zu vertreiben suchte. So bemerkte er erst spät, was rund um ihn vor sich ging. Der Bärtige hatte seine Ansprache beendet und forderte die Anwesenden nun zu einer gemeinsamen Beschwörung auf. »Unser Kreis öffne sich und verbinde sich mit den Welten der Wissenden. Unser Kreis öffne sich und verbinde sich mit den Welten der Wissenden.« Alle stimmten in das gleichförmige Gemurmel mit ein.

Ena hielt ihre Augen geschlossen, und ihre helle Stimme schien den Takt anzugeben inmitten der vermummten Schar. Der Junge zögerte. Sein Blick wanderte über die Köpfe der Anwesenden hinweg zum dunklen Himmel hinauf.

Schneeflocken juckten in den Augen, doch er wagte nicht, Enas Hand loszulassen und den Kreis zu durchbrechen. Die Schwester schien seine Unachtsamkeit zu bemerken. Sie drückte seine Hand und nickte ihm streng zu, ohne ihr Mantra zu unterbrechen. »Unser Kreis öffne sich und verbinde sich mit den Welten der Wissenden.«

Pflichtbewusst senkte der Junge den Kopf und stimmte in das Gemurmel mit ein, doch er konnte seine Augen nicht schließen. Denn im selben Moment, als er zu sprechen begann, leuchtete die Spitze jenes Felsens, vor dem der Mann mit dem Horn stand, phosphorgrün auf. Ein fluoreszierender Schein breitete sich langsam zum Boden hin aus und tauchte den ganzen Felsen in ein mystisches Licht. Niemand aus der Gruppe ließ sich von diesem Szenario aus der Ruhe bringen, im Gegenteil, die Stimmen wurden immer fordernder, immer lauter. Das grüne Licht breitete sich wie ein Rinnsal aus, kroch von einem Stein zum nächsten. »Bald wird es uns wie ein Ring aus Feuer umfangen«, dachte der Junge, und nackte Panik erfasste ihn. Was hatte das zu bedeuten? Er kannte wie jedes Kind, das im hohen Norden aufwuchs, die wabernden Polarlichter, doch was hier und jetzt geschah, war etwas völlig anderes. Dieses grüne Leuchten war nicht von dieser Welt.

Wie zur Bestätigung flammte plötzlich ein Stern am Himmel grellgrün auf. Wurde der Horrorfilm nun zur Science Fiction? »Du siehst wirklich viel zu viel fern!«, schalt sich der Junge in Gedanken selbst. Er wusste, dies war kein Film, dies war die Realität. Und da oben im Himmel wartete auch kein Ufo. Das grüne Licht hatte nun alle Steine erreicht und zum Strahlen gebracht. Die Versammelten richteten ihre Augen zum Firmament, und der Junge spürte ein Kribbeln, das von der Hand seiner Schwester durch seinen Körper fuhr und zur fremden Nachbarin weiterwanderte. Es fühlte sich an, als würden tausend Ameisen von der einen Hand über den linken Arm, seine Brust und weiter über den rechten Arm zur anderen Hand marschieren. Die Erde bebte leicht unter ihren Füßen, als vom großen Zentralstein plötzlich ein heller Strahl in die Höhe wuchs. Die umliegenden Felswände leuchteten farbig auf und wirkten wie die Mauern einer riesigen Kathedrale. Auch der grüne Punkt am Himmel wurde intensiver und schien plötzlich wie ein Komet Richtung Erde zu rasen. Sein Schweif wurde dabei immer länger, als wollte er wie mit einer Leine die Verbindung zu seinem Ursprung wahren.

Als sich die beiden grünen Linien nun miteinander verbanden, wurde der Junge von einem gleißenden Lichtball dermaßen geblendet, dass er instinktiv die Hand seiner Schwester losließ, um seine Augen zu schützen. Er schreckte zusammen, als ihm bewusst wurde, dass er den Kreis durchbrochen hatte.

Verdammt! Er hatte bei der Ansprache des Bärtigen einfach zu wenig aufgepasst! Hatte er die Verbindung zu früh gelöst? Doch als er Ena erblickte, sah er, dass auch sie längst alleine dastand. Sie strahlte über das ganze Gesicht, Tränen der Freude liefen ihr über die Wangen. »Es ist geschafft«, wisperte sie ihrem Bruder zu und drückte ihn fest an sich.

Die Menschen jubelten inmitten des grünen Lichtermeeres und fielen sich in die Arme. Manche begannen zu tanzen, alleine oder miteinander. Das Tuten des Hornes durchbrach das laute Getümmel, und der Mann mit dem Bart hatte mit einem Schlag wieder alle Aufmerksamkeit. »Meine Gefährten! Wir haben es geschafft! Das erste Tor ist geöffnet, und es werden noch viele folgen. Dies ist ein Schritt in ein neues Zeitalter. Ich danke euch dafür.«

Als er geendet hatte, erlosch das grüne Licht so plötzlich, dass ein empörter Aufschrei durch die Menge ging. »Keine Angst«, ergriff der Bärtige wieder das Wort, »das Leuchten vergeht, die Energie bleibt.« Und das war auch für den Jungen deutlich zu spüren: Ein Kribbeln durchströmte ihn von Kopf bis Fuß. Er hatte das Gefühl, seine Haare müssten zu Berge stehen, wenn sie nicht von einer Mütze und der Kapuze seines Anoraks bedeckt wären.

Die drei Feuer waren inzwischen schon weit heruntergebrannt. Ihr Licht vermittelte zwar einen wärmeren Eindruck, als es das Grün der Steine getan hatte, der Junge ließ sich davon aber nicht täuschen. Längst fraß sich die Kälte wieder unter seine Kleidung, und die Zehen brannten bereits vor Schmerz. Es würde eine lange und beschwerliche Heimfahrt mit dem kleinen Boot werden, doch es hatte sich gelohnt. Er war Teil von etwas Großem geworden, auch wenn er die Bedeutung dieses einen Tores zur Welt der Träumer noch lange nicht begreifen würde.

## Kapitel 1

Der Schulalltag hatte Sophie wieder. Auf ihrem Schreibtisch stapelten sich Mappen und Hefte, während sie auf ihrem Bett lümmelte und lustlos in ihrem Englischbuch blätterte. Sie sollte eigentlich die Vokabeln der neuen Lektion lernen, doch die Bilder und Geschichten über London und seine Sehenswürdigkeiten waren viel interessanter. Was würde sie dafür geben, diese pulsierende Stadt einmal zu besuchen. Aber daran war im Moment nicht zu denken. Ihr Vater lag nach einem Autounfall seit einem dreiviertel Jahr im Wachkoma, und damit hatte sich das Leben der kleinen Familie von Grund auf verändert. Mira, ihre Mutter, fuhr unter der Woche jeden Tag nachmittags in die Rehaklinik, um ihrem Mann bei einem Teil seiner zahlreichen Therapien beizustehen. Sophie, die von ihren Freunden kurz »Phie« genannt wurde, begleitete ihre Mutter regelmäßig jeden Dienstag, und wenn zwischen der Schule, dem Lernen und dem geliebten Volleyballtraining noch genügend Zeit blieb, manchmal auch am Freitag. Am Wochenende reisten Roberts Eltern, Sophies Großeltern, an, um nach ihrem Sohn zu sehen. Das bedeutete für Mira ein bisschen Freiheit, die sie nur selten für sich selbst nutzte. Meist plante sie mit Sophie und deren jüngerem Bruder Jonas irgendeine Freizeitaktivität.

Es war jedes Mal ein Eintauchen in eine eigene Welt, wenn Phie mit ihrer Mutter die vielen Kurven zur Rehaklinik hinauffuhr. Und obwohl Mira die kleine Bergstraße schon so oft bewältigt hatte, bemerkte Sophie ihre Anspannung. Ein entgegenkommendes Auto verursachte immer einen kleinen

Anflug von Panik, vor allem wenn es galt, im Rückwärtsgang die nächstgelegene Ausweiche anzusteuern. Ein Fremder hätte wohl kaum eine Klinik am Ende dieser engen Straße vermutet. Doch früher hatte man das altehrwürdige Gebäude mit dem malerischen Park als Luftkuranstalt gepriesen. Die Lage auf dem kleinen Plateau inmitten der bewaldeten Berghänge war dazu optimal. Die Zeit mit ihrem Vater kam Sophie immer viel zu kurz vor. Die zwei Stunden, die ihnen zur Verfügung standen, waren voll gepackt mit Therapieterminen. Oft mussten sie lange warten, bis Robert frisch gemacht und in den Rollstuhl mobilisiert worden war. Umso mehr genoss es Phie, wenn etwas Zeit blieb, um bei schönem Wetter durch den idyllischen Garten zu spazieren. Da waren sie endlich unter sich, und sie konnte ihrem Vater erzählen, was in der Schule vorgefallen war oder was sie in den letzten Tagen geträumt hatte.

Sophies Träume. Auch das war eine eigene Welt, die in engem Zusammenhang mit dem Unfall ihres Vaters stand. Damals, als von einem Tag auf den anderen ihre Welt zusammengebrochen war, hatte sie im Traum zum ersten Mal ihre Insel entdeckt: ein kleines, dicht bewaldetes Eiland, umgeben von einem tiefblauen See, dessen Ufer am Festland in einem geheimnisvollen Meer aus Nebel verschwanden. Nacht für Nacht fand sie sich in ihren Träumen auf einem kleinen Ruderboot wieder, mit dem sie die Insel so lange umrundete, bis sie endlich eine Bucht zum Anlanden gefunden hatte.

Phie klappte ihr Buch zu und setzte sich auf. »Wenn es doch schon Abend wäre!«, dachte sie wehmütig. Sie konnte es kaum erwarten, den mühsamen Alltag hinter sich zu lassen. Weit weg von Schule und Klinik wartete auf sie jede Nacht eine Dimension, in der alles möglich war und in der sie frei war von allen Sorgen und Problemen.

Jonas, Sophies achtjähriger Bruder, verbrachte seit Beginn des neuen Schuljahres seine Nachmittage im Hort. Er hatte dort schnell Freunde gefunden und fühlte sich sichtlich wohl. Wenn er nach Hause kam, sprudelte es nur so aus ihm heraus, jeden Tag gab es etwas Spannendes zu berichten. Für Mira bedeutete dies eine riesengroße Entlastung. Jonas war ein sehr aufgedrehter Junge, der kaum still sitzen konnte, mit ihm zu lernen war eine Sisyphosarbeit. »Setz dich ordentlich hin! Konzentrier dich endlich! Wo sind deine Sachen? Warum weißt du nicht, was du aufhast?« Sophie hatte das entnervte Schimpfen ihrer Mutter schon nicht mehr hören können. Jetzt kam Jonas am späten Nachmittag heim, hatte die meisten Schulaufgaben schon erledigt und sich ausgetobt. Was wollte man mehr als große Schwester? Einen angenehmen, ruhigen kleinen Bruder, der nicht lästig war und den man ab und zu bei einem Brettspiel vernichtend schlagen konnte.

Phie war also allein zu Hause und fühlte sich dabei schon ein bisschen erwachsen. Sie hatte die von Mira vorgekochte Mahlzeit aufgewärmt, nach dem Essen das Geschirr wieder weggeräumt, den Tisch abgewischt, kurz in den Frauenzeitschriften geblättert, die ihre Mutter so gerne las, und war dann pflichtbewusst in ihr Zimmer gegangen, um zu lernen. Sophie war eine selbständige 13-Jährige, die wusste, was zu tun war. Sie wollte ihren Teil dazu beitragen, dass ihre Familie das tragische Schicksal, das sie getroffen hatte, einigermaßen heil überstand. Und jetzt saß sie da und kam nicht vorwärts. Wenn nur Liv heute für sie Zeit gehabt hätte! Olivia, kurz Liv, war ihre beste Freundin. Sie waren zwei Außenseiterinnen, die wie Pech und Schwefel zusammenhielten. Und das, obwohl sie rein äußerlich nicht gegensätzlicher hätten sein können: Liv mit ihren grellen T-Shirts, ihrer rundlichen Figur und der stets etwas überdrehten guten Laune; Phie, groß und schlaksig, die ihren Frust in Form von dunkler Kleidung und schwarz gefärbten Haaren nach außen trug. Normalerweise lernten die beiden zusammen, doch im Moment saß

Liv gerade beim Arzt. Eine Regulierung sollte ihre Zähne in Reih und Glied bringen.

»Ab jetzt wird ihr Dauergrinsen noch heller glänzen«, dachte Phie ein wenig schadenfroh und stellte sich vor, wie Liv die silbernen Drahtgebilde in ihrem Mund allen präsentieren würde. Liv war Sophies Vertraute. Sie war die Einzige, die von den besonderen Träumen wusste. Phie hatte Liv bald, nachdem ihr klar geworden war, was sie da jede Nacht erlebte, von ihren Fähigkeiten erzählt. Liv fieberte mit, als Sophies Insel mehr und mehr an Farbe gewann und von Insekten und kleinen Tieren bevölkert wurde. Sie lernte sogar Shirin und Amin kennen, zwei Traumgestalter, mit denen Phie die tollsten Abenteuer erlebte. Zunächst wusste Liv über die beiden nur aus Erzählungen Bescheid, doch als Phie sich aufmachte, um ihren Vater an der Traumgrenze zu suchen, nahmen alle miteinander über die ComUnity Kontakt auf, um Sophie gemeinschaftlich zu unterstützen.

Die Traumgrenze. Wie sehr hatte Phie gehofft, ihren Vater in der Traumdimension zu finden. Sie hatte ihr Leben riskiert, um an jenen Ort zu gelangen, an dem sie ihn vermutet hatte: bei den verschneiten Berggipfeln, die ihre höchst eigene Grenze zum Jenseits darstellten. Niemand hatte es je gewagt, dorthin zu gehen. Es war nicht erlaubt, von höchster Stelle verboten. Sie wäre fast gestorben, denn alles, gar alles war eine Lüge gewesen. Ihre Gedanken drifteten ab, an Lernen war nicht zu denken. Sophie schauderte, wenn sie an die dunklen Gletscherspalten dachte, in denen sie sich verirrt hatte. Ein Frösteln lief ihren Rücken hinauf, und sie schüttelte sich; schüttelte die Verzweiflung ab, die sie damals ganz und gar erfüllt hatte.

Ablenkung tat not. Phie hatte schon vor einiger Zeit beschlossen, ihr Zimmer umzugestalten. Die rosaroten und fliederfarbenen Wände aus ihrer Kleinmädchenzeit hatte sie nach dem Unfall ihres Vaters voller Frust mit schwarzen Parolen besprüht, und ihre alten Stofftiere verstaubten immer noch auf den Regalen. Wie sollte sie vorgehen? Der Ferienaufenthalt bei ihrer Tante Kati und deren Lebensgefährten Nino hatte ihre künstlerische Ader geweckt. Nino war ein gefragter Bildhauer und Maler. In seinem Atelier in der Tenne eines idyllisch gelegenen Bauernhofes hatten Jonas und Phie ihre ersten Skulpturen geschaffen und mit Farben und Leinwänden experimentiert. Sophie seufzte. Wie schön war dieser Sommer gewesen! Der Künstlerhof inmitten der grünen Wiesen, der blühende Garten, die Hängematte zwischen den Obstbäumen, der Eibensee – wie gerne wäre sie nach Bad Aichbach zurückgekehrt. Doch bis zu den nächsten Ferien war es noch weit, und vor allem mussten ihre Leistungen in der Schule stimmen. Sonst würde sie die nächste Auszeit in einem Nachhilfekurs verbringen und nicht bei Kati und Nino.

Schweren Herzens raffte sie sich auf, schnappte sich das Englischbuch, um die Vokabeln in ihr Heft zu übertragen. Auf diese fast mechanische Arbeit konnte sie sich besser konzentrieren, und vielleicht blieben die englischen Wörter dann ja von selbst in ihrem Gedächtnis haften. Morgen würde sie allerdings als Erstes die Stofftiere in einen großen Plastiksack packen und sie zum neuen Flüchtlingsheim neben der Schule bringen. Dort konnte man ihre alten Schätze mit Sicherheit noch gebrauchen. Dann würde sie ihre Wände neu streichen. Die Regale sollten zunächst einmal leer bleiben. Sie hatte dieses Jahr einen Kunstschwerpunkt in der Schule gewählt, und mit den dort entstehenden Werken wollte sie in Zukunft ihr Zimmer dekorieren.

Sophie war so bei der Sache, dass sie es gar nicht merkte, als Mira die Haustüre aufschloss. Erst als Jonas in die Wohnung stürmte und ihren Namen rief, schreckte sie hoch. Nachdem ihr die Englisch-Hausübung überraschend leicht von der Hand gegangen war, hatte sie auch noch mit dem Aufsatz für

Deutsch begonnen. Das Schreiben fiel ihr schwer, es fehlten ihr oft die richtigen Worte, und mit der Rechtschreibung stand sie überhaupt auf Kriegsfuß. Ihre neue Lehrerin hatte Phie deutlich spüren lassen, dass sie ihren Ansprüchen nicht genügte. Professor Eller war eine spröde Frau, vor der man sich in Acht nehmen musste, wie Liv fand. Liv war zwar ein absolutes Talent – ihr fiel zu jedem Thema etwas ein, und die Worte flossen nur so aus ihrer Feder –, doch auch sie konnte sich mit Frau Eller nicht so recht anfreunden. Das Lächeln der Lehrerin wirkte in ihren Augen falsch und aufgesetzt, und solchen Menschen konnte man nicht trauen, meinte Sophies beste Freundin.

»Phie, Phie! Wo bist du?«, hallte es jetzt durch den Gang. Jonas streifte die Jacke ab und ließ sie mit herausgestülpten Ärmeln dort fallen, wo er sie ausgezogen hatte. Die Schuhe knallten mit Schwung an die Wand, der eine links und der andere rechts vom Regal. »Phie, ich muss dir was zeigen! Schau, was ich heute gebastelt habe!« Phie trat vor ihre Zimmertüre. Normalerweise wäre sie genervt gewesen, wenn ihr Bruder sie so voller Energie aus ihrer Konzentration geholt hätte, doch der einsame Nachmittag allein daheim hatte ihr heute nicht gutgetan. Sie war froh, dass Mira und Jonas nach Hause kamen. Jonas streckte ihr stolz ein Gebilde aus gefalteten weißen Papierstreifen entgegen. »Das ist eine Kugelbahn!«, verkündete er stolz. »Willst du sehen, wie sie funktioniert?« »Natürlich!«, antwortete Phie und grinste ihre Mutter an. »Hallo, Schatz! Hast du es ausgehalten, so allein?«, fragte Mira und küsste ihre Tochter auf die Stirn. »Geht so«, murmelte Sophie, »aber ich war fleißig.« Sie wollte ihre Mutter nicht unnötig beunruhigen, schließlich hatte diese genug andere Sorgen, und außerdem war normalerweise ja Liv für sie da.

Während Mira in der Garderobe für Ordnung sorgte, kniete Phie im Wohnzimmer vor Jonas' Kugelbahn. Voller

Stolz ließ er seine Murmeln eine nach der anderen durch die Papierbahnen rollen. »Ich habe eine gute Jause eingekauft. Ist euch das recht?«, fragte Mira im Vorbeigehen. »Ja, klar!«, erwiderten die Geschwister. Es wurde noch ein gemütlicher Abend, und Phie genoss es, mit ihrer Mutter und ihrem Bruder zusammen zu sein. Mira erzählte von Robert und dass sie heute das Gefühl gehabt hatte, er versuche über Fingerbewegungen mit ihr zu kommunizieren. Leider konnte er die Bewegungen dann nicht wiederholen, als eine Krankenschwester hinzukam und Mira ihr seinen vermeintlichen Fortschritt demonstrieren wollte. Aber was nicht ist, konnte ja noch werden.

## Kapitel 2

In dieser Nacht war Sophie mit Nino verabredet. Seit ihrem riskanten Ausflug zur Traumgrenze wusste sie, dass sie nicht die einzige Träumerin in ihrer Familie war. Kati und Nino hatten damals die Gefahr erkannt und ihr Leben gerettet. Nun war Phie nicht mehr allein auf sich gestellt, sie hatte zwei Erwachsene an ihrer Seite, die sie in die Traumdimension einführten. Es gab viele Menschen, die in ihren Träumen eine eigene Welt gestalten konnten – daher auch der Name »Traumgestalter«. Kati und Nino gehörten aber einer besonderen Gruppe an: den Traumwandlern. Diese schufen nicht nur eine, sondern mehrere Welten, die sie ständig verändern konnten. Die Besten unter ihnen maßen sich jedes Jahr beim Jahrmarkt der Traumwandler. Dort ließen sich die schönsten Naturlandschaften genauso bewundern wie historische Ereignisse oder auch Fantasiewelten, die zu den verrücktesten Abenteuern einluden.

Sophie wollte noch so vieles lernen. Sie war zwar ein Naturtalent – was ihr von allen Seiten bestätigt wurde –, doch die Möglichkeiten, die diese Dimensionen boten, überstiegen noch bei Weitem ihre momentane Vorstellungskraft. Kati und Nino hatten bereits mehrere Leben gelebt, und sie erinnerten sich an ihre früheren Existenzen. Das schafften nicht viele von denen, die wiederkamen, und es versprach einen ungeheuren Wissensschatz. Ihr Wissen über die mittelalterliche Kräuterkunde hatte Phie schon einmal das Leben gerettet. Das Gegenmittel zur Hadeswurzel, die ihr fast zum tödlichen Verhängnis geworden wäre, stammte aus einem alten Kräuterbuch, das Kati und Nino in einem früheren Dasein verfasst hatten. Sophie hatte die letzten Nächte mit ihrer Tante auf dem Mont Saint Michel verbracht. Sie waren durch die engen Gassen hinauf zum Kloster gestiegen und hatten dabei unzähligen Handwerkern, Kräuterfrauen, Alchemisten und Gelehrten über die Schultern geblickt, die sich auf dem heiligen Berg angesiedelt hatten.

Phie stand Kati näher als Nino. Sie war ihre Tante, und als Mira nach dem Unfall ihres Mannes unter der Belastung fast zusammengebrochen war, hatte sich Kati bereit erklärt, Jonas und Sophie über die Ferien zu sich zu nehmen. Mira wusste nichts von Sophies Träumen. Die Tatsache, dass Kati eine Träumerin war und Mira nicht, hatte die beiden Schwestern in der Vergangenheit entzweit. Deshalb sollte dies bis auf Weiteres Phies und Katis Geheimnis bleiben. Umso mehr, als es Mira wohl nicht verkraftet hätte können, müsste sie erfahren, dass nicht nur ihr Mann, sondern auch ihre Tochter zwischen Leben und Tod geschwebt hatte.

Sophie zog mit dem Schuh Kreise in den Sandstrand ihrer Bucht. Sie war ziemlich nervös. Der Umgang mit ihrer Tante war so unkompliziert und herzlich, im wirklichen Leben wie auch im Traum. Vor Nino hatte sie großen Respekt. Er konnte freundlich und aufmerksam sein, aber auch abweisend und schroff, wenn er sich für seine Kunst völlig von der Außenwelt abkapselte. Wie seine Traumwelt wohl aussah? Sie hatten Phies Insel als Treffpunkt ausgemacht. Nino würde sie an ihrem Portal abholen, das war der Ort, an dem man die Traumdimension betrat und auch in andere Welten wechseln konnte. Sophie ging immer in dieser Sandbucht an Land und vertäute dort ihr Ruderboot. Weiden mit schlanken, silbriggrauen Blättern neigten sich zum Wasser hinunter, und dichte stachelige Büsche bildeten eine natürliche Barriere. Nur neben dem mächtigen Löwenfelsen, der über der Bucht thronte, klaffte eine Lücke. Von dort führte ein schmaler, gewundener Weg hinein in den Wald, der fast die ganze Insel bedeckte. Wie war Phie damals erschrocken, als Shirin plötzlich hier am Strand aufgetaucht war! Ein Mädchen in ihrem Alter mit feuerroten langen Locken, das sie schelmisch angrinste, als wäre es das Natürlichste auf der Welt, hier einfach aufzukreuzen. Was es für etwas erfahrene Träumer ja auch war, aber nicht für Sophie! Als das fremde Mädchen ihr auch noch die Hand reichte, flammte Hitze in ihrem Körper auf, und Bilder rasten im Schnelldurchlauf durch ihren Kopf. Heute wusste Phie, dass dies die Art war, wie man sich in der Traumdimension einander vorstellte. Geübte konnten diese Bilder lesen und so alles über das Leben ihres Gegenübers erfahren. Indem man dem anderen sein Innerstes eröffnete, schuf man Vertrauen und Verständnis. Sophie wusste nun auch, dass dies eines der ersten Dinge war, die man bei seiner Einführung in die Traumwelt lernen musste. Seit ihr Kati und Nino als Erfahrene zur Seite standen, war es für Sophie kein Problem mehr, in das Gedächtnis eines anderen Träumers zu blicken.

Wenn es nur im realen Leben auch so einfach gewesen wäre! Sophie tat sich nicht leicht damit, auf andere Menschen zuzugehen. Sie blieb lieber im Hintergrund. Dadurch stieß sie nicht zuletzt in der Schule auf Unverständnis. Da hieß es, du musst dich präsentieren können, geh aus dir heraus! Wie willst du später in der Arbeitswelt bestehen können, wenn du so unsicher bist und dich versteckst? Was interessiert mich, ob mich jemand in zehn Jahren haben will oder nicht, dachte sich Phie dann oft, wenn ihr Gesicht zu glühen begann und ihr Körper sich in höchster Anspannung verkrampfte. Ich komme jetzt nicht mit meinem Leben klar, ich weiß jetzt nicht, wie ich das alles schaffen soll: die Schule, die Hausaufgaben, die Besuche bei Papa. Sie war so froh, wenn wieder ein Tag zu Ende ging, sie sehnte sich nach einer Welt, wo alles einfacher war, wo alles möglich schien!

Und doch setzte Phie im Moment auch in der Traumdimension klare Prioritäten. Sie hatte ihre Traumgefährten, Shirin und Amin, in der letzten Zeit ziemlich vernachlässigt. Anstatt mit ihren Freunden wie bisher ganze Nächte zu verbringen, tauschte sich Phie mit ihnen jeden Abend nur kurz übers Internet aus. So sehr sie die Traumabenteuer mit den beiden vermisste, es gab für Sophie Wichtiges nachzuholen. Die Einführung durch Kati und Nino bildete eine entscheidende Grundlage, um sich in der Traumdimension zurechtfinden zu können. Shirin und Amin waren längst von ihren eigenen Familienmitgliedern in all die Regeln und Möglichkeiten des Träumens eingewiesen worden: Shirin von ihrer indischen Urgroßmutter Najuka und Amin von seinem strengen Vater. Amin stammte überhaupt aus einer angesehenen ägyptischen Träumerfamilie, die eine jahrtausendealte Tradition vorzuweisen hatte. Phie quälte das Gefühl, noch so vieles lernen zu müssen, und daher hatte sie seit dem Schulbeginn die meisten Nächte mit Kati verbracht. Und nun wartete sie auf Nino. Er hatte doch hoffentlich nicht auf ihre

Verabredung vergessen? Nino schlief manchmal nächtelang nicht, wenn er an einer Skulptur arbeitete. Aber ausgerechnet heute?

Sophie blickte am Löwenfelsen vorbei in den Himmel. Die Sonne strahlte, und Phie ließ kleine weiße Schäfchenwolken antanzen. So ein bisschen kitschige Sommerstimmung konnte nicht schaden! Phie liebte schönes Wetter, wenn es warm war und die Blumen und Sträucher blühten. In der Ferne sah sie jene Berggipfel aufblitzen, denen sie noch vor kurzer Zeit gefährlich nahe gekommen war – ihre Traumgrenze! Dabei hatte sie am Beginn ihrer besonderen Träume nicht einmal das gegenüberliegende Ufer entdecken können. Alles war von Nebel bedeckt gewesen! Jetzt sah sie die Bäume im leichten Wind wogen. Hellgrüne Buchen sorgten für leuchtende Sprenkel im sonst dominierenden dunklen Nadelwald.

»Hallo, Sophie!«, tönte es plötzlich hinter ihr. Phie drehte sich mit einem Ruck um und sah in das freundlich lächelnde Gesicht von Nino. Er wirkte jünger, als Sophie ihn vom Künstlerhof in Erinnerung hatte. Sein Haar war voller, der Gang weniger gebeugt, die Falten kaum zu erkennen. »Bist du schon neugierig?«, fragte er ungestüm. »Ich freu mich so darauf, dir meine Welt zu zeigen! Ich muss dich nur vorwarnen, da du ja in den letzten Nächten bei Kati gewesen bist: Bei mir ist es wesentlich ruhiger! Ich liebe die Stille und die Einsamkeit, aber deshalb wird dir sicher nicht langweilig!« Nino schien vor Tatendrang nur so zu strotzen und steckte Sophie mit seiner Euphorie an.

Sie wunderte sich ein bisschen über diesen jüngeren Nino, doch sie reichte ihm voller Neugier die Hand und schloss die Augen. Schon in der nächsten Sekunde landete sie in einer völlig anderen Welt. Vor ihr wogte das Meer, leise plätschernd rollten die Wellen einen kurzen steinigen Strand herauf. Um sie herum erhoben sich unbewaldete sanfte Bergrücken, deren rostrote und moosgrüne Färbung eine ganz eigene, fast ehrwürdige Stimmung ausstrahlten, bis sie zum Meer hin ganz plötzlich in grauen Felswänden steil und schroff abfielen. Hie und da stürzten schlanke Wasserfälle über hunderte Meter in die Tiefe, sie durchschnitten die Landschaft wie schmale silberne Streifen. Phie hätte das kleine rote Häuschen, das hinter ihnen stand, gar nicht sehen müssen, um zu erkennen, wo sie sich befand: in Norwegen! »Willkommen in meinem Fjord!«, sagte Nino feierlich und streckte seine Arme aus. »Riechst du das Meer und das saftige Gras? Das ist mein Sehnsuchtsort, hier komme ich fast jede Nacht her.« Phie staunte mit offenem Mund. Die Landschaft, die sie umgab, war von einer wilden Schönheit. Die Farben – das blitzende Blau des Meeres, das helle Grau der Klippen, das eigenwillige Grün der Berge, von Flechten und Moosen rot und weiß meliert – strahlten eine solche Ruhe und Harmonie aus. An diesem Ort konnte man wahrlich seinen Frieden finden.

Die kleine Holzhütte, im typischen skandinavischen Falunrot gestrichen, stand am Ende des mächtigen Fjords, wo sich ein sanftes Plateau gebildet hatte, das weiter hinten allmählich in die Höhe wuchs. Auf einer Terrasse konnte man in gemütlichen Holzlehnstühlen sitzen und auf das Meer blicken. Wilde Rosen sorgten für ein paar Farbtupfer in Rosa, doch man durfte ihnen nicht zu nahe kommen, so stachelig und dicht war ihr Gebüsch. Phies Blick blieb an einer kleinen Gruppe von weiß-grau schimmernden Birken heften, unter deren flatternden kleinen Blättern eine Hängematte zum Verweilen einlud. Am liebsten hätte sich Phie jetzt dort hineingefläzt und ihre Gedanken treiben lassen. Mit ihrer Lieblingsmusik im Ohr, so wie im Obstgarten der Künstlervilla. In den Sommerferien, weit weg von der Schule, weit weg von allen Problemen zu Hause. Nun, das stimmte nicht ganz, denn die Sehnsucht nach einer Aussprache mit ihrem Vater hatte sie niemals losgelassen, weder bei Tante Kati und Nino noch in der Traumdimension.

Ninos geräuschvolles Räuspern holte Phie aus ihren Gedanken. Er schien etwas verunsichert, vermutlich hatte er gehofft, dass sie voller Euphorie nach mehr »Action« fragen würde. Sophie wusste genau, was von Jugendlichen ihres Alters erwartet wurde. Sie hatte gelernt, auf feinste Zeichen zu achten, um diesen Erwartungen stets gerecht zu werden. Sie hatte in der Schule entsprochen, bei der Psychologin, die sie nach dem Unfall ihres Vaters für kurze Zeit betreut hatte, bei ihrer Mutter, die ihre Verzweiflung hinter Kampfparolen zu verstecken suchte. Aber damit war irgendwann Schluss gewesen: Sie hatte sich schließlich geweigert, ihren Vater weiterhin zu besuchen, und es war ihr egal, dass sie in der Klasse zunehmend als »verhaltensauffällig« galt. Sie kleidete sich schwarz, färbte die Haare schwarz und zog dunkle Ränder um die Augen. Jeder, aber auch jeder sollte auf Anhieb wissen, dass es ihr einfach nur scheiße ging. Jetzt, einige Monate später und um die Erfahrung, nur knapp dem Tode entronnen zu sein, reicher, war sie etwas nachgiebiger geworden. Ihre Kleidung war noch dunkel, aber nicht mehr ganz tiefschwarz, und sie besuchte ihren Vater regelmäßig. Aber in der Schule …

»Ich möchte dir gerne etwas zeigen, Phie!« Nino hatte sich offensichtlich einen Ruck gegeben und ergriff jetzt die Initiative. »Ich habe dir einmal erzählt, dass ich wie du das Fliegen liebe. Damals wusstest du aber noch nichts mit dieser Aussage anzufangen, da du ja nicht ahnen konntest, dass auch ich ein Träumer bin.« »Ja, ich erinnere mich!«, bestätigte Sophie. »Ich war mit Shirin an ihrer Klippe in Irland. Ich war noch so erfüllt von diesem Gefühl der Schwerelosigkeit, dass ich euch erzählt habe, ich sei im Traum geflogen!« »Was ja auch der Wahrheit entsprochen hat«, grinste Nino, »Steilküsten habe ich hier auch anzubieten, und was für welche! Du wirst staunen!«

# Kapitel 3

»Im realen Leben hätten wir nun einige Stunden Fußmarsch vor uns«, erklärte Nino, als sie sich langsam vom Haus in Richtung Berge entfernten, »aber das erspare ich dir.« Er grinste schelmisch und zwinkerte ihr zu. Sophie konnte ihren Blick fast nicht von Nino lösen. Dieses Strahlen in seinen Augen, die jugendliche Begeisterung, die leichten Lachfältchen, die dem braungebrannten Gesicht eine freche Note gaben. Sie hatte ihn von Beginn an gemocht, doch daheim auf dem Künstlerhof war ihr ein anderer Nino begegnet: einer, der vom Leben gezeichnet war, dem leidvolle Erfahrungen aufs Gemüt und auf die Schultern drückten. Dieses Träumen ist ein Segen, dachte Phie.

»Aber um der Spannung Genüge zu tun, gehen wir ein paar Schritte, bevor wir uns in die Lüfte erheben.« Ninos geschwollene Worte machten Sophie neugierig. Was hatte er vor? Mit einem Wimpernschlag waren sie in den Hängen draußen im Fjord angelangt. Der Wind pfiff ihnen merklich um die Ohren, die niedrigen Gräser bogen sich unter der strengen Brise. Der leichte Anstieg machte Phie nichts aus, sie genoss es, über nackte Felsen zu springen, die zwischen den farbenfrohen Moosen und Flechten eingebettet lagen. Sie staunte über die Liebe zum Detail, die Ninos Traumwelt offenbarte: die niedrigen, feingliedrigen Gewächse mit ihren zahllosen Verzweigungen und zarten Blütenständen zeigten eine faszinierende Vielfalt. »Wir sind gleich da!«, holte Nino sie aus ihren Beobachtungen. »Da vorne ist es!« Sophie hob ihren Kopf, und gleichzeitig blieb ihr Mund offen stehen. Sie blickte hinaus über den Fjord. Vor ihr lag ein riesiger, hellgrauer Felsen, der leicht überhängend hunderte Meter in die Tiefe reichte. Die steinerne Plattform, die ins Nichts zu führen schien, hatte locker die Größe zweier Volleyballfelder, schätzte Phie auf die Schnelle.

»Der Preikestolen!«, verkündete Nino stolz, »eine der besten Absprungrampen, die man sich vorstellen kann. Hier kommen auch im realen Leben Basejumper aus aller Welt her. Nur, die gehen immer ein Risiko ein, wir nicht!« »Das stimmt!«, bestätigte Sophie, dennoch wagte sie sich nur langsam auf die steinerne Plattform vor. Die gewaltige Höhe ließ sich bis jetzt nur erahnen, wenn sie vorsichtig Richtung Meer lugte. Doch was für ein Ausblick würde ganz vorne auf sie warten? »Komm! Keine Angst!«, ermutigte Nino sie. Er nahm ihre Hand und führte sie weiter. Phie blickte nur auf den Boden zu ihren Füßen. Der felsige Untergrund wirkte so perfekt: Die verschiedenen Höhen schienen kunstvoll arrangiert, der Stein war völlig glatt und von einem glänzenden Hellgrau, als hätte ein riesiger Steinmetz ihn beschlagen.

Kurz bevor sie den Rand der steinernen Kanzel erreichten, stoppte Nino. Er blickte Sophie in die Augen und sagte: »So, jetzt noch einmal tief durchatmen. Du wirst sehen, es wird großartig! Da vorne geht es über 600 Meter in die Tiefe!« Phie tat wie ihr geheißen, ihr Herz schlug bis zum Hals. In ihrem Bauch rumorte eine Mischung aus Angst und glühender Vorfreude. Sie traten gemeinsam nach vorne, und im selben Augenblick erfasste sie der stürmische Aufwind, der vom Meer am Felsen entlang nach oben schoss. Sophie blieb kurz der Atem weg, doch dann wandte sie ihren Blick nach unten. Sie fühlte sich wie auf einem überdimensionalen Sprungturm. Unter ihr war nichts, der Preikestolen zog sich so weit zurück, war so stark überhängend, dass nur die Meeresoberfläche in weiter Ferne glitzerte. Nino hielt ihre Hand immer noch fest. Er drückte sie und sah Sophie fragend an. »Bist du bereit?« Er bemerkte den Widerstreit der Gefühle in ihrem Gesicht, das leichte Zucken ihrer Mundwinkel, ein Zögern und dann das erwartungsvolle Funkeln in den Augen. »Ja«, antwortete Phie mit fester Stimme. »Ich bin bereit.«

Hand in Hand ließen sie sich vornüber fallen, den jeweils freien Arm weit ausgestreckt, als wäre es ein Flügel. So stachen sie mit atemberaubender Geschwindigkeit in die Tiefe, Sophies Herz begann zu rasen. Nino hielt sie mit eisernem Griff fest, doch Phie war sich mit einem Mal nicht mehr sicher, ob das zu ihrem Schutz geschah oder ob er sie gerade in etwas hineinriss, das ihr widerstrebte. Nach kopflosen Sturzflügen, die im realen Leben den sicheren Tod bedeutet hätten, war ihr wirklich nicht zumute. Sie hasste es, wenn vor lauter Panik Adrenalin durch ihren Körper schoss und ihre Sinne betäubte. Sie machte Anstalten, sich aufzurichten. Spürte er nicht, dass sie ihre Geschwindigkeit drosseln wollte? Sie versuchte sich aus dem eisernen Griff zu lösen. Ein kurzer Blickkontakt, sein Lächeln fast zu einer Grimasse verzerrt, doch dann ließ er los, und Sophie stieg nach oben. Sie hielt sich in der Luft und beobachtete, wie Nino mit unvermindertem Tempo die Meeresoberfläche erreichte, einstach und nach einem kurzen Tauchgang wieder nach oben kam.

Phie war sich nicht sicher, was sie da soeben gespürt hatte, als Nino scheinbar rücksichtslos und ohne auf sie zu achten in die Tiefe geschossen war. Sie flog ein paar elegante Schleifen, legte sich in den Aufwind und ließ sich zurück auf die Felsplattform treiben. Klar, nicht jeder hatte dieselbe Vorstellung vom Fliegen wie sie, aber hinter Ninos Art, sich fallen zu lassen und sich der Schwerkraft hinzugeben, steckte weit mehr. Ob es eine geheime Todessehnsucht war? Eine, die er hier in der Traumdimension ausleben konnte, ohne sich zu gefährden? Wurde man seines Daseins überdrüssig, wenn man wie Kati und Nino bereits mehrere Leben absolviert hatte? Phie wagte nicht, ihre Vermutungen zu äußern, als Nino sie oben einholte. Er landete wie ein Superheld, grinste breit und klopfte ihr auf die Schulter. »Gut gemacht, Phie! Der freie Fall ist wohl nichts für dich?« Sie lächelte zurück, ohne sich etwas anmerken zu lassen: »Nein, ich mag es lieber gemütlich.«

Er hatte sich für die restliche Nacht Sophies Tempo angepasst. Sie waren beim Preikestolen geblieben, hatten sich übermütig über die Felskante gelehnt und sich vom stärker werdenden Aufwind einen Moment halten lassen, bis es wieder in einer nicht ganz so rasanten Fahrt kopfüber abwärts ging. Von diesen nächtlichen Saltos und Schrauben erzählte Sophie gerade ihrer Freundin Liv, als die neue Deutschlehrerin das Klassenzimmer betrat. Augenblicklich verstummten alle Gespräche, Frau Eller hatte sich von Anfang an absoluten Gehorsam ausbedungen. Phie merkte eine Sekunde zu spät, was vor sich ging, und schon traf sie der missbilligende Blick ihrer Lehrerin.

Frau Eller war eine hagere Person mit kurz geschnittenem, weiß-grauem Haar, das ihrem Gesicht zusätzliche Strenge verlieh. Sie trug einen hellbraunen Bleistiftrock und eine weiße Bluse, um ihre noble Blässe und ihre schmale Figur zu unterstreichen. Die Füße steckten in farblich abgestimmten, ebenfalls braunen Ballerinas, womit ihr Gang einer watschelnden Ente glich, wie Liv kichernd feststellte. Außerdem schminkte sich die neue Lehrerin sehr stark. »Voll übertrieben!«, fand Liv. Frau Eller hatte schon einige Jahrzehnte im Schuldienst hinter sich, und ihr eilte ein erbarmungsloser Ruf voraus. Alle in Phies Klasse hatten ein langes Gesicht gemacht, als es hieß, ihre bisherige Lehrerin in Deutsch sei versetzt worden, und Frau Eller würde mit Freuden übernehmen. Was diese Freuden betraf, war schnell klar, dass die Jugendlichen eine völlig andere Vorstellung davon hatten als die Lehrerin. Frau Eller verbrachte die ersten Stunden damit zu überprüfen, wie weit sie im Stoff vorangekommen waren, um bald entsetzt festzustellen, dass sie ganz fürchterlich im Rückstand seien. »Da wartet viel Arbeit auf uns, und ich erwarte mir absolute Disziplin, schließlich geht es für viele von euch um ein gutes Zeugnis, wenn sie auf eine andere Schule wechseln wollen«, hatte sie gemeint und dabei mit einem Bleistift herumgefuchtelt, als wollte sie die Schüler am liebsten aufspießen.

Für viele ihrer Mitschülerinnen und Mitschüler war es derzeit ein großes Thema, was sie nach der vierten Klasse Gymnasium machen wollten. Phie fühlte sich, wenn sie den eifrigen Gesprächen ihrer Klassenkameraden zuhörte, planlos. Sie war schon froh, überhaupt den Tag zu meistern, geschweige denn, sich über ihre Zukunft Gedanken zu machen. Sie wollte in ihrer bisherigen Schule bleiben und hoffte inständig, dass auch Liv denselben Wunsch hegte.

Frau Eller hatte sie gleich von Beginn an nicht gemocht, und diese Abneigung wuchs stetig. Sophie hatte das Gefühl, ihr nichts recht machen zu können. Das Schreiben war sowieso nicht ihre große Stärke, doch Frau Eller schien von ihrem Stil absolut gar nichts zu halten. Die ersten Hausübungen waren mit roten Zeichen übersät, und der Kommentar, den die Lehrerin hinzugefügt hatte, klang alles andere als aufmunternd. »Es ist traurig, dass manche Lehrer immer noch meinen, man könne junge Menschen mit schlechten Noten und noch mehr Druck zu besseren Leistungen motivieren!«, hatte Mira geseufzt, als ihr Sophie die Arbeit gezeigt hatte. Als Robert nach seinem Unfall schwer verletzt in die Intensivstation eingeliefert worden war, hatte Mira die Schule verständigt und um Nachsicht für ihre Tochter gebeten. Die Direktorin hatte darauf mit den Lehrern gesprochen, denn es war klar: Diese Familie steckte in einer schwierigen und kräftezehrenden Ausnahmesituation.

Frau Eller sah das wohl nicht so. Phie wusste, dass die Direktorin sie über den Zustand ihres Vaters informiert hatte, und es erschien ihr umso unverständlicher, warum diese Frau sie immer wieder gezielt aufs Korn nahm. Als bereitete es ihr eine besondere Freude, Phie an die Tafel zu holen und vor der ganzen Klasse Blut und Wasser schwitzen zu lassen, weil ihr aus lauter Aufregung die einfachsten Dinge nicht mehr einfielen.

Als sie jetzt der eisige Blick der Lehrerin traf, drehte sich Sophie sofort zum Tisch und verschränkte brav die Arme, um ja nicht erneut geprüft zu werden. Wenn das Schuljahr so weiterlief, wie es begonnen hatte, dann würde es ihr schwerfallen, Fassung zu bewahren.

## Kapitel 4

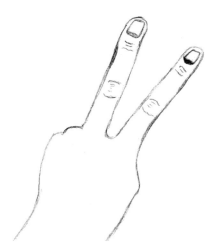

Der lange Tag in der Schule nahm zumindest dieses Mal ein versöhnliches Ende. Zwei Stunden Bildnerische Erziehung – seit Phies Aufenthalt im Künstlerhaus ihr absolutes Lieblingsfach – als Abschluss des Vormittags und zwei Stunden Volleyballtraining für die Schulmannschaft am Nachmittag hatten dafür gesorgt, dass sie erschöpft, aber zufrieden in den Bus nach Hause stieg. Liv war von ihrer Mutter abgeholt worden, sodass Sophie den ersten Teil der Strecke, den die beiden normalerweise gemeinsam zurücklegten, allein gehen musste. Mit Kopfhörern und entspannender Lieblingsmusik im Ohr kein Problem, auch wenn sich der Bus nach und nach mit genervten Erwachsenen und gähnenden Jugendlichen füllte. Auch Phie war müde. Sie hatte heute um jeden Ball gekämpft, denn sie wollte ihre Trainerin von Beginn an mit vollem Einsatz davon überzeugen, dass sie in die Kampfmannschaft gehörte.

Im letzten Schuljahr war Sophie nur sporadisch zu den Spielen der Schülerliga mitgefahren. Die Schülerinnen der vierten Klassen bildeten traditionell den Stamm des Teams, die jüngeren durften hie und da Wettbewerbsluft schnuppern. Da Phie dieses Jahr selbst zu den »Großen« zählte, bekam sie die Chance, regelmäßig dabei zu sein. Und diese Chance wollte sie unbedingt nutzen. Nicht nur wegen der Spiele in den verschiedenen Turnhallen des Landes, sondern weil man immer eine oder mehrere Schulstunden versäumte, da die Anreise früh genug angetreten werden musste. Allerdings konnte sie sich nur selten vor der unangenehmen Begegnung mit Frau Eller drücken, meistens mussten die Zeichenstunden dran glauben. Das tat Phie manchmal dann doch leid, denn Frau Reyer organisierte immer wieder tolle Projekte für ihre Schüler, so wie sie im Vorjahr gemeinsam das Malatelier des Landesmuseums besucht hatten. Gerade heute hatten sie darüber gesprochen, da Frau Reyer gratis Eintrittskarten für die neue Sonderausstellung austeilen durfte.

Ihre Karte hatte Sophie sorgfältig eingesteckt. Irgendwann würde sie diese einlösen, da war sie sich ganz sicher. Die Straßenbahn, in die sie für den zweiten Abschnitt ihrer Heimfahrt umgestiegen war, holperte in gemütlichem Tempo durch die Straßen. Phie beobachtete die Menschen, die ein- und ausstiegen, und jene, die auf den Bahnsteigen warteten. Sie versuchte, in ihren Gesichtern zu lesen. Waren sie glücklich? War ihr Leben voller Leichtigkeit oder mussten sie ein ähnlich schweres Schicksal tragen wie ihre Familie? In den ersten Wochen nach Roberts Unfall war sich Sophie wie ein Zombie zwischen all den eilig dahinhastenden Menschen vorgekommen. Ihrem Gefühl nach bewegte sie sich wie in Zeitlupe. Sie glaubte, alle könnten ihr ansehen, dass sie gerade aus der Intensivstation kam, traumatisiert vom Anblick ihres schwerverletzten und an zahllosen Maschinen hängenden Vaters.

Inzwischen passte Phie sich wieder mehr dem Tempo der Allgemeinheit an. Zumindest hatte sie nicht mehr den Eindruck aufzufallen, auch wenn die Zeitrechnung in ihrer Familie nach wie vor eine völlig andere war. Ein geblinzeltes »Ja« von ihrem Vater, das als wiederholbar und zuverlässig galt, stellte nach unzähligen Versuchen und genauso vielen Fehlversuchen eine mittelgroße Sensation dar, die allen, die es hören wollten, mitgeteilt werden musste. Sophies Mum konnte zum Glück auf eine zwar kleine, aber treue Gruppe von Freundinnen zurückgreifen, die ihr zur Seite standen, ganz egal ob praktische Hilfe oder bloßes Zuhören gefragt war.

Eine von ihnen, Tina, saß gerade mit Mira am Küchentisch, als Sophie endlich zu Hause ankam. »Hallo, meine Süße!«, schallte es ihr entgegen. Ihre Mutter klang verhalten fröhlich, ein gutes Zeichen. Normalerweise wertete Phie die Anwesenheit einer Freundin um diese Zeit als Alarmsignal. Denn da war Mira gerade vom Krankenhaus zurückgekehrt und hatte Jonas vom Hort abgeholt. Wenn der Nachmittag schlecht verlaufen und es wie so oft zu neuen Komplikationen bei ihrem Vater gekommen war, stand stets eine gute Fee bereit, um Mira aufzufangen. Sophies Mum war dann oft so entmutigt, dass sie sich mit dem Versorgen der Kinder am Abend überfordert fühlte. Und obwohl Phie die Anwesenheit dieser verschiedenen starken Frauen genoss, beschlich sie jedes Mal auch ein Gefühl der Beklommenheit. Was, wenn Mira es eines Tages gar nicht mehr schaffte, sich um Jonas und sie zu kümmern? Was, wenn sie ihre Mutter auch noch verlor?

Phie schüttelte diese Gedanken ab und bemühte sich um ein Lächeln. »Hi, Mum! Hi, Tina! Alles okay?« »Ja, alles gut!«, antwortete Mira. »Tina ist eingesprungen, um Jonas abzuholen, da ich im Krankenhaus aufgehalten wurde!« Sophie umarmte ihre Mutter kurz und spürte die aufgeregte Anspannung, die diese ausstrahlte. Also musste heute etwas Besonderes passiert sein. Hoffnung kroch wie ein warmer Schauer vom Bauch zum Herzen herauf. Phie zwang sich, dieses Gefühl zu unterdrücken, befahl der Hitze, sich zurückzuziehen. Sie wollte nicht, wie so oft, enttäuscht werden, sie musste sich vor falschen Hoffnungen wappnen.

»Hi, Sophie! Ein langer Tag für dich heute!«, grüßte Tina freundlich. »Wir haben ein paar schnelle Aufstriche gezaubert. Hast du Hunger?« Tatsächlich hatte Phies Magen schon in der Straßenbahn laut zu knurren begonnen, und sie war froh, sich an den gedeckten Tisch setzen zu können. »Wo ist Jonas?«, fragte sie. »Der hat schon gegessen und sich dann mit dem Tablet in seinem Bett vergraben«, grinste Tina. Es war klar, dass die beiden Frauen nichts dagegen hatten, wenn sich Phies kleiner Bruder in seine Welt der Computerspiele zurückzog. So konnten sich die beiden ungestört unterhalten und Neuigkeiten austauschen. Jonas war noch zu jung, um alle Details über Roberts Zustand zu erfahren. Er besuchte seinen Vater recht selten, und wenn, nur kurz. Vieles in der Klinik verstörte Jonas. Roberts verzerrtes Gesicht und die Krämpfe, die oft seinen ganzen Körper durchbogen, machten dem Jungen Angst.

Sophie dagegen war von Anfang an voll dabei gewesen. Jeder heimlichen Tuschelei zwischen den Erwachsenen war sie sofort auf den Grund gegangen. Sie musste wissen, was los war, denn ansonsten lief ihr Gehirn Amok. Dann überfielen sie Ängste, die sich wie riesige Monster in ihre Seele fraßen. Die Wahrheit war schlimm genug, sie musste nicht noch von einer überkochenden Fantasie übertroffen werden. So zählte es zum täglichen Ritual zwischen Phie und ihrer Mutter, dass sie sich am Abend zusammensetzten und den Tag besprachen: Wie es Sophie in der Schule ergangen war, wie Roberts Therapien verlaufen waren, ob es besondere Vorkommnisse gegeben hatte. Das Gespräch drehte sich um Dinge, die für die Familie längst zum Alltag gehörten, während anderen Menschen dabei wohl die Haare zu Berge gestanden wären: Da ging es um die vermehrte Produktion von Schleim, um spontanes Erbrechen, um Atemkanülen, um Herzfrequenz und Sauerstoffsättigung. Phie und Mira waren längst zu Expertinnen im Einschätzen von Roberts Zustand und in Sachen Wachkoma geworden.

Sophie musste gar nicht nachfragen, sie sah ihre Mutter nur erwartungsvoll an. Da platzte Mira schon unter Tränen mit der unfassbaren Neuigkeit heraus: »Stell dir vor, Phie, Papa hat heute zum ersten Mal bewusst geblinzelt und seine Finger bewegt! Er konnte es auf Aufforderung wiederholen, und die Ärztin ist zuversichtlich, dass Robert damit endlich einen Weg findet, sich uns mitzuteilen.« Sie wischte sich übers Gesicht. »Es tut mir leid, dass ich jetzt auch noch heule, aber wir haben so lange darauf gewartet«, brachte sie stockend hervor. Phie wusste zunächst nicht, wie sie reagieren sollte. In ihrem Hals steckte ein Kloß, ihr Körper erstarrte. Sollte sie glauben, was sie soeben erfahren hatte? Konnte sie sich darauf verlassen, dass es endlich den so heiß ersehnten Fortschritt in der Genesung ihres Vaters gab? Ein Zeichen, dass sich sein Gehirn von der schweren Verletzung erholte? Tina erkannte den Zweifel in Sophies Haltung. Sie legte den Arm um ihre Schultern und sagte: »Du darfst dich freuen, Phie. Du darfst Hoffnung haben. Was heute passiert ist, bedeutet einen riesigen Schritt vorwärts. Roberts Ärztin hat es auch gesehen.«

Da durchfuhr ein Ruck Sophies Körper. Mit einem Mal schien alle Spannung zu weichen, und sie musste sich am Tisch aufstützen, um nicht zusammenzubrechen. Ein Schluchzen stieg in ihr auf und löste den Kloß in ihrem

Hals, dann begann sie hemmungslos zu weinen. Mira und Tina nahmen Phie in ihre Mitte, und auch sie ließen ihren Tränen freien Lauf. Es waren Tränen der Erleichterung, vermischt mit der schweren Last des Wissens, dass noch ein weiter Weg vor ihnen lag.

Als sich Sophie in ihr weiches Bett kuschelte, kribbelte es in ihrem Bauch vor freudiger Erwartung. Sie musste Nino erzählen, was heute geschehen war, und sie wollte fliegen, wollte Saltos schlagen und schreien vor Glück. Es dauerte nicht lange, bis sie die blau-grünen Schlieren umgaben, die Phie in die Traumdimension führten. Das Ruderboot war schnell vertäut, denn Nino wartete schon am Ufer und half ihr. Als sie das hölzerne Gefährt durch den Sand zogen, musste Phie schmunzeln. Zum ersten Mal kam ihr der Gedanke, ob es wohl überhaupt notwendig war, das Boot zu befestigen? Würde es einen Unterschied machen, wenn sie es einfach auf den See hinaustreiben ließ?

»Du strahlst so!«, bemerkte Nino wohlwollend. »War wohl ein guter Tag?« »Ja, und wie«, erwiderte Phie. »Ich möchte heute unbedingt noch einmal fliegen! Geht das? Ich will mich frei und leicht fühlen! Papa hat sich zum ersten Mal seit dem Unfall bewusst bewegt!« »Das ist ja eine großartige Neuigkeit!«, rief Nino und nahm Sophie spontan in den Arm. »Da ist der Kjerag genau das Richtige für dich!« »Wir gehen nicht auf den Preikestolen?« »Können wir gerne, aber der Kjerag ist noch höher! Da geht es über tausend Meter senkrecht nach unten!« Phie blieb der Mund offen: tausend Meter! Was für eine gigantische Absprungrampe! Doch der Kjerag war nicht die einzige Überraschung, mit der Nino Sophie zum Staunen brachte: Als sie mit einem Blinzeln im norwegischen Fjord landeten, wartete dort noch jemand auf sie.

## Kapitel 5

Ein strohblonder Junge stand am Ufer des Fjordes und ließ gekonnt flache Steine über die glatte Meeresoberfläche springen. Enge Bikerjeans und ein lockeres, schmutzig weißes T-Shirt unterstrichen seine sportlich lässige Erscheinung. Phie ertappte sich dabei, dass sie ihn mit offenem Mund anstarrte, als er sich ihnen zuwandte. »Mund zu, blöde Kuh!«, schalt sie sich, aber ihre innere Stimme fragte frech weiter: »Seit wann interessieren wir uns für Jungs?« Sophie schüttelte sich kaum merklich, um diesen lautlosen Dialog mit sich selbst zu beenden, und setzte ein höfliches Lächeln auf, hinter dem sie ihre wachsende Unsicherheit verstecken konnte. Nino schien das zu merken und legte ihr wie zum Schutz einen Arm um die Schultern, während er sprach: »Phie, darf ich vorstellen: Das ist Jostein, kurz Jo. Er ist – er war mein Schützling. Ich habe ihn in die Traumwelt eingeführt, aber jetzt ist er längst besser als ich.« Der blonde Junge – Phie schätzte ihn auf knappe 15 Jahre – freute sich aufrichtig über Ninos Worte. Seine blauen Augen strahlten, und auf seinen Wangen bildeten sich feine Grübchen, die sein breites Lächeln noch unterstrichen. Jos Gesicht wirkte so offen und herzlich, dass Sophie alle Schüchternheit verlor und ihm spontan die Hand zum Gruß reichte. Er drückte sie mit Bedacht, blickte Sophie an und sagte: »Es freut mich, dich endlich kennenzulernen, Phie. Nino hat schon viel von dir erzählt.«

Phie konnte seinem Blick nicht lange standhalten. Die innere Stimme meldete sich abrupt wieder: »Gott, seine Augen! So intensiv blau. Liv wird sich nicht mehr halten können vor Lachen, wenn ich ihr morgen von ihm erzähle! Da darf ich nicht zu ausgiebig schwärmen!« Denn während ihre Freundin Liv im Zwei-Wochen-Takt für einen neuen Jungen aus ihrer Umgebung schwärmte, beharrte Phie stets darauf, dass dieses Liebesgetue nur lästig war. Sie hatte es genossen, in den Ferien mit den einheimischen Burschen von Bad Aichbach Beach-Volleyball zu spielen. Mehr wollte sie auf keinen Fall, denn Verliebtheiten hätten jede Freundschaft unmöglich gemacht. Sophie beobachtete, wie sich Nino und Jo herzlich umarmten. Die beiden schien viel zu verbinden, so vertraut wie sie miteinander umgingen. »Ich dachte, du könntest auch im Traum wieder mehr Gesellschaft von Gleichaltrigen gebrauchen«, wandte sich Nino an Sophie. »Nachdem du ja schon längere Zeit auf deine Freunde verzichtet hast.« Tatsächlich hatte Sophie die Einführung durch Kati und Nino sehr ernst genommen, wenn sie auch verspätet stattgefunden hatte. Sie war gezwungen gewesen, sich selbst in der Traumdimension zurechtzufinden, da sie keine Ahnung davon gehabt hatte, dass ausgerechnet ihre Tante auch eine Traumgestalterin war.

Alles, was sie bisher wusste, hatte sie von Shirin und Amin erfahren. Shirin war eines Tages bei ihrem Portal aufgetaucht, und erst da war Sophie klar geworden, dass sie nicht die Einzige war, die auf diese besondere Art und Weise träumte. Nach und nach hatte sie die Eigenheiten dieser Parallelwelt kennengelernt, Shirins Urgroßmutter Najuka war ihr dabei geduldig Rede und Antwort gestanden. Sophie wurde schmerzhaft bewusst, wie sehr sie die nächtlichen Abenteuer mit ihren Freunden vermisste: die Flüge entlang der irischen Atlantikküste, die Tauchgänge bei den Korallenriffen im roten Meer und die Erkundung sämtlicher Waldwege auf ihrer Insel. Die drei hatten sich nach ihrem riskanten Ausflug zur Traumgrenze zwar noch einmal wiedergesehen, doch seitdem hielten sie nur zeitweise in der realen Welt über die ComUnity Kontakt.

Sophie widmete sich voll und ganz ihrer Einführung durch Kati und Nino, Shirin nutzte die Nächte, um andere Freundschaften zu pflegen, und Amin hielt sich (noch) an das Verbot seines Vaters, der ihm untersagt hatte, sie zu treffen. Er wollte keinen weiteren Ärger bekommen, denn Amins Vater hatte über den Bildschirm des Computers live miterlebt, wie Phie kurz vor der verbotenen Traumgrenze fast gestorben wäre, weil sie von der Hadeswurzel gegessen hatte, einem mittelalterlichen Betäubungsmittel, das jeden, der es einnahm, in einen außerordentlich langen, tiefen Schlaf fallen ließ. Auf diese Weise hatte Sophie gehofft, endlich den Weg bis zur Traumgrenze hinter sich zu bringen und ihren Vater zu finden. Aber es war in der Traumdimension strengstens verboten, sich dieser Grenze zu nähern! Dass ausgerechnet Amin, der Sohn eines von allen geschätzten Mitglieds des Rates und Abkömmling einer so ehrwürdigen Familie von Traumwandlern dieses Gesetz missachtet hatte, war ein Tabubruch sondergleichen.

Doch das alles lag nun hinter ihr. Ihr Vater machte Fortschritte. Das war das Einzige, was zählte. Wenn sie ihn schon nicht in der Traumwelt treffen konnte, wo sie sich danach gesehnt hatte, ihrem Vater als vitalem, gesundem Menschen zu begegnen, dann blieb ihr nur noch die Hoffnung, dass er im realen Leben wieder genesen würde.

Sophie wanderte gedankenverloren hinter Nino und Jo am steinigen Strand des Fjordes her. Sie freute sich ehrlich darüber, einen neuen Träumer kennenzulernen, der annähernd in ihrem Alter war. Sophie war 13 und würde erst im kommenden Frühling 14 werden. In der Schule begegneten Liv und sie den Burschen und Mädchen der Oberstufe immer voll Ehrfurcht. Es war zum Schaudern, wie klein und unsicher man sich dabei vorkam. Und nun lernte sie ausgerechnet hier einen dieser coolen Typen kennen. Vielleicht färbte ein bisschen von seiner Lässigkeit auf sie ab?

Ein Lächeln huschte über Phies Gesicht, als Jo und Nino ihr anregendes Gespräch beendeten und sich nach ihr umdrehten. »Bist du bereit für den Kjerag?«, rief ihr Nino zu. »Ja, klar!«, gab sie strahlend zurück. »Aber heute sparen wir uns die langweilige Wanderung, alter Mann!«, fügte Jo scherzhaft in Richtung Nino hinzu. »Heute nehmen wir die Hovercrafts!« Als er Sophies fragenden Blick sah, musste er lachen: »Leute in Ninos Alter wollen immer gehen, gehen und nochmals gehen. Ich finde, diese Art der Fortbewegung wird völlig überschätzt!« Doch Sophie verstand immer noch nicht. Was und wo sollten diese Hovercrafts sein? Rundherum sah sie nur Wasser, Steine, Gräser und Farne. Waren die Gefährte etwa im Schuppen hinter der Hütte versteckt?

Jo klärte die Situation mit einem Grinsen auf und zeigte auf den Strand vor ihnen: »Da, schau, da vorne!« Und als Sophie seinem Arm mit ihrem Blick folgte, schaukelten plötzlich zwei kleine Luftkissenboote vor ihnen im Wasser. Phie konnte ihr Staunen nicht verbergen. »Du siehst, Jo ist längst besser als ich«, erklärte Nino trocken. »Ein Wimpernschlag, und schon hält er die tollsten Dinge bereit.« »Aber es sind nur zwei ...«, warf Sophie zögernd ein. »Ich habe mir gedacht, dass ihr Jungen heute mal unter euch bleiben wollt. Du hast die letzten Wochen immer nur mit Kati und mir verbracht, Sophie. Ein bisschen Abwechslung kann sicher nicht schaden, oder?« Phie war sich da nicht ganz sicher. Normalerweise brauchte sie lange, um neue Freundschaften zuzulassen. In der Gegenwart von unbekannten Menschen fühlte sie sich unsicher und unwohl. Doch Jo lächelte ihr jetzt aufmunternd zu. Phie zauderte nicht länger. Was konnte schon schiefgehen? Schließlich hatte sie die Volleyballrunde von Bad Aichbach doch auch spontan in ihr Herz geschlossen.

So bestieg sie mit klopfendem Herzen das wackelige Luftkissenboot, und Jo erklärte ihr geduldig, wie Gas, Bremse und Steuerung zu bedienen waren. Während Phies Gefährt zunächst nur langsam und unter ständigem Rucken vorwärtskam, schoss Jo mit hohem Tempo hinaus auf den Fjord, dort riss er das Hovercraft herum und vollführte eine elegante Wende. Das Meerwasser schwappte an den blauen Plastikwürsten hoch und spritzte Jo ins Gesicht. Doch davon ließ sich dieser nicht beirren. Gemächlich steuerte er, lässig über dem Sitz stehend, auf Sophie zu. »Du kannst ruhig ordentlich Gas geben!«, rief er ihr zu. »Es kann nichts passieren! Wenn du einen Abgang machst, hol ich dich zur Not aus dem Wasser. Stell dir einfach vor, es wäre so warm wie in einer Badewanne, dann macht es richtig Spaß!« Und um das Gesagte zu bestätigen, raste er wieder nach vorne, vollführte eine abrupte Drehung und wurde in weitem Bogen ins Wasser geschleudert. Lachend und prustend tauchte er aus den Wellen wieder auf, schwamm mit gekonnten Kraulbewegungen zum Boot zurück und schwang sich behände über die prallen Schläuche nach oben. Dabei stieß er sich mit beiden Beinen vom Wasser ab, was Sophie an ihre eigenen Tauchgänge erinnerte, wo sie ebenfalls wie ein Delfin in die Lüfte gesprungen war.

Sophie wurde mutiger und drückte den Gashebel immer fester durch. Der Wind pfiff ihr um die Ohren, und die Gischt spritzte ihr ins Gesicht. Es machte ihr zunehmend Freude, und sie vollführte immer waghalsigere Manöver. Einzig die Begegnung mit dem Wasser machte ihr noch etwas Angst. Aber schließlich nahm sie sich ein Herz, riss das Steuer herum und flog kreischend durch die Luft. Der Aufprall war weicher, als sie es vermutet hatte, obwohl sie ihren Körper vor lauter Schreck nicht wirklich kontrollieren hatte können. Doch dies hier war schließlich ein Traum, und wenn sie eines gelernt hatte, dann dass sie keine Schmerzen zu erwarten hatte, wenn sie dies nicht wollte.

So machten sich die beiden auf der Fahrt zum Kjerag

einen Spaß daraus, sich gegenseitig durch scharfe Kurven und wilde Drehungen nass zu spritzen. Eine Zeit lang versuchte Phie, das andere Hovercraft wie auf einem Rummelplatz zu rammen, und wurde dabei meist selbst aus ihrem Sitz geschleudert. Jo nahm das Spiel auf und versuchte, mit geschickten Manövern zu entkommen, was ihm – meistens – auch gelang. Als sie am Fuße des Preikestolen vorbeischipperten, hielt Sophie kurz an. Von unten sah die mächtige Felskanzel so Furcht einflößend aus, und dabei hatte sie sich gerade in der Nacht zuvor mutig über ihren Klippenrand gestürzt. Wie würde erst der Kjerag auf sie wirken, der noch einmal um knappe 400 Meter höher war!

Kurze Zeit später wusste sie es. Dieser gigantische Felsen war einfach atemberaubend! Mit freiem Auge war der Gipfel fast nicht zu erkennen. Nebelschwaden tauchten ihn in ein mystisches Licht. Es würde die spektakulärste Flugerfahrung werden, die sie bis jetzt gemacht hatte.

## Kapitel 6

Der nächste Tag begann ziemlich schlecht. Sophie war müde, und sie hatte ihre Periode bekommen, was sie fürchterlich nervte. Zudem stand ihr heute eine Prüfung in Chemie bevor, und all die Formeln, Elemente und Verbindungen wollten ihr einfach nicht in den Kopf. Sophie fand die spektakulären Reaktionen, die leider nur sehr selten in Form von Versuchen gezeigt wurden, äußerst interessant, aber die abstrakten Buchstaben und Zahlen konnten ihr gestohlen bleiben. Wer wollte sich so etwas schon merken? Leider hatte ihr Lehrer ihre Abneigung gegenüber seinem Fach natürlich sofort erkannt und versuchte nun, Sophie mit vermehrten Stundenwiederholungen zum Lernen zu »motivieren«. Er war der Meinung, eine möglichst schnelle Rückkehr zur schulischen Normalität würde nur helfen. Sophie brauche in dieser für die Familie so belastenden Zeit einen stabilen Rahmen, den ihr die Schule geben würde. Mit dieser Feststellung hatte er eine Sprechstunde, in der Mira um Nachsicht für ihre Tochter gebeten hatte, schnell beendet.

Die Schule als »sicherer« Ort, ja, gerne, aber dass sie nun neben den Besuchen im Krankenhaus noch mehr lernen sollte als sonst, um den pädagogischen Vorstellungen ihres Chemielehrers zu entsprechen, das sah Phie nicht ein. Dann würde sie heute eben stumm vorne an der Tafel stehen, und er konnte dumm glotzen. Mit dieser schlechten Laune und genügend Wut im Bauch, um jeden Moment zu explodieren, betrat sie das Esszimmer. Auch dort herrschte dicke Luft. Mira hatte sich längst für die Arbeit zurechtgemacht, doch Jonas trödelte wie so oft herum. Er saß im Pyjama und mit verwuschelten Haaren am Tisch und stocherte in seinem Müsli herum. Phie bemerkte, dass Mum heute eine Ausnahme gemacht und ihnen süße Frühstücksflocken mit Milch gegönnt hatte. Doch auch das konnte Jonas nicht motivieren, schneller zu werden. Und gerade als er Sophie erblickte, passierte das Malheur: Ihr kleiner Bruder sprang auf, streifte an die Schüssel, und ein buntes Gemisch aus Cerealien und Milch ergoss sich quer über den Tisch, klatschte auf den Boden und spritzte gegen die Wände.

Die beiden Geschwister erstarrten, und Mira kreischte los: »Ich hab es so satt! Mach, dass du in dein Zimmer kommst, Jonas! Wenn du nicht sofort umgezogen bist, schlepp ich dich im Pyjama zur Schule! Frühstück ist gestrichen!« Mira schnappte sich eine Rolle Küchenpapier und versuchte, die verschüttete Milch aufzufangen. Tränen rannen ihr vor Zorn und Verzweiflung über die Wangen. Sophie blieb wie angewurzelt stehen, ihre eigene Wut steckte wie ein Kloß in ihrem Hals. »Mum …?«, begann sie vorsichtig. »Was ist?«, brüllte diese zurück. »Willst du mir nicht helfen?« Miras harscher Tonfall war zu viel für Phie. Ohne ein weiteres Wort drehte sie sich um und stürzte zur Tür hinaus.

Unten im Stiegenhaus stapelten sich die leeren Kartons aus dem ebenerdig gelegenen Lampengeschäft vor dem Ausgang, sodass Sophie kaum die Haustüre öffnen konnte. Mit voller

Wucht rammte sie ihren Ellbogen gegen die aufgetürmten Schachteln und fegte sie zur Seite. Wütend trat sie auf die braunen Kartons ein, fing an, sie zu zerreißen, und weinte dabei unaufhörlich. Warum war das Leben nur so ungerecht? Warum musste das alles ausgerechnet ihr widerfahren? In einer kurzen Verschnaufpause hörte sie, wie das Schloss an der Eingangstür des Lampengeschäftes klickte, jemand sperrte gerade auf. Sophie fuhr der Schreck in die Glieder. Was hatte sie nur für ein Chaos angerichtet? So schnell sie konnte, flüchtete sie auf die Straße. Doch ihre Lehrer würden sie heute nicht zu Gesicht bekommen.

Sophie hatte noch nie geschwänzt, aber sie wusste, sie würde ernsthafte Probleme bekommen, wenn sie einfach verschwunden blieb. Deshalb schrieb sie Mira eine kurze SMS: Brauche heute Abstand. Gehe nicht in die Schule. Ihre Mutter antwortete sofort: Es tut mir leid. Bitte komm nach Hause! Doch Phie konnte jetzt nicht zurück, sie wollte allein sein. Das Wetter war gut, die Herbstsonne wärmte noch und ließ die Blätter der Bäume erstrahlen. Sie schrieb zurück: Nein. Bleib im Park. Bitte entschuldige mich. Mira schien zu überlegen, denn es dauerte einen Moment, bis ihre Antwort kam: Ok.

Sophie wollte diesen ersten Tag, an dem sie aus eigenem Antrieb nicht in die Schule ging, strategisch planen. Sie hatte noch nichts gegessen, bald würde ihr Magen zu knurren beginnen. Zum Glück waren stets ein paar Euro für unvorhersehbare Ereignisse in ihrem Federpennal versteckt. Und wenn das hier kein Notfall war, was dann? Sie nahm ihre Tasche vom Rücken und nickte zufrieden, als sich der fast vergessene Vorrat als recht großzügig erwies: Sechs Euro – davon konnte sie sich eine gute Jause kaufen. Im nächsten Supermarkt erstand sie eine Erdbeerbuttermilch, eine Wurstsemmel, einen Schokoriegel und eine kleine Flasche Wasser, die sie beim Brunnen im Park jederzeit auffüllen konnte.

Es war ein merkwürdiges Gefühl, alleine zu so früher Stunde auf der Bank unter der Trauerweide zu sitzen. Normalerweise kam sie oft mit Liv in der Mittagspause hierher, doch diese saß bestimmt schon längst in der Klasse und wunderte sich, wo Phie blieb. Ein frischer Wind ließ erste Blätter von den herabhängenden Zweigen des Baumes rieseln. Im Schatten war es fast noch zu kalt, doch Sophie wollte den vertrauten Ort nicht verlassen. Wo sollte sie denn sonst hin? »Nach Hause«, kam ihr in den Sinn. Mira war bei der Arbeit, Jonas in der Schule – wenn sie wollte, konnte sie auch in ihrer Wohnung allein sein. Doch das kam nicht in Frage. Ihr erstes Schulschwänzen wollte sie mit gebührender Würde begehen, da konnte sie sich nicht gemütlich in ihr Bett kuscheln.

Sophie beschloss, sich erst einmal zu stärken. Die Erdbeermilch schmeckte himmlisch süß, und nach der fetten Wurstsemmel war sie so richtig pappsatt. Wenn es nur ein bisschen wärmer wäre! Seit ihrem Ausflug zur Traumgrenze hasste sie Kälte, damals wäre sie im Inneren eines Gletschers fast erfroren! Es half nichts: Sie musste sich bewegen, sie hatte eine viel zu dünne Jacke an. Sie zog den Reißverschluss ihres Rucksacks zu und marschierte los. Eine Runde durch den großen Stadtpark sollte ihren Kreislauf in Schwung bringen, und dann würde sie sich einen Platz in der Sonne suchen.

Sophie wanderte vorbei an herbstlich bepflanzten Beeten, wo leuchtend rote Astern mit langen, schlanken Gräsern im Wind hin und her wogten. Ihre Gedanken kehrten noch einmal zurück zur vergangenen Nacht und zu dem blonden Jungen, Jo. Es war ein vorsichtiges gegenseitiges Abtasten gewesen. Sie hatten viel gelacht, und Phie war von Jos waghalsiger Flugakrobatik schwer beeindruckt gewesen. Doch sie hatten sich nie berührt. Wie Sophie erst seit Kurzem wusste, gehörte es zwischen Träumern zum guten Ton, sich die Hand zu reichen und dem Gegenüber dabei Einblick in seine Seele zu gewähren. Das Ganze passierte in rasender Geschwindigkeit, wie im Zeitraffertempo. Unerfahrene konnten zwar nur wenige Bilder herausfiltern, Erfahrene aber wussten danach genau, mit wem sie es zu tun hatten.

Phie hatte diese Art der Kommunikation in den letzten Wochen mit Kati und Nino geübt. Sie sollte nicht noch einmal das Opfer eines Träumers werden, der es nicht ehrlich mit ihr meinte. Und doch hatten sie beide in der Nacht auf dieses Begrüßungsritual verzichtet. Nino hatte sie auch nicht dazu ermuntert. War ihr wieder ein Fehler unterlaufen? Hatte sie wieder zu schnell jemandem vertraut? Sophie schüttelte den Kopf: »Nein, Jo ist von Nino eingeführt worden, sie kennen sich gut … Aber morgen werde ich ihm die Hand geben. Wenn er da ist.« Sie hatte laut vor sich hin gemurmelt und dabei eine alte Frau mit Hund auf sich aufmerksam gemacht.

»Hast du heute keine Schule?«, fragte die Frau skeptisch. Sophie überlegte, ob sie lügen sollte, doch dann entschied sie sich für die Wahrheit: »In meiner Familie läuft es gerade voll scheiße, mein Vater liegt im Koma. Ich kann da heute nicht hin.« Phie hatte in diesem Moment eigentlich eine Schimpftirade erwartet, doch das Gesicht der alten Frau hellte sich in einem gütigen Lächeln auf. »Ihr jungen Leute seid heute sowieso nicht zu beneiden. Dauernd Stress mit der Schule, und keiner versteht euch.« »Sie aber offensichtlich schon!«, gab Sophie freundlich zurück. »Ich habe selber zwei Enkel, die sich in der Schule so schwertun! Meine Tochter und mein Schwiegersohn müssen den ganzen Tag arbeiten – es ist ja alles so teuer geworden –, da bleibt kaum noch Zeit zum Lernen daheim. Ich wünsch dir einen schönen freien Tag, meine Liebe.« Der Hund zog die Frau weiter. Sophie verabschiedete sich mit einem »Vielen Dank! Ihnen auch einen schönen Tag!«

Was eine einzige erfreuliche Begegnung alles ausmachte!

Sophies Herz fühlte sich leicht. Sie spazierte weiter und verscheuchte die Zweifel, die sie beim Gedanken an Jo befallen hatten. Sie konnte Nino vertrauen, das wusste sie, seit er ihr gemeinsam mit Tante Kati das Leben gerettet hatte. So ein alleine verbrachter Vormittag war lang, und langsam überkam Sophie Langeweile. Sie setzte sich auf eine Bank in der Sonne und holte ihre Schulsachen heraus. Die Vögel zwitscherten, und vom Verkehr, der rund um den Park tobte, war kaum etwas zu hören. Eigentlich der perfekte Ort, um in Ruhe zu lernen, dachte sie und schlug ihr Chemiebuch auf.

## Kapitel 7

Als Phie mit ihrer Mutter und Jonas am späten Nachmittag wieder zusammentraf, herrschte eine eigenartige Stimmung zwischen den dreien. Jeder hatte ein schlechtes Gewissen. Vor allem Jonas versuchte, besonders artig und zuvorkommend zu sein.

Sophie seufzte erleichtert, als Liv vorbeikam, um ihr Unterlagen und Mitschriften aus der Schule nachzubringen. Die Mädchen verschwanden in Phies Zimmer, während Mira und Jonas gemeinsam das Abendessen zubereiteten. »Bei euch muss es ja ziemlich abgegangen sein, wenn jetzt alle so bemüht cosy miteinander umgehen!«, brachte es Liv auf den Punkt. »Ja, jeder ist irgendwie angespannt, keiner will, dass noch einmal jemand explodiert, und deshalb sind wir ganz lieb und nett miteinander«, bestätigte Phie hämisch.

Sie hatte mit ihrer Freundin bereits am frühen Nachmittag telefoniert und ihr alles erzählt. »Und deine Mum hat keinen Terror gemacht, weil du nicht in der Schule warst?«, fragte Liv ungläubig. »Nein! Sie hat mich in der Früh beim Direktor entschuldigt, und bis jetzt hat sie nichts gesagt.«

Phie sah kurz die Unterlagen durch, die Liv mitgebracht hatte, und warf sie auf den überfüllten Schreibtisch. »Aber ich hab ihr erzählt, dass ich schlussendlich den ganzen Vormittag im Park gelernt habe, weil mir so fad war«, erklärte Sophie. »Na, dann hast du vermutlich schon genug gebüßt!«, feixte Liv schelmisch. »Der Heininger hat dich eh vermisst.« »Oh, in Chemie bin ich jetzt top«, konstatierte Sophie selbstbewusst. »Der kann mich ruhig drannehmen, der Idiot!«

Phie und Liv verbrachten noch einen gemütlichen Abend. Sie schauten sich Videos im Internet an, machten sich über die ComUnity-Einträge ihrer zickigen Mitschülerinnen lustig und quatschten noch eine Weile mit Amin und Shirin über den geteilten Bildschirm am Laptop. Erst jetzt schoss es Sophie durch den Kopf, dass sie ihren Freunden noch gar nichts von Jo erzählt hatte! Das holte sie schnellstens nach, und sie musste dabei wohl so von ihm geschwärmt haben, dass sich Shirin einen Seitenhieb nicht verkneifen konnte: »Der scheint dich ja mächtig beeindruckt zu haben! Hast du dich etwa in ihn verguckt?« Gleichzeitig knuffte ihr Liv in die Seite: »Und mich lachst du immer aus, wenn ich mich verliebe!« »Blödsinn«, knurrte Sophie, »ja, er ist eine interessante Persönlichkeit, aber von Liebe haben wir doch alle keine Ahnung, am wenigsten du, Liv!« Sie boxte liebevoll zurück. »Ah, eine interessante Persönlichkeit«, witzelte Shirin weiter, »und sie wird nicht einmal rot dabei!«

Amin war bei diesem Teil des Gesprächs ungewöhnlich ruhig geblieben. Sophie war das nicht entgangen: »Amin, du bist so still, stimmt was nicht?« »Nein, nein, alles in Ordnung«, erwiderte er nachdenklich. »Ich überlege nur gerade. Bleib wachsam, Phie, auch wenn du Jo über Nino kennengelernt hast. Dein Vertrauen wurde schon einmal missbraucht ...« »Aber das mit Gregorius war doch ganz was anderes!«, warf Shirin ein. »Nein, das finde ich überhaupt nicht!«, erklärte Amin bestimmt. »Die ganze Traumwelt hat ihm vertraut, und sie tut es immer noch. Er ist der umjubelte Star des Jahrmarktes, und als Ludwig Zaltuoni hat er großen Einfluss auf den Rat der Weisen.«

»Woher weißt du das?«, fragte Phie entsetzt. »Nun, ich war in den letzten Nächten gezwungenermaßen viel mit meinem Vater unterwegs«, erzählte Amin. »Er will mich in die alten Kreise und Zirkel einführen, die darauf achten, dass die Traditionen der Traumdimension bewahrt bleiben. Ich durfte zwar nicht an den Besprechungen teilnehmen, aber ich habe gesehen, dass Zaltuoni dick dabei war.« »Das gibt's doch nicht!«, rief Liv aus. »Nach allem, was er dir angetan hat!« »Er schafft es wohl wieder, seine Schuld anderen aufzuladen«, bemerkte Sophie mit grimmigem Blick. »Ja, es scheint so zu sein«, bestätigte Amin. »Irgendetwas ist im Gange! Der Rat und mit ihm alle Traditionalisten sind total aufgebracht. Aber ich muss erst rauskriegen, was da genau gelaufen ist!«

»Dann sei du auch vorsichtig!«, gab ihm Phie zum Abschied mit, bevor sich Amin und Shirin wieder ausloggten. Als der Bildschirm dunkel wurde, schaute Liv Sophie mit ernster Miene an: »Wissen Kati und Nino, dass Zaltuoni wieder davongekommen ist?« »Wir haben nicht mehr von ihm gesprochen, seit wir vom Künstlerhof weg sind«, antwortete Phie. »Wir haben uns voll und ganz auf meine Einführung konzentriert.« »Dann wird es höchste Zeit, dass du nachfragst!«, beschwor Liv sie, bevor sie sich auf den Weg nach Hause machte.

Das Bett roch herrlich, sodass sich Sophie wenig später wohlig in ihre Kissen kuschelte. Mira hatte noch schnell frisch überzogen – so ein schlechtes Gewissen nach einem Wutausbruch hatte durchaus etwas Gutes! Für die heutige Nacht nahm sich Phie zwei Dinge vor: Sie wollte mehr über Jo erfahren, und sie musste Nino nach Ludwig Zaltuoni fragen. Damit standen ihr unangenehme Gespräche bevor, denn es war nicht ihre Art, so direkt zu werden. Doch das hinderte sie nicht daran, vom Dämmerzustand in einen tiefen Schlaf zu sinken. Der blau-grüne Farbenstrudel geleitete sie auf ihre Insel, wo zu ihrer Überraschung Jo am Portal auf sie wartete. »Hi, Jo!«, begrüßte sie ihn etwas verdattert. »Wo ist denn Nino?«

»Er hat mich gebeten, dich heute abzuholen! Er wurde zu einer dringenden Besprechung gerufen«, erklärte Jo etwas zögerlich. »Ich hoffe, das ist dir nicht unangenehm? Ich meine, du hast mich ja nicht in deine Welt eingeladen, und jetzt bin ich einfach da …« Sophie überlegte kurz. Sollte sie Jo auf ihre Insel einladen? Würde man das von ihr in dieser Situation erwarten? Der Junge bemerkte ihre Verunsicherung: »Du musst dich nicht verpflichtet fühlen, mich auf deine Insel zu lassen, Phie. Nino meinte ohnehin, es wäre im Moment bei ihm sicherer!« Sophie runzelte die Stirn. Was war da los? Warum sollte es bei Nino sicherer sein? Sicherer wovor? Sie gab sich einen Ruck und trat auf Jo zu. »Kein Problem«, sagte sie. »Ich komme mit dir mit. Aber es wäre schön, wenn du mir heute einige Fragen beantworten würdest!« »Gerne!«, antwortete er, und dann durchschritten sie gemeinsam das Portal, um im nächsten Augenblick vor Ninos Hütte zu landen.

Die Sonne schien, und der Wind sorgte für eine angenehm warme Brise, was im realen Norwegen wohl nicht so oft der Fall war. Sophie stellte sich das Land stürmisch und kühl vor, obwohl sie noch nie dort gewesen war. Die Hütte schien verlassen. »Die Besprechung findet wohl nicht hier statt?« Phie blickte Jo fragend an. »Doch, doch!«, antwortete er, »aber an einem Ort, der doppelt geschützt ist.« »Doppelt geschützt? Langsam fange ich an, mir Sorgen zu machen!« »Dazu besteht kein Grund!«, beschwichtigte Jo. »Aber ich muss dir wohl einiges erklären. Wollen wir uns auf die Terrasse setzen und die Aussicht auf den Fjord genießen?« Sophie war einverstanden, und sie nahmen auf den bequemen Holzliegestühlen vor der Hütte Platz.

»Mit wem trifft sich Nino heute? Mit Vertretern des Rates oder mit den Traditionalisten?«, wollte Sophie wissen. Jo lachte hämisch auf: »Nein, bestimmt nicht!« »Warum ist das so abwegig?« »Du weißt doch bestimmt, dass Nino in seinem früheren Leben Probleme mit dem Rat hatte«, begann Jo. »Ja, nachdem Zaltuoni ihm und Kati die Schuld für den Tod seiner Frau gegeben hatte, wurden ihre Portale gesperrt, und seitdem darf sich niemand mehr der Traumgrenze nähern«, nahm Sophie ihm die Worte aus dem Mund. »Genau. Den beiden wurde damals vorgeworfen, sie würden die bestehende Ordnung gefährden, indem sie bei ihren Experimenten die Grenzen der Dimensionen zu überschreiten versuchten«, fuhr Jo fort. »Was genau genommen ja gar nicht stimmte. Sie wollten Zaltuonis Tochter von der Grenze zum Jenseits zurückholen, so wie du deinen Vater ...« »Woher weißt du das?«, fragte Phie aufgebracht. »Nino hat mir davon erzählt. Du musst sehr mutig sein«, antwortete Jo etwas kleinlaut. »Was weißt du noch über mich?«, wollte Sophie wissen. »Nicht viel ...« »Dann bin ich beruhigt. Denn eigentlich bin ich gekommen, um mehr über dich zu erfahren.«

Phie streckte ihre Hand aus und reichte sie Jo: »Ich bin zwar noch nicht sonderlich gut darin, aber ich habe in der letzten Zeit viel mit Nino und Kati geübt.« Jo grinste und richtete sich auf: »Du hast die besten Lehrer, die es gibt.« Als sich ihre Hände berührten, schloss Phie die Augen und konzentrierte sich auf die Bilder, die vor ihrem inneren Auge vorbeiglitten. Doch dieses Mal kämpfte Sophie nicht mit einem undurchdringlichen Dschungel an Informationen. Es war so leicht, sie blätterte in Jos Leben wie in einem Fotoalbum! Was für ein Fortschritt! Phie war keine ahnungslose Anfängerin mehr!

Gleichzeitig fluteten fremde, starke Emotionen wie Wellen Sophies Gehirn. Sie schien nicht nur Szenen aus Jos Leben zu sehen, sondern dabei auch seine Gefühle zu spüren! Das war für Sophie neu und absolut faszinierend. Eine besonders heftige Regung ließ ihren Atem stocken, und plötzlich lag die Szene, die bei Jo diese Emotionen ausgelöst hatte, deutlich vor ihr: Er befand sich mit einer jungen Frau in einem Zimmer. Sie hatte ebenso weißblonde Haare wie er, doch ihr Gesicht war vor Schmerz und Trauer verzerrt. Die Frau hielt ein Telefon am Ohr und schluchzte: »Nein, das kann nicht sein! Das kann ich nicht glauben!«

Die nächste Szene, die Phie fast das Herz zerriss, spielte sich auf einem Friedhof ab. Inmitten von mächtigen Birken und verwitterten Kreuzen wurden zwei Särge zu Grabe getragen. Die blonde junge Frau, die vermutlich selbst noch ein Teenager war, hatte Jo fest im Arm, ihre langen Haare klebten auf ihren tränennassen Wangen. Beide marschierten sie in der ersten Reihe des Trauerzuges. Phie schlug ihre Augen auf, und mit einem Mal erblickte sie diesen großen Schmerz, der nie vergehen würde, in Jos Gesicht. »Waren das deine Eltern?«, flüsterte sie. »Ja.«, antwortete er leise.

## Kapitel 8

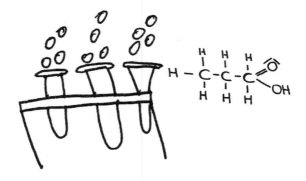

Der intime Moment war schnell vorbei, und Jo zog verlegen seine Hand zurück. »Für eine Unerfahrene siehst du aber ziemlich klar«, murmelte er und fuhr sich durchs Haar, als wolle er Phies Händedruck abstreifen. Sophie wusste nicht, was sie sagen sollte. Sie war hin und her gerissen zwischen der überwältigenden Trauer, die sie soeben gespürt hatte, und dem Hochgefühl, etwas Neues geschafft zu haben. Ihre Brust zog sich zusammen, doch in ihrem Bauch kribbelte es vor Aufregung. Noch nie hatte sie einzelne Szenen aus dem Leben eines anderen Träumers so deutlich gesehen wie vor wenigen Minuten mit Jo. Und sie hatte gleichzeitig seine Emotionen wahrgenommen! Weder Kati noch Nino hatten je davon gesprochen, dass dies zum Begrüßungsritual gehörte. Lag es an Jo, oder war es ihre besondere Fähigkeit, die sich soeben gezeigt hatte?

Jo war die Situation unangenehm. Er rutschte nervös auf seinem Lehnstuhl auf und ab und konnte keine bequeme

Position finden. Er hatte angenommen, Phie würde nur Bruchstücke seines Lebens erkennen können, so wie es jedem Träumer beim Einstieg in diese Dimension erging. Doch Sophie hatte den Tod seiner Eltern in voller Tragik vor sich gesehen. Die Erschütterung über diesen Schicksalsschlag war ihr ins Gesicht geschrieben gewesen. Jo selbst versuchte, die Erinnerung an jenen Augenblick, als das geliebte Segelboot der Familie in Flammen aufgegangen war, zu verdrängen. Die Explosion hatte beide, Mutter und Vater, in den Tod gerissen. Seine Schwester und er waren von einem Moment auf den anderen zu Vollwaisen geworden.

So starrten Jo und Sophie eine Zeit lang wortlos auf den Fjord, wo sich die Möwen vom Wind treiben ließen und die Sonne auf den Wellenkämmen glitzerte. Phie dachte an ihren Vater und wie schwer es ihr wohl fallen würde, ihn gehen zu lassen, wenn es so weit wäre. Tag für Tag hoffte sie auf jeden noch so kleinen Fortschritt, und so bedrückend es auch war, ihn in diesem Zustand zu sehen, er lebte noch. Sie konnte ihn berühren, mit ihm sprechen, und ihr Herz machte jedes Mal einen Sprung, wenn er auf sie reagierte. Jo hatte beide Eltern verloren und war ganz allein! Oder doch nicht? »Wer ist die junge blonde Frau, die bei dir war?«, unterbrach Sophie die Stille. Jo räusperte sich: »Das ist meine Schwester Milena.« »Wohnst du jetzt bei ihr?« »Nein. Wir sind nach dem Tod unserer Eltern bei Oma und Opa untergekommen. Das war vor vier Jahren.« Jo zögerte, bevor er weitersprach: »Aber Milena ist vor zwei Jahren verschwunden.« »Verschwunden?«, fragte Sophie verblüfft. »Was heißt das? Lebt sie noch?«

Das Reden fiel Jo sichtlich schwer. Er atmete zweimal tief durch, bevor er antwortete. Mit festem Blick erklärte er Sophie: »Milena ist auch eine Traumwandlerin, Phie. Sie wollte nach ihrem Abitur nach Mexiko, und dort ist nach wenigen Wochen der Kontakt zu ihr abgebrochen. Meine Großeltern waren verrückt vor Sorge, doch ich blieb zunächst völlig ruhig. Ich konnte Oma und Opa ja nicht erzählen, dass ich Milli im Traum jede Nacht weiterhin getroffen habe.« Sophie nickte wissend, denn auch sie hielt ihre speziellen Träume vor ihrer Mutter geheim. »Sie wollte nach Teotihuacan, eine der größten Städte Mesoamerikas zur Zeiten der Mayas, weil …« Jo unterbrach seine Erzählung und überlegte. Er schien nicht alles preisgeben zu wollen, was damals passiert war, und meinte nur: »Na, jedenfalls, und dann, als sie schon in Teotihuacan angekommen war, konnte ich ihr Portal nicht mehr passieren. Es war gesperrt, und das ist es bis heute.«

»Das ist ja unglaublich!« Sophie sprang abrupt auf. »Wie kann das sein? Und warum wurde ihr Portal gesperrt? Sie hat sich doch nichts zu Schulden kommen lassen, oder?« Röte stieg Jo ins Gesicht, als er erwiderte: »Nein, hat sie nicht. Aber der Rat hatte wohl Angst davor, dass sie es tun würde.« »Was tun würde?«, hakte Sophie nach. »Sich den Regeln der Traumdimension, wie wir sie heute kennen, widersetzen«, antwortete Jo mit harter Stimme und stand ebenfalls auf. »Und ich wäre jetzt alt genug, um ihr zu helfen, aber ich komme nicht zu ihr durch.« »Du bist dir also sicher, dass sie noch lebt?«, fragte Sophie vorsichtig. »Ja, das spüre ich. Ihr Portal ist noch aktiv, und sie ist in Gefahr, da bin ich mir ganz sicher.«

In diesem Moment kam Nino um die Ecke. Er schien guter Dinge zu sein, die Besprechung war wohl zufriedenstellend verlaufen. »Na, ihr beiden? Ihr seid noch da und fliegt noch gar nicht um die Wette?«, bemerkte er leichthin und musterte zuerst Jo und dann Sophie. Beide setzten ihr überzeugendstes Lächeln auf. »Jo hat ein bisschen mit mir trainiert, aber jetzt machen wir uns auf den Weg. Kommst du mit?«, forderte Phie ihren Onkel auf. »Sehr gern, aber dann warten wir noch auf Kati, sie sollte gleich hier sein«, erwiderte Nino. Die Tante war also auch bei dieser geheimnisvollen

Besprechung dabei gewesen, dachte Phie bei sich. Vielleicht konnte sie aus Kati eher herausbringen, was da vor sich ging. Mit ihr redete es sich einfach leichter.

Als Sophie an diesem Morgen vom Läuten des Weckers geweckt wurde, drückte sie auf die Schlummertaste und kuschelte sich noch einmal genüsslich in ihr Laken. Sie wollte noch nicht in die Realität zurückkehren. Denn auch wenn sie in der vergangenen Nacht von Jos furchtbarem Schicksal erfahren hatte, so konnte sie sich nur schwer von der Vertrautheit und Leichtigkeit, die sich danach zwischen ihnen eingestellt hatte, trennen. Sie beide verband eine ähnliche Erfahrung im realen Leben, der sie dank der Traumdimension Nacht für Nacht entfliehen konnten. Und dort erfuhren sie durch Nino und Kati eine heilsame Form der Geborgenheit – das Zusammensein mit ihnen tat Phie und Jo spürbar gut.

Auf dem Weg zum Bad beschlich sie ein mulmiges Gefühl. Wie würde der Morgen verlaufen? Konnte sie den gestrigen Eklat als reinigendes Gewitter deuten, das als notwendig, aber abgeschlossen zu betrachten war? Oder würde eine unachtsame Bemerkung ausreichen, um einen neuerlichen Streit vom Zaun zu brechen? Das gemeinsame Frühstück glich einem Gang auf rohen Eiern. Jonas war schon fertig angezogen und wollte seine Mutter auf keinen Fall reizen. Er saß betont aufrecht bei Tisch und aß brav seinen Haferbrei.

»Na, geht doch!«, schoss es Sophie durch den Kopf. Vielleicht sollte ihre Mutter öfter ausflippen, damit Jonas endlich begriff, dass er auch etwas zur guten Stimmung beitragen konnte. Sich selbständig für die Schule herzurichten, ruhig bei Tisch zu sitzen und sich beim Lernen zu konzentrieren – das sollte wohl auch für einen quirligen Achtjährigen nicht zu viel verlangt sein. »Du gehst heute wieder in die Schule?« Sophie hörte den scharfen Unterton, den Mira in ihre Frage gelegt hatte, doch sie nickte nur und ging nicht näher darauf ein. Mira gab sich damit zufrieden. »Ich bin ja dank des gestrigen Vormittags bestens vorbereitet!«, dachte Phie bei sich, sagte aber nichts.

Doch dass oftmals die beste Vorbereitung nichts nützte, musste Sophie zwei Stunden später schmerzlich erfahren. Gegenüber Professor Heininger, ihrem neuen Chemielehrer, hatte sie vom Beginn des Schuljahres an eine tiefe Abscheu empfunden. Sie fand es widerlich, wie er seine Schüler bei Prüfungen von oben herab taxierte. Als der schmierige Mann im weißen Mäntelchen den Raum betrat, erhoben sich alle von ihren Stühlen. Keiner wollte es riskieren, den Lehrer mit einem vermeintlich unangebrachten Verhalten gegen sich oder womöglich gegen die ganze Klasse aufzubringen.

Professor Heininger schien wie immer schlecht gelaunt. Sein süffisantes Grinsen konnte den unterschwelligen Groll, den der Mann stets vor sich her trug wie ein Schutzschild, nicht verbergen. Er zückte das Notenheft und ließ seinen Blick durch die Klasse gleiten.

Die verquollenen, zu Schlitzen verengten Augen fixierten ausgerechnet Sophie, die sich an diesem Tag selbstbewusst aufrecht hielt. »Der kann mir heute nichts anhaben!«, war sie sich sicher. Doch schon die nächste Bemerkung des Lehrers kündigte das kommende Unheil an: »Oh, da haben wir wohl eine wundersame Spontanheilung bei dir, Sophie. Gestern krank, heute schon wieder fit. Das muss ja ein eigenartiger Blitzvirus gewesen sein.« Was dann folgte, trieb Phie die Tränen in die Augen. Professor Heininger holte sie zur Tafel und prüfte sie zehn Minuten lang auf Herz und Nieren. Dass sie den Stoff der letzten Wochen fast fehlerfrei aufsagen konnte, interessierte ihn scheinbar überhaupt nicht. Er ritt auf jenen Formeln herum, die sie gestern erst durchgenommen hatten. Natürlich hatte Sophie davon keine Ahnung.

Es galt als ungeschriebenes Gesetz in der Schule, dass Stoff, der durch Krankheit versäumt wurde, nicht gleich am ersten Tag der Genesung zu prüfen war. Doch Professor Heininger hielt von dieser Abmachung rein gar nichts, zumindest wenn es um Sophie ging, deren Abneigung er deutlich spürte. Sie biss die Zähne zusammen und ballte die Fäuste, ihr Herz raste vor Wut, und Tränen brannten in ihren Augen. Doch sie wollte vor ihm nicht weinen. Als er mit triumphierendem Grinsen feststellte, dass sie wohl wieder nicht genug gelernt hätte, schwieg sie erbittert. Auch in der Klasse war es mucksmäuschenstill. Alle starrten gebannt auf die Szene an der Tafel, konnten nicht glauben, dass Professor Heininger ausgerechnet Sophie bewusst auf ein Nicht genügend bringen wollte. Sophie, die es ohnehin schon so schwer zu Hause hatte. Doch offensichtlich war es genau dieser Umstand, der Professor Heininger so reizte. Er fügte hinzu: »Viele haben es schwer im Leben, das heißt aber nicht, dass man sich vor seinen Pflichten drücken kann.«

Das war zu viel für Sophie. »Was sind Sie nur für ein Arsch!«, brüllte sie außer sich. Sie dachte weder über die Konsequenzen ihres Ausbruchs nach noch über ihre deftigen Worte, die wie von selbst aus ihr heraussprudelten. Tränen rannen ihr über das Gesicht, als sie zur Tür stürzte und diese mit einem lauten Knall hinter sich zuschlug.

## Kapitel 9

Sophie stürmte die Stiegen hinunter in den Pausenraum, von dem aus man in den tiefer gelegenen Turnsaal schauen konnte. Die Schreie der Hockey spielenden Kinder drangen nach oben, doch Phie würdigte sie keines Blickes. Zielstrebig lief sie auf ihren Stammplatz bei den Sitzstufen zu, der hinter den riesigen, fingerförmigen Blättern einer großen Zimmerpflanze versteckt lag. Dort setzte sie sich hin, machte sich klein, stützte ihren Kopf auf Arme und Knie und ließ den Tränen freien Lauf. Sie war wütend und gleichzeitig fassungslos über so viel Ungerechtigkeit und fehlendes Verständnis. Was sollte sie jetzt tun? In den Chemieunterricht würde sie auf keinen Fall zurückkehren! Ihre Mutter war zu dieser Zeit telefonisch kaum erreichbar, denn sie saß in der Arbeit. Außerdem hatte Phie ihre Schultasche mit all ihren Sachen – und dem Handy – einfach in der Klasse stehen lassen. Hoffentlich war Liv so geistesgegenwärtig, dass sie ihr die Tasche nachbrachte!

Eine halbe Stunde später kam ihr Liv mit zwei schweren Taschen auf dem Rücken atemlos entgegengerannt. Sie machte ein äußerst besorgtes und ernstes Gesicht: »Zum Glück, du bist noch da!«, keuchte sie. »Ich dachte schon, du bist abgehauen! Hier sind deine Sachen. Geht es dir gut? Ist alles okay? Dieser Idiot hat einfach weitergemacht, als ob nichts passiert wäre, stell dir vor! Und dann hat er noch blöde Scherze probiert, als er mitbekommen hat, dass ich ihn böse anfunkle. Aber er ist mit seinem Schmäh nicht angekommen. Keiner hat die Miene verzogen, geschweige denn gelacht.« Liv holte nach diesem Redeschwall tief Luft, während sie ihrer Freundin die Schultasche reichte. »Danke!«, murmelte Sophie. »Ich wusste nicht, wohin.«

»Keine Sorge!«, munterte Liv sie auf. »Wir stehen alle hinter dir, wenn dich dieser Vollkoffer auch noch bei der Direx anschwärzen sollte! Jetzt komm, lass uns gehen, die nächste Stunde fängt gleich an.« Sophie lächelte dankbar. Eiligen Schrittes marschierten die beiden Freundinnen auf ihr Klassenzimmer zu und huschten, kurz bevor die Englischlehrerin die Türe schließen konnte, hinein.

Sophie wagte es bis zum Schlafengehen nicht, ihrer Mutter von dem unangenehmen Vorfall in der Schule zu erzählen. Dabei rumorte die Erinnerung an die demütigende Situation noch den ganzen Nachmittag in ihrem Kopf und in ihrem Bauch. Doch je mehr sie darüber nachdachte, desto stärker bereute sie es, aus dem Klassenzimmer gestürmt zu sein. Sie hatte sich von Professor Heininger unterkriegen lassen, und das sollte ihr nie wieder passieren. Sie würde auch ihre Mutter nicht um Hilfe bitten. Die hatte andere – ernsthafte – Sorgen und sollte sich nicht mit einem Lehrer, der offensichtlich null emotionale Intelligenz besaß, auseinandersetzen müssen.

Als die Nacht und das Träumen näher rückten, wurden die trüben Gedanken immer mehr von prickelnder Vorfreude abgelöst. Nino und Kati hatten Phie für die heutige Nacht frei gegeben, denn die Erwachsenen waren wieder zu einer Versammlung berufen. Sophie konnte sich daher endlich wieder Zeit für Shirin und Amin nehmen. Als sie ihre Freunde via ComUnity verständigte, machte sich die hellste Aufregung breit. Wie sehr hatten sie ihre gemeinsamen Traumabenteuer vermisst!

Und so warteten Amin und Shirin bereits am Ufer, als Sophie mit ihrem Boot die Bucht unter dem Löwenfelsen ansteuerte. »Da bist du ja!«, grüßte Shirin ungeduldig, und Amin setzte sein breitestes Grinsen auf. »Wohin wollen wir heute?«, fragte er, »Zu mir, zu dir oder zu ihr?« »Wie originell!«, kam es postwendend von Shirin zurück, und sie knuffte Amin in die Seite. Sophie war überglücklich, die beiden zu sehen, und doch gab ihr die vertraute Geste zwischen Shirin und Amin einen leichten Stich. Ein Hauch von Eifersucht meldete sich. Ihre Freunde schienen sich näher gekommen zu sein, während sie ihre Einführung hatte nachholen müssen, und sie fürchtete, das fünfte Rad am Wagen zu werden.

Doch als hätte Shirin ihre Gedanken gelesen, legte sie ihren Arm um Sophie und spottete: »Bin ich froh, dass du wieder da bist! Mit diesem ›Mister Oberkorrekt‹ hier war es ziemlich nervig!« Und schon war die gewohnte Vertrautheit zurück. »Ich habe solche Sehnsucht nach deiner Insel, Phie!«, seufzte Shirin. »Wir sind schon so lange nicht mehr bei dir gewesen!« »Ja!«, pflichtete Amin bei, »lass uns auf deiner Insel bleiben.« Das musste er Sophie nicht zweimal sagen, voller Tatendrang marschierte sie los, drängte sich am Löwenfelsen vorbei und machte sich auf ins Innere des Waldes.

Die Luft war kühl und klar, und Sophie atmete tief durch. Tat das gut! In den Wipfeln der mächtigen Tannen hörte sie ein Knattern und ein Knacken: Ein rotbraunes Eichhörnchen turnte von Ast zu Ast und hielt schnurstracks auf die drei Freunde zu. »Hörnchen!«, wisperte Sophie mit süßlicher Stimme, »Hörnchen, komm her zu mir!« Sie langte in ihre Hosentasche und holte ein paar Nüsse hervor, mit denen sie das Tier anlockte. Das Eichhörnchen kannte Sophie gut und war ihr schon in vielen Nächten ein treuer Begleiter gewesen. Behände kletterte es an Phies Bein hoch, schnappte sich eine Nuss und fraß sie genüsslich auf Sophies Schulter.

Dort blieb Hörnchen auch sitzen, während die Kinder weiter durch den Wald wanderten. Amin bewunderte die violetten und rosafarbenen Leberblümchen, die an den sonnigen Hängen blühten. Shirin wiederum war von den filigranen Buschwindröschen entzückt, die sich mit ihren weißen Köpfen überall ausbreiteten. »Du scheinst viel gelernt zu haben in der letzten Zeit«, bemerkte Amin anerkennend, »ich weiß nicht, wie ich es am besten beschreiben soll, aber so eine Fülle und so eine starke Energie habe ich auf deiner Insel noch nie erlebt!« »Wie meinst du das?«, fragte Sophie. »Ich kann es nicht erklären, aber es ist, als ob alles hier pulsierte. Das ist ein ganz besonderer Zustand, den ich vom Traumwandeln kenne. Beim Traumgestalten wächst alles langsam und mit der Zeit, es gibt immer einen stabilen Kern. Wenn ich meine Welten von einem Moment auf den anderen verwandle, dann ist immer alles im Fluss. Da steckt eine unglaublich starke, kreative Kraft dahinter, die sich mit nichts im realen Leben vergleichen lässt. Es ist, als würden deine wildesten Fantasien auf der Stelle wahr werden.«

Sophie verstand nicht, was Amin damit sagen wollte. Doch Shirin schien zu begreifen: »Du meinst, Phie könnte bald zur Traumwandlerin werden?« »Ja, ich glaube, das ist möglich. Es fühlt sich genau so an wie damals, als ich kurz vor meinem Durchbruch als Wandler stand«, bestätigte Amin. Shirin pfiff durch die Zähne und blickte bewundernd zu Sophie: »Wow! Das wäre ja cool!« Doch Sophie wurde ärgerlich. Sie hasste es, wenn sie etwas nicht so schnell begriff wie die anderen, das machte ihr jedes Mal deutlich, wie wenig Erfahrung sie noch in der Traumdimension hatte. »Sprecht Klartext! Was soll das? Wieso soll ich jetzt plötzlich eine Traumwandlerin sein? Ich dachte, ich sei eine Traumgestalterin!« »Niemand ist von Anfang an Traumwandler«, erklärte Amin geduldig. »Mit wenigen Ausnahmen!«, warf Shirin ein. »Jeder Träumer beginnt als Gestalter. Doch manche entwickeln mit der Zeit eine besondere Energie, die sie schließlich zum Traumwandeln befähigt«, ließ sich Amin nicht unterbrechen. »Das ist ein ganz eigenartiges Gefühl, das nur diejenigen kennen, die es erlebt haben.« »Also, ich habe nichts in dieser Richtung bemerkt«, wiegelte Sophie ab, um sich im nächsten Moment an Jo zu erinnern, dessen Emotionen sie so klar bei ihrem Händedruck gespürt hatte. Davon hatte sie ihren Freunden nichts erzählt, während sie von den Erlebnissen mit Jo und Nino geradezu geschwärmt hatte.

»Nun, die Zeit wird zeigen, wie du dich entwickelst«, schloss Amin seine Rede ab, »in Zeiten wie diesen können wir jeden Traumwandler gebrauchen.« »Was soll das schon wieder heißen?«, keifte Shirin. »Du verunsicherst uns ja völlig!« Phie sandte Amin ebenfalls einen grimmigen Blick, doch sie erkannte die ehrliche Sorge in seinem Gesicht. Sie mäßigte ihren Tonfall und fragte: »Was ist los?« Sie hatten inzwischen den Bohnenfelsen am Gipfel erreicht. Das Gras begann gerade zu sprießen, und der Regen hatte den Boden aufgeweicht und matschig werden lassen. So ergab es jedes Mal ein patschendes Geräusch, wenn sie die eingesunkenen Schuhe aus dem schlammigen Untergrund zogen.

Sich auf die nasse Wiese zu setzen, erschien wenig verlockend, deshalb flüchteten die drei auf den Felsen, um eine trockene Sitzgelegenheit zu haben.

Und so berichtete Amin von den beunruhigenden Dingen, die er neben seinem Vater aufgeschnappt hatte. Der

Rat der Weisen schien in höchste Alarmbereitschaft versetzt worden zu sein. Die Angst vor Eindringlingen ging um, die Traumdimension, wie sie Sophie eben erst kennengelernt hatte, galt als ernsthaft bedroht. Shirin hörte mit offenem Mund zu. Als Amin geendet hatte, fiel es ihr wie Schuppen von den Augen: »Deshalb hat Najuka mit ihren ältesten Gefährten Kontakt aufgenommen!« Ob Nino und Kati wohl auch von diesen Vorgängen wussten? Das musste Sophie unbedingt herausfinden.

## Kapitel 10

Als Sophie die Augen öffnete, fühlte sie sich wie erschlagen. Sie war müde, und in ihrem Kopf kreisten die Gedanken ununterbrochen. Eine Nacht mit ihren Freunden, und schon ging wieder alles drunter und drüber. Welche Eindringlinge sollten das sein, von denen Amins Vater gesprochen hatte? Wollten sich Außerirdische Zutritt in die Traumdimension verschaffen? Phie schmunzelte. Was für ein absurder Gedanke! Das war das reale Leben und kein Science-Fiction-Film! Aber was hieß schon »real«? Jeder Nichtträumer würde Sophie für verrückt erklären, wenn sie von ihren nächtlichen Abenteuern erzählte. Doch im Hinblick auf die Traumdimension galt ohnehin ein absolutes Schweigegebot. Niemand durfte von ihr erzählen, nichts durfte über sie geschrieben werden. Phie hatte diese eiserne Regel bereits gebrochen, als sie Liv eingeweiht hatte.

Es war der Geistesgegenwart von Tante Kati zu verdanken gewesen, dass Amins Vater davon nichts mitbekommen hatte. Denn Liv war bei Phie gesessen, als diese auf dem Weg zur Traumgrenze durch den Genuss der Hadeswurzel fast gestorben war. Amin und Shirin waren damals über den Computerbildschirm zugeschaltet, und Amin wollte in der allgemeinen Verzweiflung schon seinen Vater zu Hilfe holen. Da war plötzlich Kati ins Zimmer gestürzt und hatte als Erstes den Laptop zugeklappt. Amins Vater erfuhr von der Geschichte nur durch die Erzählungen seines Sohnes, und dieser erwähnte Liv natürlich mit keinem Wort. Dass Phie sich zur Traumgrenze aufgemacht hatte und zwei bereits wegen desselben Vergehens geächtete Träumer involviert waren, reichte völlig aus, dass über Amin ein gehöriges Donnerwetter hereinbrach.

Der Rat und sein Gefolge waren alarmiert, und das unklare Gerede über irgendwelche »Eindringlinge« schürte Sophies Ängste, die sie im Grunde nie abschütteln konnte, wenn sie in der Traumdimension unterwegs war. Sie kannte sich zu wenig aus, musste sich stets auf andere, Erfahrenere verlassen, und das fiel ihr nicht leicht.

Sophie wollte die Nacht und ihre Träume hinter sich lassen und stand ruckartig auf. Doch als sie ihr Spiegelbild im Bad betrachtete, kam ihr eine andere Erinnerung in den Sinn: Was hatte es mit der besonderen Energie auf sich, die Amin auf Sophies Insel zu spüren glaubte? War sie tatsächlich eine Traumwandlerin? Bei diesem Gedanken lief es ihr vor Aufregung kalt den Rücken hinunter. Die Freunde hatten dieses Thema schnell fallen gelassen, als Amin von seinem Vater zu erzählen begann – zu schnell für Sophies Geschmack. Sie beschloss, sich für den heutigen Tag an der Vorstellung festzuhalten, dass sie eines Tages als berühmte Traumwandlerin am Jahrmarkt der Träumer teilnehmen würde.

Und diese Hoffnung wurde schon in der ersten Schulstunde erfüllt! Ihre Klasse war für einen Ausflug im Rahmen eines Projektes mit einer Partnerschule in Südtirol ausgewählt worden. Das hieß, sie würden zwei Tage mit Sightseeing und gutem Essen verbringen, anstatt in der Schule zu sitzen! Dass es dabei um einen kulturellen Austausch ging und im Anschluss zahlreiche Referate auf dem Programm standen, verdrängte Sophie fürs Erste. Sie wollte sich erst dann mit unangenehmen Dingen befassen, wenn sie sich nicht mehr vermeiden ließen.

Sophie bemühte sich auch, nicht an das ernste Gespräch, das sie mit Nino und Kati führen wollte, zu denken. Einerseits wollte sie wissen, was da in der Traumdimension los war, andererseits hatte sie Angst davor, dass es ernsthafte Probleme geben könnte. Denn von diesen hatte sie im realen Leben schon genug, im Traum wollte sie ihre heile Welt behalten. Außerdem neigten Erwachsene dazu, Gefahren zunächst einmal als Hirngespinste abzuwiegeln, um Kinder nicht zu verunsichern. Doch Sophie war kein Kind mehr, sie war eine Jugendliche, die ernst genommen werden wollte. Das hatte im Zusammenhang mit dem Unfall ihres Vaters funktioniert, warum also nicht in der Traumdimension?

Nino holte sie an der Bucht ab, und im Fjord wurde Sophie von Kati und Jo begrüßt. Es herrschte eine fast feierliche Stimmung, als Nino alle auf die Terrasse bat, um etwas zu besprechen. Phie klopfte das Herz bis zum Hals. Würde sie nun erfahren, um welche »Eindringlinge« es sich handelte, wenn es diese überhaupt gab?

Tante Kati ergriff das Wort: »Sophie, Jo, ihr habt euch bestimmt schon Gedanken darüber gemacht, worum es bei diesen geheimen Versammlungen ging, die in den letzten

Nächten hier stattgefunden haben.« Phie und Jo nickten stumm. »Nun, wie ihr wisst, stehen wir seit Sophies Versuch, zur Traumgrenze zu gelangen, unter genauer Beobachtung des Rates. Wir waren daher gezwungen, höchste Geheimhaltung zu bewahren, und ihr beide habt in gewisser Weise als Schutzschild gedient.« Die beiden starrten sie fragend an. Wie so oft in angespannten Situationen schweiften Phies Gedanken ab. Sie musste innerlich unwillkürlich darüber grinsen, wie synchron Jo und sie auf Katis Rede reagierten: gleichzeitiges Nicken, gleichzeitiger skeptischer Blick. Wenn Liv sie jetzt sehen könnte!

Doch Ninos ernste Stimme holte sie in die Gegenwart zurück. »Diese Ausflüge zum Kjerag, das Fliegen, das alles sollte die Wächter davon ablenken, dass wir uns gleichzeitig mit einer Gruppe Gleichgesinnter trafen.« Jetzt begann es Sophie allmählich zu dämmern: »Das heißt, ihr arbeitet nicht mit dem Rat zusammen? Es geht euch gar nicht um diese Eindringlinge?« Kati schüttelte verwundert den Kopf: »Nein. Wir teilen in diesem Punkt nicht die Meinung des Rates. Aber woher weißt du von den Eindringlingen?« »Amin war in den letzten Nächten viel mit seinem Vater unterwegs, da hat er aufgeschnappt, dass der Rat in großer Sorge wegen Eindringlingen ist«, antwortete Sophie wahrheitsgemäß.

Jetzt schaltete sich Jo ein: »Was soll eigentlich dieser ganze Aufruhr? Wozu die Versammlungen?« »Wir können es selbst noch nicht genau sagen«, erwiderte Nino, »es gibt aber ganz sicher keine Eindringlinge, vor denen man sich fürchten muss. Allerdings ist in der Tat etwas passiert, was es seit Jahrtausenden nicht mehr gegeben hat. Nur die Ältesten unter uns können sich an einen solchen Vorfall erinnern.« Es herrschte ein kurzes Schweigen. Sophie beobachtete die kleinen Wellen, die sich an den feinen Steinen des Strandes brachen, halbkreisförmige, sich überlappende Schaumteppiche bildeten und wieder verebbten. Ein beruhigendes Auf und Ab, das Phie ein Gefühl der Sicherheit einflößte, es gab Dinge, die blieben konstant – egal wie sehr die Welt in Aufruhr geriet.

Jo schien ebenfalls angespannt nachzudenken. Seine Augen verengten sich zu schmalen Schlitzen, als er fragte: »Das heißt aber, es gibt diese Eindringlinge, auch wenn man von ihnen nichts zu befürchten hat?« Eine kluge Frage, befand Sophie und hörte aufmerksam zu. »Das Ganze ist nicht so einfach zu beantworten«, hörte sie Tante Kati sagen. »Wie in der realen Welt hätten die Menschen gern simple Erklärungen nach dem Motto ›Schwarz oder Weiß‹, aber das gibt es in den seltensten Fällen.« »Ja, und wie es im Moment aussieht«, mischte sich Nino ein, »besteht die Möglichkeit, dass ein Tor zur Traumdimension geöffnet werden könnte.« »Mit der Betonung auf ›könnte‹!«, setzte Kati gleich hinzu, »dass es wirklich geschieht, ist sehr unwahrscheinlich, doch der Rat glaubt, schon jetzt Panik verbreiten zu müssen, um potenzielle neue Täter abzuschrecken.«

»Aber ich habe immer noch nicht verstanden, worum es geht! Was für ein Tor könnte geöffnet werden? Kann dann jeder von der realen Welt in die Traumdimension gelangen oder können wir Traumgestalter dann vom Traum aus in die Realität eingreifen? Sophie hasste es, im Unklaren gelassen zu werden. Womöglich gab es ja noch eine dritte Dimension, von der sie nichts wusste, aber diesen Gedanken behielt sie lieber für sich. Kati räusperte sich, sie schien mit sich zu ringen, ob sie weiterreden sollte oder nicht: »Es würde theoretisch – rein theoretisch – bedeuten, dass auch ein Nichtträumer unter ganz besonderen Umständen die Traumdimension besuchen könnte.«

»Wen meinst du mit ›Nichtträumer‹? Meinen Vater zum Beispiel?«, fragte Phie aufgeregt. »Ja«, antwortete Kati mit ruhiger Stimme, »Nichtträumer sind für uns Menschen, die ›normal‹ träumen, also keinen Zugang zur Traumdimension haben. Da sortiert das Gehirn nur wirre Bilder aus der Erinnerung aus.« »Aus einem normalen Träumer kann kein Traumgestalter werden, aber er kann unsere Dimension besuchen durch dieses bestimmte Tor, von dem wir gesprochen haben«, führte Nino weiter aus. »Dieses Traumportal steht in engem Zusammenhang mit rituellen Orten wie Steinkreisen, Menhiren, Pyramiden und so weiter. Es gibt bestimmte Rituale, die von einer bestimmten Anzahl von Menschen an bestimmten Orten zu bestimmten Zeitpunkten durchgeführt werden müssen, um das Portal zu öffnen.«

Jo und Sophie blieb vor Erstaunen der Mund offen. Das klang ja ungeheuerlich! »Im Grunde weiß keiner, wie das genau funktioniert«, übernahm Kati wieder das Wort, »doch es gibt Anzeichen, dass erste Schritte zur Ausführung des Rituals bereits erfolgt sind. Der Rat ist deshalb in höchster Alarmbereitschaft, denn er will allein entscheiden, ob und wann das Portal zu öffnen ist.«

Die Landschaft begann vor Sophies Augen zu verschwimmen, in ihrem Kopf drehte sich alles. »Auch Nichtträumer in die Welt der Träumenden ... besondere Umstände ... wenn ihr Vater ... eine neue Chance, ihn zu sprechen?« Gedankenfetzen jagten durch ihr Gehirn. Ihr wurde davon ganz schwindlig, und sie musste sich fest an der Lehne abstützen, um nicht zusammenzubrechen. »Sophie! Ganz ruhig!« Kati beugte sich zu Sophie, die kaum atmete. »Deshalb wollte ich dich nicht zu früh einweihen! Ich wollte nicht, dass du dir falsche Hoffnungen machst!« Auch Jo und Nino standen auf und kauerten sich neben Phie. Sophie stöhnte. Sie war überwältigt von dem, was sie soeben gehört hatte, und gleichzeitig gerührt von der Anteilnahme ihrer Traumgefährten. Tränen brannten auf ihrer Wange. Sie wischte sie verlegen weg, sie wollte nicht vor den anderen weinen.

»Es gibt keine falschen Hoffnungen«, flüsterte Phie. »Das Wichtigste ist, dass es überhaupt Hoffnung gibt. Ohne

Hoffnung würde ich zugrunde gehen.« »Ich weiß«, erwiderte Kati mit ruhiger Stimme. »Aber du darfst dich auch nicht an etwas klammern, was vielleicht niemals in Erfüllung gehen wird. Manchmal muss man das Leben auch in seiner Schwere so akzeptieren, wie es ist.« »Ja, aber das braucht Zeit. Ich brauche noch Zeit. Und wenn es eine Chance gibt – sei sie auch noch so klein – meinen Vater in die Traumdimension zu holen, dann werde ich es versuchen.« Sophie richtete sich auf und atmete tief durch. »Erzählt mir alles, was ihr über dieses Tor wisst«, sagte sie schließlich.

## Kapitel 11

Phie erwachte früher als gewöhnlich. Ihr Schlaf war unruhig geworden, sie hatte die anderen verlassen, um noch ein bisschen auf ihrer Insel allein zu sein und nachzudenken. Sie musste sich unbedingt mit jemandem austauschen, der ihre Sehnsucht nach einer Aussprache mit ihrem Vater verstand. Sie dachte an Liv – in der Mittagspause vor dem Training wäre der optimale Zeitpunkt – an Shirin und Amin – da hatte sie allerdings wegen Amins Vaters ein ungutes Gefühl –, und als Letztes kam ihr plötzlich Gregorius in den Sinn. Was für ein absurder Gedanke!

Sie schüttelte über sich selbst den Kopf. Wie konnte sie in so einem Moment an jenen Mann denken, der mit ihren Hoffnungen gespielt hatte. Der ihre Verzweiflung knallhart für seine eigene Rache genutzt hatte! Und doch: Er war – zumindest eine Zeit lang – ein Seelenverwandter für sie gewesen. Gregorius wusste, was es bedeutete, jemanden, den man liebte, für immer zu verlieren. Die Trauer hatte sich bei ihm in Hass verwandelt. Wenn Sophie an Prof. Heininger dachte, dann konnte sie gut nachvollziehen, wie leicht man in eine solche Wut kippen konnte. Vielleicht hatte Gregorius, damals als er im Mittelalter gelebt hatte, auch niemanden gefunden, der ihm in seiner unendlichen Trauer beistehen wollte, als er Frau und Tochter verloren hatte.

Doch diesen Hass in jedes neue Leben mitzutragen, das konnte nicht die Lösung sein. Gregorius war für Sophie Geschichte, auch wenn er in der Traumdimension wie im realen Leben als Ludwig Zaltuoni nach wie vor seine Machtspielchen verfolgte. Phie kam zu dem Schluss, dass sie sich am besten mit Shirin besprechen sollte. Vielleicht hatte sie Glück, und Shirin war schon wach. Sie musste die Stunde Zeitverschiebung zwischen hier und Irland beachten, doch Sophie wusste, dass Shirin einen weiten Weg zur Schule hatte und deshalb früh raus musste.

Und tatsächlich, nach kurzem Läuten erschien eine verschlafene und verstrubbelte Shirin am Bildschirm. »Guten Morgen!«, murmelte sie und rieb sich die Augen. »Ein bisschen früh heute!« »Ja, tut mir leid, aber zum Glück warst du schon wach«, antwortete Sophie, die sich ein Schmunzeln nicht verkneifen konnte. Natürlich hatte sie Shirin geweckt, aber wer seinen Computer über Nacht nicht ausschaltete, war selbst schuld.

»Sag mir, dass es was Dringendes ist«, knurrte Shirin und gähnte. Phie betrachtete ihre Freundin liebevoll. Diese sanften grünen Augen, die schwarzen glänzenden Haare und der olivfarbene Teint! Sophie verstand manchmal nicht, warum Shirin im Traum unbedingt wie eine typische rothaarige, sommersprossige Irin aussehen wollte. Aber sie musste zur Sache kommen, um ihre verschlafene Freundin nicht zu vergrämen. Auf Englisch war das, was sie in der Nacht erfahren hatte, gar nicht so leicht zu erklären. In der Traumdimension verstand jeder jeden, auch ohne Fremdsprachenkenntnisse! Egal, ihre Englischlehrerin hätte die reinste Freude mit ihr!

Sophie erzählte Shirin, dass es eine Legende unter den Träumenden gab, wonach ein Tor zwischen der realen Welt und der Traumdimension geöffnet werden könne, wenn es die Zeit erforderte. Das letzte Mal sei dies vor tausenden von Jahren geschehen, weshalb es nur wenige Träumer gab, die sich daran erinnern konnten.

Shirin lauschte gebannt. Als Phie geendet hatte, musste sie erst einmal schlucken. Sie strich ihre zerzausten Haare hinter die Ohren und überlegte. Dann meinte sie: »Die Einzige, die da Genaueres wissen kann, ist Najuka! Ich habe dir ja erzählt, dass sie sich mit ihren alten Gefährten getroffen hat, womöglich sind sie diejenigen, die sich erinnern, wie dieses Traumportal funktioniert!« »Ja, stimmt! Wir müssen sie unbedingt sprechen! Meinst du, sie hat Zeit für uns?« Shirin überlegte kurz: »Nun, Najuka hat ihre eigenen Pläne und ist nicht mehr ganz so flexibel. Aber wenn ich sie darum bitte, wird sie uns in den nächsten Nächten sicher besuchen kommen!« »Danke, Shirin!«, erwiderte Phie, »und jetzt muss ich mich beeilen, damit ich rechtzeitig zur Schule komme. Mach's gut!« »Du auch, wir hören uns!«

Die Schule hatte kaum begonnen, da hätte sich Phie am liebsten durch den Tag in die Nacht hineingebeamt. Die Deutsch-Schularbeit in der zweiten Stunde wurde ein Desaster. Sophie hatte sich wie immer auf ihre mittelmäßigen Fabulierkünste verlassen und nichts gelernt. Frau Eller bestand aber in der Aufgabenstellung darauf, dass genau jene sechs Punkte eingehalten wurden, die sie mit der Klasse durchgenommen hatte. Sophie musste improvisieren, was kaum Zeit für eine nochmalige Kontrolle der Rechtschreibung ließ. »Verdammt, ausgerechnet jetzt!«, fluchte Sophie innerlich. Sie wollte sich der neuen Lehrerin möglichst von ihrer guten Seite zeigen, doch das hatte sie vermutlich gründlich vergeigt. Sophie konnte nur auf eine gnädige Beurteilung hoffen.

»Soviel zum Thema falsche Hoffnungen«, witzelte Liv, der Phie in der Mittagspause von den nächtlichen Ereignissen und ihrem schlechten Abschneiden bei der Schularbeit erzählte. »Ja, ja!«, antwortete Sophie knurrend. Die Hoffnung, bei einer Schularbeit ohne Lernen bestehen zu können, hatte sich für sie nicht zum ersten Mal als absolut falsch herausgestellt. Es regnete in Strömen, doch die beiden mussten vor dem Volleyballtraining unbedingt raus aus der Schule. So zogen sie ihre Regenjacken über, kauften sich im Supermarkt Wurstbrote, einen Obstsalat und Mineralwasser und suchten im Pavillon des Stadtparks Unterschlupf. Im alten steinernen Gemäuer roch es nach Fäulnis und Feuchtigkeit, sogar ein schwacher Geruch von Urin lag in der Luft. Doch dies konnte man ignorieren, wenn man es sich an der richtigen Stelle bequem machte. Die beiden setzten sich auf ihre Schulranzen und machten sich an die Jause.

»Mir geht dieser Zusatz ›Wenn es die Zeiten erfordern‹ nicht aus dem Kopf«, schmatzte Liv mit vollem Mund. »Was könnte damit gemeint sein? Welche Umstände könnten es erforderlich machen, dass auch Nichtträumer in die Traumdimension kommen, wenn sie doch sonst nicht einmal davon wissen dürfen?« Phie nickte bestätigend: »Ja, das habe ich mir auch schon überlegt.«

Liv schluckte und fuhr fort: »Und weißt du, ob dann aus Nichtträumern richtige Traumgestalter werden oder ob sie die Traumdimension nur vorübergehend besuchen dürfen?«

»Du stellst Fragen!«, stöhnte Sophie. »Aber es sind wie immer die richtigen! Das werde ich hoffentlich alles herausfinden, wenn ich Najuka treffe. Aber eines scheint mir jetzt schon klar: Nichtträumer können keine Traumgestalter werden, sie bekommen nur durch das Tor begrenzten Zugang.«

Beim Volleyballtraining am Nachmittag hatte ihre Trainerin ein Freundschaftsspiel gegen das Team der Oberstufe organisiert. Lauter gestandene Athletinnen, die Phie und ihren Mitschülerinnen körperlich und auch von der Coolness her weit überlegen waren. Das hieß, die Trainerin wollte sie hinsichtlich kommender Wettkämpfe prüfen: Wer hielt dem Druck stand, wer ließ sich verunsichern und wer würde schlussendlich in der Grundaufstellung stehen? Phie hasste solche Situationen. Sie fühlte sich unsicher, ihr Kopf war hochrot vor lauter Aufregung, dabei wollte sie sich nicht anmerken lassen, wie nervös sie war. Es gelangen ihr ein paar spektakuläre Angriffspunkte, doch genauso oft machte sie auch dumme Fehler. Alles in allem ein durchwachsener Auftritt, und Sophie wusste nicht, was ihre Trainerin von ihrer Leistung halten würde. Umso mehr sehnte sie sich nun nach dem Abend.

Endlich rückte die rettende Nacht näher, jetzt nur kein Streit mit Mum oder Jonas, dann war der Tag überstanden. Zu ihrer Freude herrschte eine entspannte Stimmung, als sie nach Hause kam. Jonas war in seinem Zimmer im Spiel mit seinen unzähligen Plastikmännchen vertieft, und Mira kochte. Sie wirkte entspannt wie schon lange nicht mehr. Auf dem Esstisch lag ein bunt bebildertes Kochbuch aufgeschlagen, das sich Mira zu Hilfe genommen hatte. Ihre Mutter kostete gerade aus einem der Töpfe, als sie Sophie begrüßte. Ihrem Gesichtsausdruck nach schmeckte die Soße gut, denn Mira schleckte sie genüsslich ab.

»Was gibt es denn heute Gutes?«, fragte Sophie freundlich. Miras Kochbegeisterung musste auf jeden Fall unterstützt werden, denn in der letzten Zeit hatte sie die Kochlöffel eher missmutig geschwungen und oft auf Fertigprodukte zurückgegriffen. »Spinatlasagne!«, antwortete Mira. Phie verzog das Gesicht, obwohl sie das eigentlich nicht wollte, doch das Wort »Spinat« hatte sofort eine Reaktion hervorgerufen. »Keine Sorge, die schmeckt dir!«, beruhigte Mira. »Und sie ist auch noch gesund.« Da ließ sich nichts dagegen einwenden, und tatsächlich: Die Lasagne sah zwar etwas ungewöhnlich aus, schmeckte aber herrlich. Sogar Jonas, der Gemüseverweigerer, holte sich eine zweite Portion.

Als sich Sophie für die Nacht zurechtgemacht hatte und zu Bett gehen wollte, fiel ihr das Gespräch mit Liv ein. Sie musste sich unbedingt die Fragen notieren, die ihre Freundin dabei gestellt hatte! Sie schnappte sich den kleinen Notizblock, den sie zum Schulbeginn von Mira geschenkt bekommen hatte, und begann zu schreiben. Um welche speziellen Zeiten ging es beim Traumportal, und konnte aus einem Nichtträumer nicht doch ein Traumgestalter werden?

## Kapitel 12

Fragen über Fragen wirbelten noch beim Einschlafen in Sophies Kopf herum. Doch als sich der Farbtaumel gelegt hatte und sie entspannt Richtung Ufer paddelte, verschwand auch die Aufregung in ihrem Gehirn. »Wenn ich es mir recht überlege, will ich beim Träumen am liebsten meine Ruhe haben«, sagte sie zu sich selbst. Die Realität war hart und nervenaufreibend genug, warum sich auch noch in der Nacht den Kopf über Dinge zerbrechen, die man ohnehin nicht beeinflussen konnte. Der Rat, die Wächter, die Traditionsfamilien, die mitbestimmen wollten – das alles war für Sophie so weit weg! Sie kam auf ihre Insel, um ihre Traumwelt zu genießen und die Freude darüber mit Shirin oder Amin zu teilen.

An der Sandbucht wartete aber nicht eine quirlige Shirin

oder ein besonnener Amin – Jo drückte sich verlegen zwischen den stacheligen Büschen herum. Er wirkte schüchtern, wie er die Hände in die hinteren Hosentaschen gesteckt hatte und unruhig von einem Bein auf das andere trat. Als Phies Boot am sandigen Untergrund streifte, stürzte er eilig herbei und half Sophie, es an Land zu ziehen. Als er schelmisch grinste, fragte Sophie: »Was ist so komisch daran?« »Es ist eines dieser eigenartigen Dinge, die wir im Traum tun, obwohl es überhaupt nicht notwendig wäre«, sinnierte Jo. Phie verstand nicht und schaute ihn zweifelnd an. »Na, dieses Boot hier! Du müsstest es nicht vertäuen. Der Wind kann es zwar vertreiben, aber es wäre morgen wieder da«, erklärte er. Sophies Gesicht hellte sich auf: »Darüber habe ich auch schon nachgedacht! Aber ich habe Angst, etwas an meinem allabendlichen Ritual zu verändern. Womöglich wäre es dann aus mit dem Träumen, und die Katastrophe wäre perfekt!«

»Vor Katastrophen sind wir nie gefeit, Phie«, Jos Stimme klang belegt, als er das sagte. »Kaum glaubst du, die eine überstanden zu haben, folgt schon die nächste. Das Leben ist niemals gerecht, weißt du!« Diesen bitteren Tonfall kannte Sophie, und ihre innere Stimme warnte sie, auf der Hut zu sein. Bei Gregorius hatte sich die Bitterkeit in unversöhnlichen Hass verwandelt. Diese Gefahr sah sie bei Jo nicht, doch konnte sie ihren eigenen Gefühlen vertrauen, nachdem sie von Gregorius so enttäuscht worden war? Sophie wollte ihre Hoffnung aufrecht halten, dass alles ein gutes Ende nehmen würde, wenn man nur fest genug daran glaubte. Dieser Gedanke hielt ihre Lebensfreude am Glosen, auch wenn der Sturm noch so stark dahinfegte.

Sophie wünschte sich so sehr jemanden, der sie wirklich verstand. Jemanden wie Jo, der selbst geliebte Menschen verloren hatte. Der durch dieses Tal der Trauer gegangen war, vor dem Phie sich so sehr fürchtete. Jo hatte es durchschritten, und die Art, wie er sein Leben lebte, zeigte Sophie, dass es Licht am Ende des Tunnels gab. Auch wenn sie nur wenig über sein reales Leben wusste – seine Zuversicht, sein Kampfgeist und sein unbändiger Wille, nicht daran zu zerbrechen, hatten sie überzeugt. Phie schaffte es mittlerweile gut, im Zustand ihres Vaters eine gewisse Normalität zu sehen, aber sie wollte darauf vorbereitet sein, wenn er dennoch sterben musste. Sie hatte sich an die täglichen Gespräche mit Mira über Vater und die regelmäßigen Besuche bei ihm schon gewöhnt, nicht auszudenken, wenn dies von einem Moment auf den anderen plötzlich nicht mehr so wäre.

Phie schüttelte sich. Dieses ewige Grübeln! Warum konnte sie ihr Gehirn nicht einfach auf Entspannungsmodus schalten und sich auf den – wie Liv meinen würde – gut aussehenden Jungen konzentrieren, der sie wieder einmal überraschend besucht hatte? Jo schien die Stille langsam unangenehm zu werden, und er begann wieder von einem Bein auf das andere zu wippen. Aber er sagte nichts, offensichtlich war es Sophie deutlich anzumerken, dass sie mit ihren Gedanken ganz woanders war. Als sie ihm endlich ins Gesicht blickte, setzte Jo hastig zu einer Erklärung an: »Ich weiß, ich tauche schon das zweite Mal unangemeldet bei dir auf. Entschuldige! Nino und Kati haben heute wieder keine Zeit. Keine Ahnung, was es diesmal ist, aber ich dachte mir, ich frage dich, ob ...« Jo stockte.

Sophie fand es amüsant, wie verlegen er herumstotterte. Sie hatte Jo eher für einen Mädchenschwarm gehalten, der souverän eine nach der anderen um den Finger wickelte. Aber wer wusste schon, wie er im realen Leben aussah? Vielleicht war Jo in Wirklichkeit ja alles andere als hübsch? Sophie hatte bis jetzt noch nie daran gedacht, etwas an ihrer Traumgestalt zu verändern. Nun ja, ab und zu haderte sie schon mit ihrem Aussehen. Die Nase wuchs viel zu schnell, auf die Pickel im Gesicht könnte sie verzichten, und statt spitzer Knochen hätte sie gerne die ein oder andere Rundung mehr gehabt. Aber schlussendlich spielte das in der Traumdimension für Phie keine Rolle, da gab es wesentlich coolere Dinge, die es zu erfahren galt.

Endlich rückte Jo mit seinem Anliegen heraus: »Na, da hab ich mir gedacht, du möchtest mir vielleicht deine Insel zeigen. Ich lad dich natürlich auch in meine Traumwelt ein, aber irgendwie dachte ich, es wäre besser, wenn wir zuerst zu dir …?« Sophie lachte und löste damit auch bei Jo die Anspannung. »Mann, ich benehme mich ja wie ein Vollidiot!«, scherzte er, »das passiert mir normalerweise nicht! Das muss an deiner Ausstrahlung liegen!« »Dachte ich mir doch, dass du einer von diesen unwiderstehlichen beliebten Jungs in der Schule bist«, gab Phie zurück und wies auf den Spalt beim Löwenfelsen. »Lass uns losgehen, dann zeige ich dir alles!«

Sophie war in Sommerstimmung, und so strahlte die Sonne vom wolkenlosen, azurblauen Himmel. Im Wald war es trotzdem angenehm kühl, überall schwirrten Insekten umher und füllten die schwere Luft mit ihrem Brummen und Surren.

Jo kniete sich zum glucksenden Bach, suchte eine Stelle, wo das Wasser über eine Steinstufe plätscherte, und fing mit seinen Händen das kühle Nass auf. Er kostete und wischte sich anschließend genüsslich über den Mund. »Mhmmm, das schmeckt herrlich und ist eiskalt! Kannst du dich an die Heidi-Zeichentrickfilme erinnern? Wie sie aus dem Brunnen vor der Hütte getrunken und sich dort gewaschen hat? Das war für mich das Größte! Bescheuert, nicht?« Sophie musste laut lachen: »Du bist echt schräg, weißt du das? Aber ich gebe zu, das eiskalte Quellwasser beim Großvater auf der Alm ist mir auch in bester Erinnerung!« Und es hatte für sie selbst die sommerlichen Bergwanderungen der Familie erträglich gemacht. Sophie fühlte das Prickeln auf den nassen Füßen, wenn sie in den wilden Bächen der Alpen watete, als wäre es gestern gewesen.

In diesem Moment kam Sophies Eichhörnchen von der nächste Tanne geflitzt und kletterte behände auf ihre Schulter. Doch bevor Phie in ihre Tasche greifen konnte, hatte Jo schon eine Nuss hervorgezaubert und reichte sie dem Tierchen, das sie begeistert verschlang. Als Jo eine zweite Nuss in der Hand hielt, kletterte Hörnchen kurzerhand auf seine Schulter und ließ sich füttern. »Es mag mich!«, murmelte Jo. »Die untreue Seele!«, gab Sophie zurück, musste dabei aber schmunzeln. Tiere hatten im Allgemeinen ja ein gutes Gespür für Menschen.

Sie wanderten zum Gipfel, von wo aus Jo die Aussicht bestaunte. Mit Ehrfurcht blickte er auf die verschneite Bergkette in der Ferne. »Das ist deine Traumgrenze, nicht?«, fragte er. »Dass du da fast ganz oben warst! Unglaublich!« Sophie schoss die Röte ins Gesicht. Sie war nicht stolz darauf, dass sie sich mit ihrem unerlaubten Ausflug zur Traumgrenze selbst in größte Gefahr gebracht hatte. Für sie stand nicht ihr Mut im Vordergrund, sondern die Naivität, mit der sie Gregorius nach anfänglichen Zweifeln blind vertraut hatte.

Jo wurde mit einem Mal ganz ernst. Er berührte Sophie vorsichtig an der Schulter und blickte ihr direkt in die Augen: »Phie, du darfst ruhig stolz auf das sein, was du getan hast. Nur weil es Regeln und Gesetze schon seit Ewigkeiten gibt, heißt es noch lange nicht, dass sie richtig sind. Vor allem wenn es Menschen gibt, die sich an die Zeit vor diesen Gesetzen erinnern!« »Aber wenn Kati und Nino nicht zufällig im entscheidenden Moment gekommen wären, dann wäre ich jetzt tot. Gregorius hat meine Unerfahrenheit ausgenützt und mich in Lebensgefahr gebracht. Diese Regeln sollten mich schützen, und ich habe sie leichtfertig missachtet«, widersprach Sophie.

»Das stimmt nur zum Teil.« Jo ließ sich nicht beirren. »Wenn man einen Großteil der Traumgestalter bewusst im Unklaren lässt, dann braucht man sich nicht zu wundern, wenn das jemand für seine Zwecke ausnützt.« »Wer lässt uns denn im Unklaren? Der Rat kann doch nichts dafür, dass ich am Anfang niemanden hatte, der mich einführen konnte.« Phie verstand nicht, was Jo ihr sagen wollte. »Der Einfluss des Rates reicht viel weiter, als du es dir vorstellen kannst. Im Moment kann er seine Verantwortung nicht wahrnehmen, da er geschwächt ist. Er wird von all den Einzelinteressen der unterschiedlichen traditionellen Gruppen regelrecht zerrissen«, erklärte Jo. »Das klingt vielleicht kompliziert!«, seufzte Sophie. »Kann denn im Traum nicht ohnehin jeder machen, was er will?« »Für sich gesehen schon, aber keiner bleibt gern allein. Auch nicht in der Traumdimension. Und da gibt es immer welche, die es nicht gut mit anderen meinen.« Sophie nickte zustimmend. Das, was Jo gesagt hatte, klang einleuchtend.

»Aber du hast einen so herrlichen Sommertag hier auf deiner Insel geschaffen«, wechselte Jo das Thema, »es wäre schade, wenn wir den nicht ausnutzen würden! Kann man hier irgendwo schwimmen? Und ist das Wasser auch warm?« Phie ließ sich nur zu gerne ablenken. »Keine Ahnung!«, antwortete sie, »bis jetzt haben wir das noch nie gemacht! Eigentlich verrückt, oder? Was liegt näher, als hier schwimmen zu gehen!« »Dann lass uns doch zurück zum Löwenfelsen wandern«, schlug Jo vor. »Ich bin sicher, von dort aus kann man tolle Sprünge in den See machen!«

# Kapitel 13

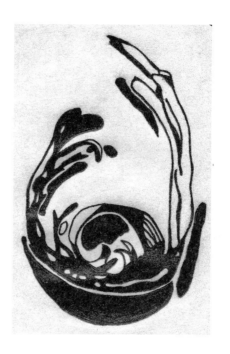

Amin war genervt. Er musste zum gefühlten tausendsten Male auf seinen Vater warten, der sich gerade mit den Angehörigen einer einflussreichen chilenischen Familie besprach, um ihre gemeinsame Argumentationslinie abzustimmen, bevor sie – wieder einmal – vor den Rat traten. Amin streckte die Beine von sich und beobachtete dabei den Boden, der hart und glatt war, obwohl er aus Wolken bestand. Unter ihm hatte sich gerade eine dunkle Cumulonimbus aufgetürmt, in der sich wohl bald Blitz und

Donner entladen würden. Amin saß in jenem Café, an dem beim letzten Jahrmarkt der Träumer Sophie und Shirin auf ihn gewartet hatten. Vor ihm wuchs der uralte Olivenbaum in die Höhe, der den Mittelpunkt des riesigen Marktplatzes markierte. Nur wenige Stände und Lokale hatten geöffnet. Der Andrang blieb überschaubar im Vergleich zum alljährlichen Jahrmarkt, wenn sich die Träumer der ganzen Welt hier versammelten.

Über dem knorrigen Olivenbaum schwebte die große Weltkugel, deren Kontinente aus Wolkenfetzen gebildet wurden. Hie und da leuchtete ein goldener Punkt auf, und daneben stand der Name jener Familie geschrieben, die gerade vom Rat empfangen wurde. Als er die ersten Male hier sein durfte, während sich sein Vater zu wichtigen Besprechungen traf, hatte es Amin geliebt, die verschiedenen historischen Gewänder und Aufmachungen zu beobachten, in denen sich die Träumer tummelten. Doch inzwischen war ihm nur noch langweilig. Was würde er dafür geben, mit Shirin und Sophie zu tauchen oder zu fliegen! Kein einziges Mal hatte er bis jetzt den großen Saal betreten dürfen, in dem der Rat tagte. Die einzelnen Besprechungen, die er am Rande hatte mitverfolgen können, waren uninteressant und voller politischer Hickhacks gewesen. Nur eines war Amin durch seine Anwesenheit am Marktplatz bewusst geworden: dass Gregorius an Einfluss gewonnen hatte, seit er sich als Ludwig Zaltuoni zu erkennen gegeben hatte. Gregorius galt nicht mehr als der junge, revolutionäre Träumer, der mit den herkömmlichen Regeln brechen wollte. Jetzt wurde er als der genialste Traumwandler aller Zeiten gepriesen, der es verstand, Altes und Neues in Einklang zu bringen, und dem schon in zwei Leben übel mitgespielt worden war. Die Bösen waren eindeutig Kati und Nino, die seine Tochter und seine Frau auf dem Gewissen und nun sogar ihre eigene Nichte in Gefahr gebracht hatten.

Amin hatte sich eine heiße Schokolade und ein Croissant gegönnt, zwei süße und fette Köstlichkeiten, die er bei einem Besuch in der Hotelanlage, in der sein Vater im realen Leben arbeitete, kennengelernt hatte. Es war ein seltenes Vergnügen gewesen, wenn ihn sein Vater ins Palace Hotel mitgenommen hatte. Der Gegensatz hätte größer nicht sein können: Dort bediente sein Vater reiche Urlauber, räumte Tische ab und benahm sich freundlich bis devot. In der Traumdimension jedoch sah er aus wie ein Pharao und agierte majestätisch, ganz seinem Rang als Oberhaupt einer uralten Träumerfamilie entsprechend. Doch was interessierte nervige Touristen, ob Amins Vater in einem seiner früheren Leben eine ganze Stadt regiert hatte? Die hielten ihn höchstens für verrückt, und im Grunde zählte für sie nur, ob er sauber und schnell servierte.

Endlich tauchte Namur, wie sich Amins Vater in der Traumwelt nannte, zwischen den Marktständen auf. Gefolgt von Amins beiden Onkeln und den erwachsenen Cousins, rauschte er forschen Schrittes durch das spärliche Grüppchen der Anwesenden. Sein verkniffenes Gesicht sprach Bände, das Treffen mit den Chilenen dürfte nicht zu seiner Zufriedenheit verlaufen sein.

Amin stand auf, als sich sein Vater näherte, und hoffte insgeheim, er würde an ihm vorbeimarschieren und direkt das Ratsgebäude ansteuern. Aber stattdessen forderte Namur ihn auf mitzukommen! Amins Herz schlug bis zum Hals, noch nie hatte er die heiligen Hallen des Rates betreten dürfen! Im nächsten Moment schritt Namur schon voraus, und Amin reihte sich ganz hinten nach seinen Cousins ein. Er musste fast laufen, um seiner Familie hinterherzukommen. So aufgeregt Amin war, so sehr begann er sich auch über seinen Vater zu ärgern. Natürlich nahm sich dieser keine Zeit, ihm zu erklären, wie das jetzt alles ablaufen würde oder wie er sich zu verhalten hatte. Mit dem kleinen Amin konnte man das ja machen, Hauptsache er blieb still und unscheinbar. Wusste der Rat, dass Amin Sophie auf ihrem Weg zur Traumgrenze begleitet hatte? Wusste der Rat, dass er weiterhin mit Sophie Kontakt hielt, obwohl sein Vater ihm dies untersagt hatte? Amins Hände begannen zu zittern. Er ballte die Fäuste und versuchte sich zu beherrschen.

Die kleine Gruppe näherte sich den Wolkenwänden, die den Marktplatz begrenzten. Amin hatte noch mitbekommen, dass sie sich in Richtung des europäischen Kontinents bewegten. Beim Jahrmarkt der Träumer führten fünf Wolkenstraßen vom Zentrum des Platzes weg. Jede stand für einen Kontinent. So konnte man sich orientieren, wo die Traumwelten, die es zu sehen gab, in der realen Welt verortet waren. Ein goldener Mond, der abnahm, markierte die verbleibende Zeit, und in ebenfalls goldener Schrift leuchtete das Programm, das jedem Besucher auf seinem Unterarm eingeblendet wurde. Amin seufzte innerlich. Der Jahrmarkt wäre ein wesentlich vergnüglicherer Anlass gewesen, hier zu sein, als diese Besprechung des Rates. Obwohl man hier wie dort nicht wusste, was einen erwartete.

Nachdem sie die Wolkenwände passiert hatten, tat sich ein riesiger Garten auf. Es war ein symmetrischer, nach geometrischen Gesichtspunkten gestalteter Park, dessen Zentrum ein großer runder Springbrunnen mit beeindruckend naturnahen Statuen bildete. Sie marschierten über helle Kieswege, vorbei an blühenden Blumenbeeten, die von exakt geschnittenen Buchshecken eingerahmt wurden. Am Ende des Gartens, durch den Frauen in üppigen barocken Kleidern flanierten, erblickte Amin ein langgezogenes Schloss. Versailles, wie ihm ein Cousin zuflüsterte. Der Rat hatte dieses Mal also Frankreich als Tagungsort auserkoren.

Amin staunte über den Prunk und das Gold, das ihn im Schloss erwartete. Um der Realität möglichst nahe zu kommen, wurden überall festliche Gelage gefeiert. Das imaginierte Versailles bot ein authentisches historisches Ambiente. Männer mit weißen Perücken tafelten an langen Tischen, die unter der Last köstlicher Delikatessen zu bersten schienen. Es wurde gelacht, getrunken und geküsst, und so manche Männerhand verirrte sich immer wieder in die weiten Dekolletés der Frauen. Amin verstörte das hemmungslose Treiben. Es passte so gar nicht zu seiner Vorstellung von einer ernsthaften Versammlung, und schon gar nicht zu dem, was er aus seinem realen Leben kannte.

Namur schaute nicht links und nicht rechts, nur der eine oder andere Onkel oder Cousin wagte hin und wieder einen verstohlenen Seitenblick, bis sie vor einer mächtigen weißen Türe mit goldenen Schnörkeln standen. Zwei in Rot gekleidete Pagen öffneten die beiden Flügel und ließen die ägyptische Gruppe hinein. Der riesige Spiegelsaal mit seinen Säulen, den kristallenen Deckenlustern und den prächtigen Gemälden raubte Amin fast den Atem. Ihre Schritte hallten an den Wänden wider, als sie auf den langen Tisch zugingen, der in der Mitte des Saales stand. Der Holztisch selbst, an dem sechs Männer und sechs Frauen saßen, war schlicht und abgenutzt. Er bestand aus massiver Eiche, Ecken und Kanten waren abgeschlagen, die Oberfläche vom Holzwurm zerfressen.

Amin konzentrierte sich so gut es ging auf den Tisch, studierte jede Schramme, um direkten Blickkontakt mit den Mitgliedern des Rates zu vermeiden – wie in der Schule, wenn man dem Lehrer nicht auffallen wollte. Jetzt trat Namur vor, während der Rest der Familie im Hintergrund blieb. Im selben Moment hörte es Amin hinter sich knarren und quietschen. Die mächtige Flügeltüre wurde wieder geöffnet, und zwei weitere Familien traten ein, gefolgt von einer dritten und einer vierten. Von jeder Gruppe tat sich ein Sprecher oder eine Sprecherin hervor, der Rest hielt sich wie Amin und seine Onkel und Cousins zurück. Der Ratsvorsitzende, seiner Aufmachung nach schien er ein Inkahäuptling zu sein, bedeutete den Familienvertretern, sich zu setzen. Alle fünf nahmen am langen Tisch gegenüber den Ratsmitgliedern Platz.

Nun ergriff der Vorsitzende das Wort. Er bedankte sich bei allen Familien für ihr Kommen und ihr Bestreben, an der Lösung dieses akuten Problems mitzuwirken. Wie sie alle wüssten, gäbe es zu dem Thema, das zur Besprechung vorlag, viele verschiedene Auffassungen. Der Rat nehme sich gerne die Zeit, die Standpunkte der traditionsreichen Träumerfamilien noch einmal zu hören, um dann eine Entscheidung treffen zu können. Da das Problem nie gekannte Ausmaße anzunehmen drohe, hätten sich die Ratsmitglieder entschlossen, einige der Ältesten, die sich normalerweise aus den politischen Diskussionen heraushielten, um Rat zu fragen. Jene, die vor so langer Zeit gelebt hatten, dass sie sich an die Epoche erinnerten, als die Tore geöffnet waren.

Amin stutzte. Er hatte sich nur schwer auf den Singsang des Häuptlings konzentrieren können, diplomatisches Gerede hatte ihn noch nie sonderlich interessiert. Aber jetzt wurde es spannend: Was würden die Ältesten zu berichten haben? Was bedeutete der Ausdruck »Als die Tore geöffnet waren«? Doch im nächsten Augenblick wurde Amins Staunen noch viel größer, denn die Person, die nun schwingenden Schrittes an die lange Tafel herantrat, war Najuka, die dem Rat ihre Aufwartung machte.

## Kapitel 14

Najuka erschien so, wie Amin sie nur selten bei Shirin auf der Burgruine angetroffen hatte. Normalerweise bevorzugte die Urgroßmutter ihrer Freundin ein jugendliches Aussehen, mit einem faltenfreien Gesicht, das von einer langen schwarzen Mähne umrahmt wurde. Najuka war zwar wie immer in einen leuchtend orangen Sari gekleidet, doch ihre Haut war fleckig und von tiefen Furchen durchzogen. Ihr Haar wirkte dünn und grau, und sie musste sich auf einen Gehstock stützen, um sich auf den Beinen zu halten. Selbst wenn in der Traumdimension das Aussehen keinerlei Rolle spielte, da ja jeder Träumer es selbst bestimmen konnte, wollte Najuka offensichtlich mit ihrem Erscheinungsbild ihr Alter und ihre Erfahrung unterstreichen.

Als Najuka zu sprechen begann, waren alle Augen gebannt auf sie gerichtet. Amin musste schlucken, als er ihre Stimme hörte. Sie klang unnatürlich kraftvoll für eine steinalte Frau. Najuka wählte ihre Worte mit Bedacht, sprach langsam und setzte bewusst Pausen, um ihre Botschaft zu untermauern. »Es wurden Kinder geboren, die auf ganz besondere Weise in der Lage sind, zu fühlen. Sie werden nicht nur eure Geschichten lesen, sondern auch eure Gedanken und Emotionen. Diese Kinder sind die Auserwählten, die entscheiden, wer würdig ist, das Tor zu durchschreiten.«

Die Mitglieder des Rates und der traditionsreichen Familien begannen untereinander zu tuscheln und auch die anderen Angehörigen, die das Geschehen in gebührendem Abstand verfolgten, tauschten sich aufgeregt aus. Der Ratsvorsitzende hob die Hand, und augenblicklich verstummten alle Geräusche. »Älteste!«, ergriff er das Wort. »Ein Großteil des Rates und auch die Traditionalisten bezweifeln, dass es wirklich an der Zeit ist, die Tore zu öffnen. Zudem gilt dieses sogenannte ›Gesetz des Ursprungs‹, von dem du hier sprichst, in den Augen vieler als reine Legende!«

Najuka hob den Kopf und richtete sich auf. »Weder der Rat noch die alten Herrscherfamilien haben das Recht, die Gesetze des Ursprungs zu bezweifeln! Sie stammen von den ersten Träumern auf dieser Erde und ihrem Wissen, das uns Ältesten überliefert wurde. Wenn die Vorzeichen stimmen und die Auserwählten in die Traumwelt eintreten, dann müssen wir tun, wie uns von den Ersten geheißen wurde: ›Öffnet die Tore, um die Menschen vor sich selbst zu bewahren‹, lautete die Prophezeiung.« Wieder setzte heftiges Gemurmel ein, Amin erkannte Wut und Zorn in den Gesichtern vieler Diskutierender. »Alles Lüge!«, riefen die einen. »Alles Märchen!«, die anderen. »Aber gibt es sichere Beweise, dass diese besonderen Kinder bereits geboren wurden? Haben die Ältesten einen dieser Auserwählten getroffen?«, beharrte der Ratsvorsitzende, offensichtlich um die empörten Anwesenden zu beruhigen.

Najuka blieb still, bis alle verstummten und sie sich ihrer Aufmerksamkeit sicher sein konnte. Dann sagte sie: »Mir selbst und den Ältesten aus meiner Runde ist die Begegnung mit einem Auserwählten noch nicht gegönnt gewesen. Aber nicht alle Ältesten wünschen den Kontakt mit uns oder dem Rat. Und von ihnen hört man gewisse Nachrichten. Ein Tor soll bereits geöffnet worden sein. Das ist nur möglich, wenn ein Ältester und ein Auserwählter gemeinsam bei der Zeremonie anwesend sind, denn nur gemeinsam können sie die alten Rituale durchführen. So lautet die Überlieferung. Doch das wisst Ihr gewiss besser, verehrter Rat! Ihr kontrolliert die Portale und die Tore! Wenn eines geöffnet wurde, solltet Ihr doch Bescheid wissen!«

Jetzt war es bei vielen endgültig aus mit ihrer Beherrschung. Amins Vater sprang auf, deutete mit dem Finger auf den Ratsvorsitzenden und schrie: »Was verschweigt Ihr uns? Und warum wird behauptet, wir ›müssten‹ die Tore öffnen? Niemand kann uns das vorschreiben! Es ist ganz allein unsere Entscheidung!« Ein anderer brüllte dazwischen: »Genau! Dieses Gesetz des Ursprungs ist doch eine reine Legende! Wir müssen unsere Dimension bewahren! Die Götter haben nur uns dazu bestimmt, weiter zu sehen als die Nichtträumer!« Namur ergriff wieder vehement das Wort: »Unser Wissen um die Traumdimension und das Weiterleben nach dem Tod hat uns von jeher die Macht gegeben, die Geschichte der Menschheit maßgeblich zu beeinflussen. Warum sollten wir das nun jenen zugestehen, die niemals dafür bestimmt waren?«

»Ruhe! Ich bitte um Ruhe!« Der Vorsitzende hatte sich erhoben und ermahnte die Anwesenden mit lauter Stimme. »Wir haben uns im Rat ausführlich mit dem Gesetz des Ursprungs befasst. Es wurde über Jahrtausende bewahrt und von Generation zu Generation weitergegeben, jedoch, wie es unserer Tradition entspricht, nie aufgeschrieben. Susanna, wollen Sie weitersprechen?« Er richtete diese Frage an die Frau neben sich, eine Ägypterin mittleren Alters. Sie trug ein goldenes Kleid, war stark geschminkt, und ihre Augen blitzten durch die schwarze Umrandung geheimnisvoll auf, als sie sich aufrichtete.

»Die Gesetze des Ursprungs gelten als Legende, weil sie seit Jahrtausenden nicht mehr zur Anwendung kamen. Doch wir haben in den letzten Wochen und Monaten – seit das Gerücht um die Öffnung eines Tores die Runde macht – unzählige Informationen eingeholt. Die mündlichen Überlieferungen, die es heute vom Gesetz des Ursprungs gibt, sind mannigfach und über die ganze Welt verteilt. Doch in einem stimmen alle überein: In bestimmten Zeiten wird dazu geraten, die Tore zu unserer Dimension zu öffnen, um die Menschen vor ihrem Untergang zu schützen. Das Wissen um die Mehrdimensionalität unseres Daseins soll zu besseren Entscheidungen führen. Zu allen Zeiten gab es Vorzeichen, wenn eine solche Ära der Öffnung bevorstand: Es wurden die Auserwählten geboren – nicht zuletzt deshalb, weil es sie braucht, um die entscheidenden Rituale überhaupt durchführen zu können. Doch – und das ist das Entscheidende meiner Meinung nach – es wird nicht eindeutig gesagt, dass die Tore geöffnet werden müssen! Es bedarf einer Einigung des Rates, der Wächter und der traditionellen Herrscherfamilien, damit das Gesetz des Ursprungs tatsächlich zur Anwendung kommt.«

Die goldene Frau atmete nach ihrem Vortrag tief durch und setzte sich hastig auf ihren Stuhl. Es war, als hätte sie sich aus der Schusslinie bringen wollen, denn kaum hatte sie geendet, redeten und schrien schon wieder alle durcheinander. Amin seufzte. Was für ein Chaos! Seine Beine schmerzten, weil er schon so lange hatte stehen müssen, doch er getraute sich nicht, etwas an seiner Lage zu verändern, da er nicht unangenehm auffallen wollte. Die Diskussion, die da vorne geführt wurde, schien in eine Sackgasse zu geraten. Es wurde noch lange geredet und geredet, doch es war klar, dass alle im Grunde über zu wenig Informationen verfügten. Niemand schien allerdings darüber begeistert zu sein, dass die Traumdimension von Außenstehenden – wer auch immer das sein mochte – betreten werden sollte. Das hatte Amin schnell erfasst, doch er war erstaunt darüber, dass Najuka die Öffnung der Tore als einfache Tatsache hinnahm, die sie nicht in Frage stellte.

Irgendwann wünschte sich Amin nur noch, endlich aufwachen zu dürfen. Er hatte das Geschrei und Gezeter um sich herum satt. Einfach abzuhauen, getraute er sich nicht. Das hätten sein Vater und seine Onkel niemals akzeptiert, schließlich gehörte er einer einflussreichen Familie an. Nach Namurs Auffassung sollte es für Amin das Größte sein, dass er heute überhaupt hier am Tagungstisch des Rates sein durfte. Umso überraschter war Amin, als Namur plötzlich mitten in der Diskussion aufstand und die Familie zum Aufbruch aufforderte. Er rauschte an Amin vorbei Richtung Flügeltüre, und alle anderen hinterdrein.

Draußen angekommen, erhaschte Amin nur ein paar Fetzen des Gesprächs, das Namur mit seinen Brüdern führte, doch das Wenige, das er mitbekam, ließ den Jungen erstarren: Sein Vater hatte soeben den Namen ›Ludwig Zaltuoni‹ ausgesprochen, und dass es an der Zeit sei, diesen zu treffen! Wie konnte das sein! Was wollte Namur von jenem Menschen, der eine von Amins besten Freundinnen in Lebensgefahr gebracht und die Schuld dafür auch noch zwei völlig Unschuldigen in die Schuhe geschoben hatte?

Amin trottete seiner Familie wie in Trance hinterher, als sie sich zum vereinbarten Treffpunkt bei einem Pavillon des herrschaftlichen Gartens bewegten. Was trieb seinen Vater nur an? Er wusste doch genau, dass Ludwig Zaltuoni und Gregorius ein und dieselbe Person waren! Wie hatte Namur nach dem letzten Jahrmarkt der Traumwandler getobt, als er erfahren musste, dass Amin es gewagt hatte, entgegen seinen Anweisungen die Vorstellung des allseits so bewunderten Gregorius zu besuchen! »Er hält sich nicht an unsere Regeln!«, hatte Namur geschimpft, und: »Er tritt unsere Tradition mit Füßen!« Und ausgerechnet mit diesem Regelbrecher und Traditionsverräter wollte sich Amins Vater in so einer wichtigen Angelegenheit besprechen?

Zaltuoni gab sich wie eh und je in der Traumdimension: Er hatte das Erscheinungsbild des jungen Gregorius angenommen und lehnte lässig an einer Säule des Pavillons, umringt von jungen Menschen, die ihm bewundernd zuhörten. Er trug einen weit geschnittenen Hosenanzug in blaugrauer Farbe, und seine Füße steckten nackt in schwarzen Slippern. Während er sprach, strich er sich dabei durchs kinnlange, braune Haar, eine Geste, die cool und gleichzeitig dominant wirkte, da er sich dabei bewusst oder unbewusst größer machte. Als Gregorius die ägyptische Gruppe auf sich zukommen sah, wandte er sich ihr zu und öffnete weit ausladend seine Arme: »Namur! Es ist mir eine Ehre!«

Namur fühlte sich geschmeichelt, vom berühmten Traumwandler des Jahrmarktes mit solch wertschätzender Geste begrüßt zu werden, und begegnete Gregorius ebenso großmütig. »Vor ein paar Wochen hätte er sich eher die Zunge abgebissen, als mit so jemandem zu sprechen!«, dachte sich Amin, der die Szene mit gemischten Gefühlen beobachtete. Er wusste von Sophie, wie gut sich Gregorius verstellen konnte, wie sehr er es verstand, Menschen für sich einzunehmen und gleichzeitig zu manipulieren. »Nun, Namur, habe ich Recht behalten?«, fragte Gregorius mit verständnisvoller Stimme. »Ja!«, antwortete Namur. »Der Rat glaubt an das Gesetz des Ursprungs. Er gaukelt uns vor, wir könnten entscheiden, aber darauf möchte ich mich nicht verlassen. Wir müssen unsere Dimension vor den Nichtträumern bewahren!« »Ganz meine Meinung!«, pflichtete ihm Gregorius bei.

Vom Rest des Gesprächs bekam Amin nichts mehr mit, denn sein Vater und Gregorius entfernten sich immer mehr vom Pavillon, und die Familie wurde nicht eingeladen, den beiden zu folgen. Im Gegenteil, Namur und sein neu gewonnener Verbündeter wollten unter sich bleiben. Als Amin an diesem Morgen erwachte, wusste er, was er zu tun hatte. Er wollte unbedingt Shirin und Sophie über die ComUnity erreichen! Sie mussten selbst mit Najuka sprechen, um zu erfahren, was wirklich vor sich ging. Dass sich Namur und Gregorius zusammentaten, weil sie dem Rat nicht mehr vertrauten, war eine gefährliche Entwicklung, und seine Freunde sollten davon erfahren. Doch als er nach der Schule vor dem Internetcafe ankam, wartete eine herbe Enttäuschung auf ihn. ›Wegen Systemausfall geschlossen‹, stand dort geschrieben.

## Kapitel 15

Phie saß verträumt im Biologie-Unterricht und ließ die Bilder, die ein Beamer auf die Leinwand warf, an sich vorbeiziehen. Der Aufbau von Pflanzen und Zellen interessierte sie heute überhaupt nicht. Ihre Gedanken wanderten zurück zur vergangenen Nacht. Sophie hatte die Zeit auf ihrer Insel mit Jo zutiefst genossen. Sie fühlte sich wohl in seiner Gegenwart, alles schien vertraut und leicht. Der eine musste sich dem anderen nicht erklären, wenn sich ausgelassene Freude von einem Moment auf den anderen in Traurigkeit wandelte. Beide kannten die Sehnsucht, trotz eines schweren Schicksals unbeschwert leben zu wollen. Doch die Erinnerung an zu Hause, an die Familie, holte einen immer wieder ein, egal ob man wollte oder nicht.

Sophie und Jo waren auf den Löwenfelsen geklettert, und als Phie noch voller Ehrfurcht in die Tiefe geschielt hatte, war Jo schon mit einem gewaltigen Platscher in den See eingetaucht. Sie hatten sich in der Sandbucht ein Wettrennen ins Wasser geliefert, dass es nur so spritzte, hatten versucht, sich gegenseitig zu fangen, was beide zu allerlei unfairen Hilfsmitteln verleitet hatte. Schließlich hatte Sophie gelernt, wie ein Delfin zu schwimmen, und Jo stand ihr in dieser Hinsicht um nichts nach.

Liv konnte sich ein Lächeln nicht verkneifen, als ihr Sophie in der großen Pause von ihrem nächtlichen Abenteuer erzählte. Und ihr Grinsen wurde immer breiter, je mehr Phie von Jo schwärmte. »Ah, du bist verliebt! Endlich!«, scherzte sie. »So ein Blödsinn!«, knurrte Phie. »Du immer mit deinem Verliebtsein! Wir sind gute Freunde, das ist alles. Wenn wir ineinander verliebt wären, dann würde wohl unser Zusammensein bei Weitem nicht so unkompliziert ablaufen! Ich bekomm doch mit, wie sich immer alle hundertmal überlegen, ob sie den XY nun anrufen sollen oder nicht. Ob sie mit ihm ins Kino gehen sollen oder nicht, ob sie das oder das anziehen sollen oder nicht – und so weiter! Keiner bleibt er selbst! Das ist doch fürchterlich!« Sophies Reaktion fiel heftiger aus, als es ihr lieb war. Das würde Livs Spekulationen nur noch mehr Nahrung liefern.

Doch dazu blieb Liv keine Zeit, denn es läutete zur nächsten Stunde. Der Vormittag war anstrengend, die Lehrer zogen ihren Stoff schnell durch, um genügend Material für die anstehenden Schularbeiten und Prüfungen zu haben. Nach der Schule verabschiedete sich Sophie rasch, denn sie würde am Nachmittag ihren Vater besuchen. Im Bus versuchte Phie, sich mit ihrer Lieblingsmusik abzulenken. Ihr Kopf sollte ganz leer sein, wenn sie im Krankenhaus ankam, damit sie sich ganz auf ihren Vater einlassen konnte. Sie spürte immer sofort, ob es ihm gut ging oder ob er einen schlechten Tag hatte.

Wenn er ruhig war und aufmerksam, dann begleitete Phie ihn voll motiviert zu den nachmittäglichen Therapien, bei denen er in einen Apparat geschnallt wurde, der wie ein Roboter aussah und das aufrechte Gehen simulierte. Wenn er aber gestresst war und krampfte, dann hatte Sophie jedes Mal einen riesigen Klumpen im Magen, der auf ihr Herz und ihren Brustkorb drückte. Sogar das eigene Atmen fiel schwer, wenn sie sah, wie angestrengt er bei dieser Prozedur wirkte.

Als Sophie ums Eck bog und den Krankenhauskorridor betrat, der zum Zimmer ihres Vater führte, sah sie ihre Mutter auf einer der ungemütlichen Wartebänke sitzen. Mira hatte sich vornübergebeugt und den Kopf in ihre Hände gestützt. Sophie rutschte das Herz in die Hose. Das war ein ausgesprochen schlechtes Zeichen. »Mum?«, fragte Sophie vorsichtig. Mira blickte auf. Schwarze Wimperntusche verlief unter ihren Augen, sie hatte geweint. »Sophie, Schatz, da bist du ja!« Mira versuchte zu lächeln, aber es gelang ihr nicht. »Was ist passiert?«, fragte Sophie aufgeregt. »Setz dich zu mir!« Mira klang müde. Sophie nahm ihren Schulrucksack ab und rutschte dicht an ihre Mutter heran. Mira umarmte sie und küsste sie auf die Stirn. »Es tut mir so leid, Sophie, aber Papa geht es sehr schlecht. Er hat sich heute Nacht mehrmals übergeben und die Entzündungswerte sind extrem hoch. Sie wissen noch nicht genau, was das bedeutet, aber die Ärztin ist gerade bei ihm. Ich habe gleich ein Gespräch mit ihr.« Es lag so viel Traurigkeit in Miras Stimme, dass Sophie am liebsten sofort losgeheult hätte. Aber sie wollte stark sein für ihre Mutter, die so sehr für ihre Familie kämpfte.

»Jedes Mal, wenn wir glauben, es geht ihm besser und er schafft es endlich, dann kommt wieder so ein gemeiner Rückschlag. Das ist einfach ungerecht«, flüsterte Sophie. »Ich weiß, mein Schatz, ich weiß«, Miras Stimme klang kraftlos. »Wir dürfen jetzt gleich zu ihm. Ich werde mit der Ärztin sprechen, und du setzt dich zu Papa. Du schickst ihm so viel Energie, wie du nur hast, damit er das gut übersteht, in Ordnung?« »In Ordnung!«, antwortete Phie.

Als sich wenige Minuten später die Tür öffnete und ein ganzes Ärzteteam den Raum vor ihnen verließ, unterstrich das für Sophie den Ernst der Lage. Die Ärztin lächelte Phie verständnisvoll an und sagte: »Hallo, Sophie! Du darfst jetzt rein! Er wird sich freuen, dass du da bist.« Phie huschte leise ins Zimmer, wusch sich am Waschbecken die Hände und desinfizierte sie vorschriftsgemäß. Der strenge Duft des Desinfektionsmittels stach ihr in die Nase und würde in ihrem Gehirn wohl für alle Ewigkeit als ein unangenehmes Gefühl abgespeichert werden.

Robert reagierte nicht, als Sophie an sein Bett trat. Schweißtropfen standen ihm auf der Stirn, er hatte hohes Fieber. Gekonnt checkte Phie die Werte auf dem Überwachungsmonitor. Es sah nicht gut aus. Sie holte ein weißes Stofftuch aus der Schublade, hielt es unters kalte Wasser und kühlte damit Roberts Gesicht, wie sie es schon so oft getan hatte.

Während Mira lange und ausführlich mit Roberts Ärztin sprach, blieb Sophie bei ihrem Vater, befeuchtete seine heiße Stirn oder hielt seine Hand. Sie erzählte ihm von ihrer Nacht mit Jo und was Liv da gleich hineininterpretiert hatte. Als es an der Türe klopfte und ein Krankenpfleger mit einem weiteren Patienten im Rollstuhl das Zimmer betrat, merkte Sophie erst, wie erschöpft sie war. Robert und der andere Patient sollten frisch gemacht werden, und das hieß für Phie, dass sie den Raum verlassen musste. Schweren Herzens trennte sie sich von ihrem Vater. Wenn es ihm schlecht ging, wollte sie ihn am liebsten gar nicht alleine lassen. Doch es half nichts.

Draußen wartete Mira auf Sophie. »Er hat eine schwere Lungenentzündung«, erklärte sie, »wir können nur hoffen, dass das Antibiotikum noch wirkt.« Phie seufzte: »Warum kann nicht ein einziges Mal alles gut gehen? Wie oft geht es noch zurück, anstatt nach vorne? Ich kann langsam nicht mehr!« »Ich versteh dich so gut, Sophie!«, versuchte Mira, ihr Mut zuzusprechen, »aber wir müssen durchhalten! Ihm zuliebe!«

Jonas war bereits zu Hause, als Mira und Sophie zurückkehrten. Tina hatte ihn vom Hort abgeholt. Er spielte schon im Pyjama mit seinen Plastikfiguren, während Tina kochte. Mira und ihre Kinder wurden mit einem herrlichen Abendessen verwöhnt. Wenn alle zusammenhalfen, dann war es zu schaffen, dachte Sophie, als sie in ihrem Bett lag und das Licht ausknipste. Dieser Gedanke gab ihr Zuversicht, und mit einem guten Gefühl schlief sie ein.

Zu Phies Freude wartete Jo wieder an der Sandbucht auf sie. Ihr Herz machte einen Sprung, am liebsten hätte sie ihn umarmt, aber sie hielt sich zurück. Nicht dass Jo da etwas falsch verstand. »Und schon bist du nicht mehr du selbst«, dachte sie bei sich und musste schmunzeln. »Nino und Kati sind wieder …«, begann Jo. »In einer Besprechung!«, beendete Phie den Satz und lachte. »Du hast es erfasst!«, bestätigte Jo. »Was machen wir dann heute?«, fragte Sophie und blickte Jo in die Augen, der prompt verlegen wurde. »Wollen wir heute zu mir?«, fragte er. »Sehr gern!«, erwiderte Sophie. »Ich bin schon total gespannt!« Damit löste sie Jos Anspannung. »Dann gib mir deine Hand!«, sagte er und streckte ihr seine entgegen.

Mit einem Blinzeln standen sie in einer völlig anderen Welt. Sophie sah Farben, Wasser, Berge und Licht wie noch nie zuvor. Ein Grün, so intensiv, dass es fast blendete, gelbgraue Felsen, aus denen dampfendes Wasser sprudelte, granitgraue Steinwüsten, zwischen denen sich Bäche verzweigten, als wollten sie ein filigranes Muster in die Landschaft zeichnen. »Willkommen in Island!«, erklärte Jo feierlich. Das würde eine ganz besondere Nacht für Phie werden.

## Kapitel 16

»Wir stehen hier am Krater eines erloschenen Vulkans!«, erklärte Jo, während Phie atemlos in die Ferne blickte. »Das hier ist mein Portal. Rundherum siehst du das Beste, was Island zu bieten hat, konzentriert auf meine Traumwelt.« Das grüne Moos unter ihren Füßen leuchtete, als hätte jemand eine große Lichtshow gestartet. Tautropfen hingen in den verzweigten Ästen der Zwergfarne und sorgten für zusätzliches Glitzern. Der Vegetationsteppich erstreckte sich über den gesamten Berg, der wie ein riesiger neongrüner Höcker aus der dunkelgrauen Lavalandschaft ragte. Die Pflanzen hatten den Vulkan samt seinem mächtigen Krater in der Mitte zurückerobert.

Sophie konnte die Fülle der Eindrücke, die auf sie niederprasselten, kaum fassen. Rechts unten ging das Grün in ein marmoriertes Gelb über, dort, wo schwefelhaltiges heißes Wasser zwischen den Felsen dampfte. Auf der anderen Seite zog ein türkisblauer Fluss seine Spuren durch den grauen Lavasand, in unzähligen Verästelungen und Verzweigungen zeichnete das Wasser ein Gemälde in den Untergrund. Weit vorne, wo sich die Farben vermischten und der Fluss ein breites Delta bildete, sah Sophie das Meer. »Das ist so wunderwunderschön!«, seufzte sie. »Danke!«, erwiderte Jo etwas verlegen, aber sichtbar stolz. »Ich wollte das Beste dieser wundervollen Insel vereinen. Sieh mal, da hinten!«

Sophie drehte sich um und erstarrte, ohne dass ihr so schnell klar wurde, warum. Ein riesiger Gletscher speiste den Fluss, der am Vulkan vorbeifloss. Hunderte von Gletscherspalten gaben dem weiß-grauen Riesen den Anschein, als sei er in tausende von Teilen zersprungen. Gigantische Eisbrocken stürzten in den See am Ende der Gletscherzunge und trieben im tiefblauen Wasser. Sophie fühlte mit einem Mal die Verzweiflung und die Kälte, die sie vor wenigen Wochen fast das Leben gekostet hatten. Angst umklammerte ihren Körper, sodass sie fast nicht mehr atmen konnte.

»Phie, Phie! Was ist los mit dir?«, rief Jo aufgebracht und packte Sophie an der Schulter. Phie holte tief Luft, brachte jedoch kein Wort heraus. »Ist es der Gletscher? Ist die Erinnerung noch so stark?«, drang Jo in sie. Sophie nickte. Jo kauerte sich mit ihr nieder. »Tief durchatmen!«, versuchte er sie zu beruhigen. »Ich werde dir andere Orte hier zeigen! Es gibt so vieles zu entdecken. Und vielleicht, irgendwann, wenn du so weit bist, kann dir mein Gletscher helfen, deine schlechte Erfahrung zu vergessen.« Vergessen würde sie diese verzweifelten Momente niemals, aber möglicherweise konnte sie lernen, damit umzugehen. Allmählich wurde Phie ruhiger und gewann ihre Sicherheit wieder.

Sophie wollte nicht zulassen, dass ihr die Erinnerung an

Gregorius diese fantastische Traumwelt verdarb. »Es geht schon wieder!«, sagte sie laut und versuchte zu lächeln. »Sicher?«, fragte Jo. »Ja, sicher.« »Dann lass uns fliegen!«, rief Jo und stieß sich vom Boden ab. Sie segelten über die weit verzweigten Arme des Flusses hinweg, folgten eine Zeit lang seinem Lauf, um dann dem faszinierenden Relief einer graugrünen Bergkette entlangzugleiten. Die Gipfel lagen unter einer Schneedecke, und einige Hänge zeigten sich in einem strahlenden Rostrot. Von oben sah die Landschaft aus wie ein einziges riesiges Kunstwerk. Noch nie war Sophie von der Natur so überwältigt worden wie hier in Jos isländischer Traumwelt.

Sophie stutzte, als sie plötzlich ein fernes Rauschen vernahm. Sie flog an Jo heran und rief ihm zu: »Was wartet da hinten?« »Lass dich überraschen!«, grinste er. Er überquerte den letzten Bergrücken, hinter dem sich eine langgezogene Ebene öffnete. Ein breiter Fluss durchschnitt grüne Wiesen und felsige Abschnitte. Jo segelte ganz nah an die Wasseroberfläche heran. Das wilde Wasser schoss rauschend dahin und peitschte die Wellen spritzend nach oben, wenn es auf unterirdische Felsen traf. Sophie gesellte sich zu Jo und staunte nicht schlecht, als plötzlich ein Raftingboot vor ihnen dahintrieb. Jo nahm sie an der Hand, und beide landeten punktgenau in dem wackeligen Gefährt. Sophie hockte sich auf den Boden und klammerte sich erschrocken an den Seilen fest, die an den Wänden des Bootes hingen. Sie wusste zwar, dass ihr in der Traumwelt nichts passieren konnte, aber so viel Erfahrung hatte sie dann doch nicht, um in diesem Moment entspannt zu bleiben.

Jo setzte sich Sophie gegenüber, doch während sie vor Schreck Augen und Mund weit aufriss, kreischte er vor Vergnügen. »Jetzt kommt etwas, das du so schnell nicht vergisst!«, brüllte er gegen das Heulen des Windes und das Rauschen des Wassers. Das Boot drehte sich in den Wellen, und Phie wurde schwindlig. »Mir wird gleich schlecht!«, schrie sie, so laut sie konnte. »Bleib ganz locker und entspann dich!«, sagte er ruhig. »Es kann dir nichts passieren! Wir träumen, schon vergessen?« Sophie musste sich krampfhaft in Erinnerung rufen, dass sie sich nicht im realen Leben auf einem reißenden Fluss befand. Die Geschwindigkeit, mit der ihr Boot dahinschoss, und der Lärm des tosenden Wassers raubten ihr den Atem.

Doch es sollte noch lauter und noch schneller werden. Als Sophie das nächste Mal in Fahrtrichtung blickte, sah sie vor sich eine weiße Wand aus Gischt und Nebel. »Was passiert da vorne?«, fragte sie brüllend. »Da kommt ein Wasserfall!«, grinste Jo. »Ein Wasser ...«, und bevor Sophie das Wort aussprechen konnte, sausten sie schon über die Kante in die Tiefe. Um sie herum tobte und schäumte das Wasser, das sich in eine lebendige weiße Wand verwandelt hatte. Phie klammerte sich an den Seilen fest und schrie aus Leibeskräften. Sie stürzten in die Tiefe, zunächst vornüber, sodass Sophie fast den Halt verloren hätte, dann drehte sich das Boot wieder, und das Wasser prasselte ihnen auf die Köpfe.

Das Gefühl des freien Falls inmitten all der Gischt schien kein Ende nehmen zu wollen. Erst nachdem das Boot mit einem Ruck in der Tiefe der Schlucht, in die der Wasserfall mündete, gelandet war und vorwärts getrieben wurde, konnte Sophie wieder einen klaren Gedanken fassen. Das Rauschen wurde nur langsam leiser, aber es dauerte noch eine Weile, bis der Fluss eine ruhigere Bahn einschlug. »Und? Wie war's?«, wollte ein klatschnasser, übers ganze Gesicht grinsender Jo wissen. »Sag mal, spinnst du?«, fuhr ihn Sophie an. »Wie kannst du das mit mir ohne Vorwarnung machen? Ich hätte fast in die Hose gepinkelt vor lauter Angst!«

»Aber es kann doch nichts passieren, es ist ein Traum ...«, wiederholte Jo verdattert. »Ich dachte, du magst solche Abenteuer.« Sophie starrte ihn wütend an, doch als sie seinen verzweifelten Gesichtsausdruck sah, musste sie lachen. »Du bist verrückt!«, schalt sie ihn, »weißt du das?« »Also bist du mir nicht mehr böse?«, wollte Jo wissen. »Nein, nur mach das nie wieder mit mir, hörst du! Ich will wissen, was auf mich zukommt!« »In Ordnung!«, erwiderte Jo zerknirscht. »Aber lass uns jetzt zurückfliegen, damit du siehst, welch gigantischen Wasserfall wir bezwungen haben!«

Sie hoben vom Raftingboot ab, das herrenlos von den Wellen hin und her geschaukelt wurde, und flogen dem Flusslauf entlang zurück, bis sie die Schlucht erreichten, in die sich das tosende Wasser ergoss. Rund siebzig Meter stiegen die dunklen Wände senkrecht nach oben. In zwei mächtigen Stufen stürzte das Wasser schräg zur Fließrichtung in die Tiefe. Die zweite Kaskade erstreckte sich wie eine Zunge in die Mitte der Schlucht, sodass sich das Wasser wie ein breites Bord aus Rüschen an die Felsen schmiegte. »Das ist der Gullfoss!«, erklärte Jo, »der goldene Wasserfall. Er ist einer der beliebtesten Wasserfälle Islands!«

Sie landeten auf einer Aussichtsplattform am oberen Rand der ersten Kaskade. Das Wasser tobte und rauschte ohrenbetäubend, doch Phie hatte sich längst an den Lärmpegel gewöhnt. Sie überblickte das einzigartige Naturschauspiel vor ihnen, und es wurde ihr ganz warm ums Herz. Momente wie diese gaben ihr so viel Kraft, so als ob sie die Energie direkt von diesem unvergleichlichen Ort aufsaugen könnte.

»Es ist unbeschreiblich! Ich finde keine Worte!«, brüllte sie und formte mit ihren Händen einen Trichter um den Mund, damit Jo sie besser hören konnte. Dieser verstand offensichtlich trotzdem nichts, und als Phie noch lauter schrie, winkte er lässig ab. Mit einem Mal war alles still. Der Wasserfall hatte nicht aufgehört zu fließen, und dennoch hörte Sophie nicht das leiseste Plätschern. Verdutzt blickte sie zu Jo. »Besser so?«, fragte er. Seine Stimme klang seltsam blechern. »Diese Stille fühlt sich eigenartig an, so unnatürlich«, antwortete Sophie. »Solange wir hier am Rande des Wasserfalls stehen, schon!«, bestätigte Jo, »aber nicht, wenn wir den Ort aufsuchen, an dem ich diese Stille kennengelernt habe.« »Wo ist das?«, fragte Sophie. »Ich zeig es dir!«, rief er, und das Rauschen des Wasser kehrte zurück.

Jo hob ab, und Phie folgte ihm. Sie ließen den Fluss hinter sich, überflogen bizarre Lavaformationen, die sich mit kleinen Seen und grünen Pflanzenteppichen abwechselten. Schließlich wurde das Gebiet unter ihnen immer felsiger, große und kleine Schluchten zerschnitten die Landschaft. So manch eine Erdspalte hatte sich mit kristallklarem Wasser aus dem nahen Gletscher gefüllt, und in genau so eine Spalte tauchten Jo und Sophie ab, nachdem Jo ihr ein Zeichen gegeben hatte. Absolute Stille umgab sie. Rundherum Wasser, das so klar und sauber war, dass es fast wie ein Vergrößerungsglas wirkte. Sophie konnte über hundert Meter weit sehen, eine Erfahrung wie aus einer anderen Welt.

Sie ließ sich treiben. Unter Wasser fühlte sie sich schwerelos und leicht wie ein Fisch. Nichts trübte ihren Blick, nichts trübte ihre Gedanken. So sollte es immer sein, dachte sie.

## Kapitel 17

»Sie war leider schon weg!«, seufzte Shirin, als Amin an ihrem Portal bei der Burgruine auftauchte. »Verdammt!«, fluchte Amin, »ich musste heute Abend meinem Onkel beim Hausbau helfen, daher kam ich erst so spät ins Bett! Sonst hätte ich Phie sicher noch erwischt.« »Da kann man leider nichts machen!«, Shirin zuckte mit den Schultern, »dann müssen wir zwei eben allein mit Najuka reden. Morgen Nacht erzählen wir Phie dann, was wir erfahren haben.« »In Ordnung!«, nickte Amin, »aber das wird ihr gar nicht recht sein.« »Vermutlich, aber Najuka wird ja hoffentlich noch öfter für uns Zeit haben!« Shirin stand auf und marschierte in Richtung des einzigen Turmes, der von der alten Burg noch intakt geblieben war. »Los, komm, lass uns raufgehen, ein bisschen Weitblick kann uns nicht schaden«, forderte sie Amin auf.

Kaum hatten sie sich inmitten der Zinnen auf den steinernen Bänken niedergelassen, begann Amin auch schon aufgebracht zu erzählen: »Stell dir vor! Mein Vater tut sich mit Gregorius zusammen! Er muss eine riesige Angst um seine Traumwelt haben, wenn er sich mit diesem ›von Großmannssucht befallenen Traditionsverräter‹ – so hat er ihn noch vor wenigen Wochen genannt – einlässt!« »Ja, ich kann mich noch gut erinnern, was dein Vater für ein Theater gemacht hat, als er erfuhr, dass du die Vorstellung von Gregorius beim Jahrmarkt besucht hast!«, bekräftigte Shirin. »Ich hoffe, Najuka kann uns erklären, was da wirklich vorgeht! Warum alle so in Aufruhr sind und von Geheimtreffen zu Geheimtreffen eilen.«

»Nun, Gregorius gehört ganz bestimmt einem Geheimbund an. Das hat mir mein Onkel erzählt. Zumindest dafür war der Extra-Arbeitseinsatz gut!«, sagte Amin mit Bitterkeit in der Stimme. Der Onkel hatte ihm Dinge anvertraut, die er vermutlich gar nicht hätte erfahren dürfen. Offensichtlich wollte er ihm damit zeigen, wie wichtig er im Familienverband war. »Ich weiß zwar nicht, welchem Zweck dieser Geheimbund dient«, holte Amin aus, »aber eines weiß ich: Er will nicht, dass die Tore geöffnet werden.« »Ich höre immer vom Öffnen der Tore«, stöhnte Shirin, »doch keiner kann mir sagen, welche Tore da gemeint sind!« »Das wird uns Najuka mit Sicherheit erklären können!«, versuchte Amin seine Freundin zu beruhigen. Der Stein, auf dem er saß, war noch warm von der Sonne. In Shirins irischer Traumwelt herrschte stets strahlendes Sommerwetter, ganz im Gegensatz zur Realität, ging es Amin durch den Kopf.

Der Schilderung seines Onkels nach operierte jener Geheimbund auf der ganzen Welt und hatte überall Vertraute. Die Mitglieder unterstützten sich auch im realen Leben, aber natürlich nur zum Wohle der Wirtschaft und der Menschheit. »Die Wirtschaft kommt wohl weit vor der Menschheit«, hatte Amin bei sich gedacht. Ihm war sofort der aalglatte Ludwig Zaltuoni eingefallen, wie Gregorius im realen Leben hieß. Sophie hatte ihn eindringlich beschrieben: klein gewachsen, mit langem, wallendem und ergrautem Haar, einem maskenhaften Gesicht mit aufgesetztem Lächeln, das einem das Blut in den Adern gefrieren ließ.

»Da kommt Najuka!«, rief Shirin, die sich zwischen den Zinnen hinausgelehnt hatte. Der leuchtend orange Sari, Najukas Markenzeichen, war von Weitem zu erblicken.

Najuka kam auf sie zugelaufen. Beschwingt nahm sie zwei Treppen auf einmal und war schnell auf dem Turm angelangt. Amin musste wie immer schmunzeln, wenn er Shirins Urgroßmutter sah, denn statt einer faltenreichen, fast hundertjährigen Frau, sah er sich einer jungen, hübschen Dame gegenüber. Ob er sich später, im hohen Alter, auch wünschen würde, im Traum noch einmal jung zu sein?

Najuka umarmte Shirin zärtlich und schenkte Amin einen liebevollen Blick. Sie setzte sich im Schneidersitz auf den Boden neben einer Bank und lehnte sich gemütlich an die Wand des Turmes. »Ist Sophie gar nicht hier?«, wollte sie von Shirin wissen. Diese schüttelte den Kopf. »Schade!«, bemerkte Najuka, »ich hätte sie gerne wiedergesehen.« Sie verlor sich kurz in Gedanken, doch als sich Amin räusperte, kehrte ihre Aufmerksamkeit schnell wieder zu ihren Gesprächspartnern zurück. »Also, Kinder, was wollt ihr wissen?«

Amin setzte zu einer Frage an, doch Shirin kam ihm zuvor: »Welche Tore sollen geöffnet werden, und warum haben alle solche Angst davor?«, platzte sie heraus. Najukas Gesicht verdunkelte sich, als sie zu einer Erklärung ansetzte: »Wie ihr wisst, ist unsere besondere Welt nur den Traumgestaltern und den Traumwandlern zugänglich. Wem dieses Glück zuteil wird, der ist entweder durch Vererbung begünstigt oder – was seltener ist – durch ein besonderes, einschneidendes Ereignis in die Lage versetzt worden, die Grenze zwischen der realen Welt und der Traumdimension zu durchschreiten.« Amin und Shirin nickten wissend, sagten aber nichts, um Najukas Erzählung nicht zu stören.

»Doch das war nicht immer so!«, fuhr diese mit fester Stimme fort. »Es gab eine Zeit, da war es uns Träumern möglich, auch Nichtträumer in unsere Dimension zu holen. Auf der ganzen Welt errichteten die, die um diese Möglichkeit wussten, heilige Orte, an denen die Rituale der Öffnung durchgeführt werden konnten. Doch es brauchte nicht nur die Wissenden, sondern auch jene, die spürten, welche Orte und welche Nichtträumer geeignet waren. Während die Ausführung der Rituale entweder erinnert werden konnte oder mündlich weitergegeben wurde, mussten jene, die spürten, erst geboren werden.«

Shirin schüttelte ungläubig den Kopf. Sie lauschte angestrengt Najukas Worten, doch sie verstand nicht, was sie bedeuteten. Amin ergriff jetzt das Wort: »Das heißt, es gibt Tore, durch die Nichtträumer in unsere Traumdimension gelangen können. Stimmt das?« Najuka nickte. »Und um sie zu öffnen, braucht es Träumer, die die notwendigen Rituale kennen, und es braucht Träumer, die eine besondere Gabe haben: nämlich jene, zu erfühlen, wer in die Traumdimension darf und wer nicht. Richtig?« Wieder senkte Najuka kurz den Kopf, und nun schien auch Shirin zu begreifen. Ihr Gesicht hellte sich auf.

»Und diese Träumer, die spüren, wer durch die Tore darf, wie erkenne ich die?«, hakte Shirin nach. »Jene, die die Gabe haben zu spüren, werden nur zu bestimmten Zeiten geboren«, erwiderte Najuka. »Der Letzte, den ich kannte, kam kurz vor Christi Geburt auf die Welt.« »So lang ist das her!«, staunte Shirin, »und seitdem gibt es keinen mehr von ihnen?« »Nicht, dass ich wüsste!« Najuka schüttelte den Kopf, »ich habe keinen mehr erlebt, und es wurde auch von keinem etwas überliefert.«

»Aber was ist mit jetzt?«, wollte Amin wissen. »Es wird doch behauptet, eines der Tore sei in unserer Zeit bereits geöffnet worden! Das geht nur mit einem Spürenden, oder?« »Ja, das stimmt. Und das ist auch für mich der Beweis dafür, dass es an der Zeit ist, die Nichtträumenden in unsere Welt zu holen«, antwortete Najuka. »Aber warum gerade jetzt?«, fragte Shirin mit bebender Stimme. »Was steht uns bevor, dass wir die Tore öffnen müssen? Das ist bestimmt kein gutes Zeichen!« »Es ist kein gutes Zeichen, meine Kleine. Die Menschheit steht auf einem Scheideweg. Gehen wir weiter in Richtung Untergang oder halten wir ihn auf – das ist hier die Frage. Wir zerstören unseren Planeten, nehmen uns selbst die Lebensgrundlage. Und jenen, die sie durch Krieg oder Dürre bereits verloren haben, helfen wir nicht.« Najuka wirkte traurig, aber gefasst. »Noch haben wir, die wir wissen, dass es mehr als das reale Leben auf der Erde gibt, die Chance, auch den anderen die Augen zu öffnen. Und ein paar von uns haben begonnen, diese Chance zu ergreifen.«

»Aber mein Vater und viele der anderen traditionellen Familien sind strikt gegen eine Öffnung«, widersprach Amin aufgebracht. »Er hat sich sogar mit Gregorius und diesem Geheimbund zusammengetan! Er sagt, die Entscheidung über die Öffnung liege ganz allein bei uns Träumern, ganz egal ob Spürende geboren werden oder nicht!« »Ja, so ist es leider! Aber es ist nicht klug, das Gesetz der Ersten – das nur eine Empfehlung und keine Pflicht ist – zu missachten. Heute zählt nur mehr der Vorteil des ohnehin Begünstigten und nicht die Hilfe für den Leidtragenden. Doch das Leid wird schlussendlich alle treffen.«

»Aber was soll es bringen, dass Nichtträumer erfahren, was wir Nacht für Nacht erleben dürfen? Werden sie nicht neidisch auf uns sein und uns für unsere Fähigkeit hassen? Schließlich können wir unserem Leid entfliehen, und sie nicht!«, warf Shirin ein. »Vielleicht würde ihr Glaube an die Spiritualität zurückkehren, und sie würden alle Menschen und die Erde als Gesamtheit begreifen, der es gut gehen muss, und nicht nur einigen Privilegierten«, erwiderte Najuka. »Und mit Spiritualität meine ich den Glauben an etwas Höheres, nicht jene Religionen, die nur zum Machterhalt von Kirchen und Herrschern erfunden wurden«, erwiderte Najuka.

»Hat es denn zur Zeit um Christi Geburt etwas für die Menschheit gebracht?«, ergriff Amin das Wort, nachdem er länger schweigend zugehört hatte. »Nun, die christliche Idee ist nach wie vor eine gute, wenn man von dem, was die Kirche in den vergangenen Jahrhunderten angerichtet hat, absieht.« Najuka lächelte milde bei diesen Worten. »Du meinst, das Öffnen der Tore hat die Geburt von Jesus bewirkt?«, staunte Shirin. »Nicht die Geburt, aber das, was aus ihm und seinen Jüngern geworden ist«, bestätigte Najuka.

»Sprechen wir nun von einem Tor oder vielen Toren?«, fragte Amin. »Das verstehe ich noch nicht!« Najuka beantwortete auch dies bereitwillig: »Seit Urzeiten haben die Menschen an heiligen Orten Monumente aufgestellt oder gebaut, seien es Steinkreise, Monolithen, Pyramiden oder Kirchen. Würde man die wichtigsten dieser Orte mit gedachten Linien verbinden, dann entstünde ein weltumspannendes Netz von Energiestrahlen. Erst wenn an jedem dieser Orte das Ritual vollzogen wurde, dann öffnet sich an dem Tag, an dem Rosenmond und Sommersonnenwende zusammentreffen, die Traumdimension auch für Nichtträumer.«

## Kapitel 18

Sophie fühlte sich immer noch wie unter einer großen gläsernen Glocke, als sie aus ihrem Bett kletterte. Alle Geräusche schienen seltsam weit und drangen nur gedämpft zu ihr vor. Glückseligkeit umgab sie, so wie in der unendlichen Stille und Klarheit der Silfra-Spalte, in die sie letzte Nacht getaucht war. Deshalb registrierte sie erst spät und zunächst auch unwillig, dass Mira am Frühstückstisch intensiv auf sie einredete: »… um Jonas kümmern! Sophie, hast du mich verstanden?« Phie blickte verdutzt auf und schüttelte sich kurz: »Tut mir leid, Mum, was hast du gesagt? Ich bin noch ganz in meinen Träumen!«

»Dort wäre ich heute auch gerne geblieben!«, seufzte Mira, um dann noch einmal ihr Anliegen kundzutun: »Papa wird vermutlich auf die Intensivstation verlegt. Dort können sie ihn besser behandeln, zumal er mit einem äußerst aggressiven Keim zu kämpfen hat. Du musst dich heute bitte um Jonas kümmern. Um fünf holst du ihn beim Hort ab, dann seid ihr eine Zeit lang alleine für euch zuständig. Ich hoffe, dass ich gegen halb sieben wieder zu Hause bin. In Ordnung?« »Mach ich!«, antwortete Phie mit vollem Mund, »der Giftzwerg soll sich aber benehmen!« »Jonas?« Mira schickte ihrem Sohn einen scharfen Blick. »Ich bin ganz brav!«, säuselte dieser sofort.

Als Phie im Bus zur Schule saß, an die Fensterscheibe gelehnt, die Lieblingsmusik im Ohr, wanderten ihre Gedanken zurück zu ihrer Mutter. Was hatte Mira gesagt? Sie wäre am liebsten in ihrem Traum geblieben? Dabei hatte Mira ja gar keine Ahnung davon, was in Träumen alles möglich war, wenn man die Dimensionen wechseln konnte! In diesem Moment setzte jenes Lied ein, das Sophie jedes Mal, wenn sie es hörte, die Tränen in die Augen trieb. »… wait for me to come home …«, hieß es da unter Gitarrenklängen. Phie schluckte und wischte sich verschämt über die Wange. Niemand Fremder sollte bemerken, wie es um sie stand.

Der Song drückte all die Hoffnung aus, die Phie in die Genesung ihres Vaters legte. So wie im Lied beschrieben, trug sie stets ein Foto von ihm bei sich, und zwar in der hinteren Tasche ihrer Jean. Das würde sie so lange tun, bis er wieder nach Hause kam. Der erste Gedanke Sophies, als vom Öffnen der Tore gesprochen worden war, hatte ihrem Vater gegolten. Vielleicht gab es ja doch noch einen Weg, ihn in die Traumdimension zu holen, ihn dort zu treffen, mit ihm zu sprechen und … Doch was war mit Mira? Wie würden ihre Träume wohl aussehen? Was, wenn sie wüsste, dass es mehr als das reale Leben gab? Wie viel Kraft würde ihre Mutter aus dem Wissen ziehen können, dass es mit Sicherheit ein Leben nach dem Tod gab?

Wenn Sophie wählen könnte, wen würde sie mit in die Traumdimension nehmen? Mira oder Robert? Vielleicht alle beide? Und was war mit Liv? Die wünschte sich nichts sehnlicher, als auch eine Träumerin zu sein! »Ich könnte niemals eine Entscheidung treffen«, murmelte Phie vor sich hin. Ihre Sitznachbarin sah sie fragend an. Sophie wandte sofort den Blick ab und starrte aus dem Fenster, soweit dies überhaupt möglich war. Regentropfen klatschten unaufhörlich gegen die Scheibe und zogen ihre Spuren, sodass man kaum nach draußen sehen konnte. Was für ein Sauwetter!

Als Sophie in der Schule ankam, war sie klatschnass. Ein Autofahrer hatte sie von oben bis unten nass gespritzt, als er durch eine Lacke nahe der Bordsteinkante gedonnert war. »So eine Bescherung!«, schimpfte Liv, als ihr Phie von ihrem Malheur berichtete. Sie suchten notdürftig trockene Sachen zusammen. Das Turnleibchen roch zwar nicht mehr ganz frisch, und Livs Jogginghose passte absolut nicht dazu, aber das war Sophie lieber, als in nasser Kleidung zu frieren.

Der Vormittag ging schnell vorbei, umso mehr zog sich für Phie der Nachmittag in die Länge. Sie saß alleine zu Hause, stocherte lustlos in ihrem nun schon zum zweiten Mal aufgewärmten Essen, und wusste nicht, wie sie sich ablenken sollte. Den Fernseher hatte sie, nachdem sie dreimal durch alle Sender gezappt war, wieder abgedreht. Es liefen nur absolut peinliche Reality-Serien, Kochsendungen oder Sport. Nichts davon interessierte Sophie. Die Hausübungen waren bereits erledigt, und zu lernen gab es nichts, nachdem am nächsten Tag der Ausflug nach Südtirol auf dem Programm stand. Sophie hoffte nur, dass sich das Wetter bis dahin besserte, denn es goss immer noch in Strömen. Unter diesen Umständen stundenlang Äpfel zu pflücken, machte bestimmt keinen Spaß.

Sophie sehnte den Zeitpunkt herbei, an dem sie losgehen und Jonas abholen musste. Noch nie hatte sie sich so nach ihrem kleinen, verhaltenskreativen Bruder gesehnt. Wie es wohl Mira gerade erging? War Robert schon in die Intensivstation gebracht worden? Ihre Mutter hatte den Rettungstransport in die Stadt begleitet. Ob alles gut verlaufen war? Phie wurde immer nervöser, je mehr sie darüber nachdachte. Da kam ihr sehr gelegen, dass es aus ihrem Laptop plötzlich schrillte.

Sophie klappte den Bildschirm hoch und klickte auf »Abheben« – schon tauchte Shirin vor ihr auf! »Shirin! Wie schön, dich zu sehen! Du rettest meinen Tag!«, begrüßte Sophie die Freundin freudestrahlend.

»Hi, Phie! Ich bin froh, dich zu erreichen! Ich muss dir unbedingt erzählen, was Amin und ich gestern in Erfahrung gebracht haben!« Shirin schilderte ausführlich, was sie die vergangene Nacht gehört hatte. »Das ist ja kompliziert!«, stöhnte Sophie, als ihre Freundin geendet hatte. »Und was ist jetzt? Werden diese Tore nun alle rechtzeitig geöffnet oder nicht?« Shirin zuckte mit den Schultern: »Das weiß niemand so genau. Der Rat will sich angeblich nicht festlegen, da sich die traditionellen Familien nicht einigen können. Es gibt Geheimbünde, die gegen eine Öffnung arbeiten, so wie Gregorius, und es gibt Tore, die bereits geöffnet wurden. Aber niemand weiß, von wem!« »Ich möchte wissen, wie Nino und Kati dazu stehen«, überlegte Sophie laut, »sie beraten sich auch ständig mit anderen Träumern, aber alles ist geheim!« »Najuka ist jedenfalls dafür, Nichtträumer in unsere Dimension zu holen«, fügte Shirin hinzu, »und ich bin mir sicher, dass sie das Ritual auch durchführen würde, wenn sich ein Spürender findet.« »Sie hat nach einem gesucht?«, fragte Phie überrascht. »Ich glaube schon!«, erwiderte Shirin, »sie hat aber bis jetzt weder einen gefunden noch von einem konkret gehört. Aber sie meint, es müssten bereits welche geboren worden sein, sonst hätten ja keine Tore geöffnet werden können.«

»Das ist klar!« Sophie nickte. Ganz nebenbei blickte sie auf ihre Uhr und erschrak: »Verdammt! Es ist kurz vor fünf! Ich sollte schon längst weg sein! Ich muss heute Jonas vom Hort abholen, und jetzt hab ich total die Zeit übersehen!« »Dann schau, dass du losgehst!«, rief Shirin und verabschiedete sich. Sophie klappte den Computer zu, rannte zur Wohnungstüre und schlüpfte hastig in ihre Schuhe. Noch schnell eine Regenjacke und einen Schirm geschnappt, dann stürmte sie das Treppenhaus hinunter.

Sie musste ein Stück mit dem Bus fahren, denn der Hort lag nicht gerade um die Ecke. Warum musste ihr das ausgerechnet heute passieren? Sie wollte, dass sich Mira voll auf sie verlassen konnte, und jetzt das! Jonas saß ziemlich verloren in der Garderobe. Er war schon angezogen und schaute ganz verzweifelt drein. Als er Sophie den Gang entlangkommen sah, sprang er auf und wischte sich verstohlen die Tränen weg. »Sie ist da!«, rief er in Richtung des Gruppenraumes, »meine Schwester ist endlich da!«

Auf das Donnerwetter, das sie nun erwartete, war Sophie nicht gefasst. Die Hortleiterin, eine etwas untersetzte Dame mit kurzen weißen Haaren, hielt ihr eine Gardinenpredigt, die sich gewaschen hatte. Wie sie es sich nur erlauben könne, dermaßen zu spät zu kommen? Ob sie schon wisse, dass man nur wegen ihr länger arbeiten habe müssen? Und so ging es weiter. Sophie stellte die Ohren irgendwann auf Durchzug, nahm Jonas, der sich seine Ohren inzwischen zuhielt, an der Hand, drehte sich ohne ein Wort zu sagen um und marschierte mit ihrem Bruder davon.

»So, auf das hin machen wir uns jetzt einen feinen Abend«, sagte Phie zu Jonas, als sie im strömenden Regen auf der Straße standen. »Es tut mir ehrlich leid. Ich wollte dir das nicht antun, dass du bei diesem Drachen auf mich warten musst. Ich habe echt die Zeit übersehen.« »In Ordnung«, wisperte Jonas leise. »Komm, lächle ein bisschen!« Phie gab nicht auf, sie wollte ihren kleinen Bruder unbedingt aufmuntern. »Weißt du was, ich hab ein bisschen Geld dabei. Wir setzen uns jetzt einfach in den Burgerladen da drüben. Hast du Lust?« »Au ja, gerne!«, jubelte Jonas, und das lange Warten war im Nu vergessen.

## Kapitel 19

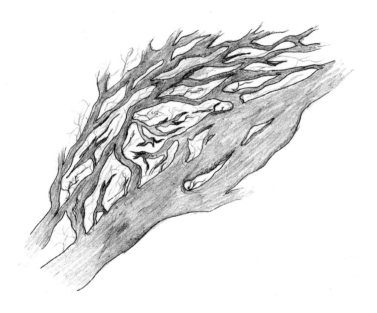

Sophie kam heute schon das dritte Mal klatschnass irgendwo an. Das erste Mal waren ihre Sachen in der Schule völlig durchnässt gewesen, dann wieder beim Nach-Hause-Gehen zu Mittag, und nun als sie mit Jonas die Wohnungstür aufschloss. Ihr kleiner Bruder sah ebenfalls aus wie eine getaufte Maus, doch beiden machte es nichts aus. Sie lachten und scherzten ausgelassen miteinander. Jonas hatte irgendwann begonnen, die größten und tiefsten Pfützen auszusuchen, und war mit vollem Karacho hindurchgelaufen, dass es nur so spritzte. Nachdem er sich beim ersten Mal so überraschend losgerissen hatte, dass Sophie nichts dagegen unternehmen konnte, hatte sie die Schultern gezuckt und schließlich mitgemacht. Mira würde schon nicht schimpfen.

Damit ihre Mutter keinen Grund zum Ärgern hatte, wischten die Geschwister alle schmutzigen Spuren in der Garderobe auf, hängten die nasse Kleidung übers Bad und duschten sich abwechselnd heiß. Frisch geschniegelt und angenehm duftend, saßen sie bei einem Brettspiel am Küchentisch, als Mira zur Türe hereinkam. Phie sah sofort, dass ihre Mutter verweinte Augen hatte und ihnen nur mit Mühe ein Lächeln schenkte. Doch Jonas plapperte gleich los, wie toll der Abend mit Sophie verlaufen war und was sie alles gemeinsam unternommen hatten. Er strahlte übers ganze Gesicht. Phie musste vor Rührung schlucken, so sehr wurde sie von ihrem Bruder gelobt.

Ihre Kinder so harmonisch am Tisch sitzen zu sehen, tat Mira gut, und Jonas' überschwängliche Begeisterung gab ihr so viel Kraft, dass sie plötzlich ganz erleichtert wirkte. Sie ließ die Klinik und die Sorgen zumindest für den Moment hinter sich, richtete sich ein Abendbrot und bat darum, bei der nächsten Runde mitspielen zu dürfen. Als Sophie wenig später im Bett lag – Jonas hatte ihr noch einen dicken Gute-Nacht-Kuss auf die Wange gedrückt – wurde ihr ganz warm ums Herz. »Gemeinsam schaffen wir das!«, sagte sie laut zu sich, um im nächsten Augenblick tief und fest einzuschlafen.

Als sich der grün-blaue Nebel lichtete und sie ihr Ruderboot Richtung Sandbucht steuerte, wusste Sophie, was heute zu tun war. Sie hoffte, dass Jo wieder auf sie warten würde, doch dieses Mal wollte sie nicht sofort losstarten. Sie hatte vor, Jo ihren Freunden vorzustellen und ihn zu bitten, dass sie mit in seine isländische Traumwelt kommen durften. Denn wenn in der Traumdimension wirklich eine Krise bevorstand, dann hatten sie nur gemeinsam eine Chance, diese durchzustehen. Dessen war sich Phie sicher.

Jo war noch nicht da, und auch Amin und Shirin ließen auf sich warten. Wie Jo ihre Bitte wohl aufnehmen würde? Bis jetzt hatte er zwar von seiner Familie erzählt, aber noch nie von seinen Freunden. Soviel Sophie wusste, hatte er, bevor er sie kennengelernt hatte, die meiste Zeit mit Nino und Kati verbracht. »Auch irgendwie eigenartig«, murmelte sie vor sich hin. »Was ist eigenartig? Etwa ich?«, tönte es plötzlich hinter ihr, und Phie zuckte erschrocken zusammen. Jo war aufgetaucht, und Sophie wurde im ersten Moment ganz verlegen. Hatte er etwa mitbekommen, was sie von ihm dachte? »Unmöglich! Gedanken lesen kann er nicht!«, beruhigte sich Sophie im Stillen und setzte ein gewinnendes Lächeln auf.

»Es ist eigenartig, dass meine Freunde noch nicht da sind«, behalf sie sich mit einer Notlüge. »Jo, ich hoffe, es ist dir recht. Mir wäre ganz, ganz wichtig, dass du Amin und Shirin kennenlernst. Sie sind meine besten Freunde hier in der Traumdimension. Sie haben immer zu mir gehalten, auch als ich damals unbedingt zur Traumgrenze wollte.« »Kein Problem, jederzeit«, antwortete Jo spontan. »Ich bin da normal ganz unkompliziert!« »Zum Glück!«, strahlte Sophie, »sie müssten jeden Moment auftauchen!«

Wenige Minuten später standen sie auch schon am Portal: Shirin wie immer mit ihren leuchtend roten Haaren und etwas aufgedreht, Amin vorsichtig und sich zunächst im Hintergrund haltend. Sophie stellte die drei einander vor und war froh, dass die Chemie zwischen ihnen auf Anhieb zu stimmen schien.

Bevor Sophie das Wort ergreifen konnte, preschte Shirin in ihrer unverwechselbaren Art vor: »Jo, Phie hat so von deiner Traumwelt geschwärmt! Es wäre einfach großartig, wenn wir sie auch besuchen dürften!« »Ihr Hundeblick und der Augenaufschlag sind zum Schreien!«, dachte Sophie bei sich. Aber es funktionierte, und Jo lud alle ein, die Nacht in seiner isländischen Welt zu verbringen. Mit einem Zwinkern landeten sie auf dem Rand des grünen Kraters. Und so wie Sophie in der Nacht zuvor, waren auch Amin und Shirin überwältigt von der Schönheit und Farbenkraft der umgebenden Landschaft.

»Jo, du bist ein Künstler!«, brachte Shirin irgendwann stockend hervor, und Amin pflichtete ihr bei: »So etwas habe ich noch nie in meinem Leben gesehen!« »Nicht ich bin der Künstler, sondern die Natur«, widersprach Jo, »in Island sieht es wirklich so aus. Ich habe zwei Jahre meines Lebens dort verbracht, da meine Mutter in Reykjavik bei einer großen Firma gearbeitet hat. In jeder freien Minute sind wir mit unserem Pick-up los und durch die Insel getourt! Ich wollte gar nicht mehr zurück nach Norwegen, obwohl es auch dort wunderbar ist.« »Das kann ich verstehen!«, meinte Shirin, »und ich dachte, grüner als in Irland kann es nirgendwo auf der Welt sein. Aber hier leuchtet ja alles ganz magisch!«

»Und diese Gegensätze! Hier quarzgrauer Sand, dort azurblaue Bäche, dann dort das Gelb um die heißen Quellen, der Schnee und das Eis des Gletschers! Ist das in der Wirklichkeit auch so? Das kann ich fast nicht glauben!«, wunderte sich Amin. »Hier in meiner Traumwelt ist natürlich alles komprimiert und liegt nicht am selben Ort wie im Original, aber ja, alle diese unterschiedlichen Landschaften gibt es auch in der Realität. Island ist eine relativ kleine Insel, und doch ist die Vielfalt grenzenlos!« »Das muss ich mir unbedingt einprägen, damit ich es in meiner Traumwelt auch erschaffen kann!«, seufzte Amin, »ich hoffe, du hast nichts dagegen!« »Du bist ein Traumwandler?«, fragte Jo mit Bewunderung in seiner Stimme. »Ja, ist er, und ein hervorragender noch dazu!«, schaltete sich Shirin ein. Jo grinste: »Es wäre mir eine Freude, wenn du meine Traumwelt als Vorbild nimmst! Und damit dir das auch bestens gelingt, sollten wir was erleben! Was meint ihr?« Sein Vorschlag fand begeisterte

Zustimmung. Jo blickte Phie verschwörerisch an: »Rafting?« Sie verzog ihren Mund zu einem breiten Grinsen: »Rafting!«

Als Phie zum zweiten Mal auf dem Raftingboot saß und dem goldenen Wasserfall entgegensauste, kreischte sie voller Vorfreude. Sie sah die Panik in Shirins Augen und lächelte ihr beruhigend zu: »Keine Sorge, es ist großartig!«, brüllte sie, so laut sie konnte. Dieser Meinung waren sowohl Shirin als auch Amin, als sie bereits durch die Schlucht in ruhigere Gewässer trieben, nachdem sie über die Kante gestürzt und durch den rauschenden Wasservorhang gefallen waren. »Das ist ja voll abgefahren!«, kreischte Amin atemlos. So aufgekratzt hatte Sophie ihn noch selten erlebt. »Noch mal?«, fragte Jo. »Noch mal!«, jubelten alle durcheinander. Das Wasser spritzte und tobte, doch Phie genoss es mit jedem Mal mehr, sich von den Wellen in die Tiefe tragen zu lassen, das kurze Gefühl des freien Falls inmitten der Gischt und dann die Landung, die überraschend sanft ausfiel.

Das Boot schaukelte und drehte sich. Shirin rutschte nach unten, streckte ihre Glieder aus und blickte in den Himmel. Was für ein Traum! Was gab es Schöneres, als mit seinen besten Freunden solche Abenteuer zu erleben. »Nur Liv fehlt noch!«, schoss ihr durch den Kopf. Shirin machte es Sophie nach und legte sich ebenfalls gemütlich ins Boot: »Und jetzt was zur Entspannung«, seufzte sie. Phie blickte Jo wissend an, wo konnte man sich besser entspannen als in der Silfra-Spalte. Jo verstand, was Sophie sagen wollte, doch er schlug etwas anderes vor: »Ich wüsste da was«, begann er vorsichtig, »wenn wir alle gemeinsam dorthin fliegen, könnte es dir auch über deine Angst vor Gletscher hinweghelfen.«

Sophie stutzte. Jo wollte zum Gletscher? War das wirklich sein Ernst? »Ich weiß nicht ...«, antwortete sie zögernd. »Muss das sein?« »Müssen tun wir gar nichts, wir gehen nicht in den Gletscher hinein, keine Sorge, wir würden vom Rand aus starten«, beschwichtigte Jo. »Das wäre vielleicht wirklich heilsam für dich«, schaltete sich Shirin ein. »Sollen wir es nicht versuchen, und wenn es nicht klappt, brechen wir einfach ab?« »Ok.« Sophie willigte ein, doch ganz wohl war ihr dabei nicht.

Je näher sie dem weißen Riesen kamen, dessen unzählige Spalten wie ein überdimensionales Raster wirkten, desto mulmiger wurde Sophie zumute. Gletscher, Kälte, Verzweiflung, Tod – diese Verknüpfung wollte nicht aus ihrem Kopf. Shirin bemerkte ihre Angst und fasste nach ihrer Hand. Sie stoppten kurz und blieben in der Luft stehen wie zwei Elfen. »Eigentlich ein absurdes Bild!«, dachte Phie bei sich und musste schmunzeln. »Meinst du, es geht?«, fragte Shirin besorgt. Phie sah ihr in die Augen, sie erkannte, wie sehr ihre Freundin mit ihr fühlte, und das gab ihr Kraft. »Ja, mit euch schaffe ich das!«

Sie überflogen den Gletscherbach, der sich in unzähligen Verzweigungen durch den Lavasand schlängelte, bis sie am Ende der eisigen Zunge angelangt waren. Dort hatte sich ein riesiger See gebildet, der in einem fast unnatürlichen Blauton schimmerte. Die Wände des Gletschers ragten wie steile Klippen in das Wasser.

Mit einem lauten Knall brach plötzlich ein mächtiger Block ab und krachte donnernd nach unten. Wellen schlugen über dem Eisberg zusammen, als er untertauchte, bis er schließlich schaukelnd an der Oberfläche des Sees dahintrieb. Dort hatten sich schon viele weiße Schollen eingefunden, größere und kleinere, die im blauen Wasser geduldig auf ihr Dahinschmelzen warteten.

Jo landete auf einem der kleineren Eisblöcke, legte sich auf den Bauch und steuerte ihn in Richtung der vielen ablaufenden Bäche. Phie, Shirin und Amin folgten ihm, und schon bald begann eine lustige Fahrt durch die unzähligen Verästelungen des Gletscherbaches. Mal wurden sie aufeinander zugetrieben, dann nahm jeder wieder eine andere Abzweigung, mal fuhren sie gemütlich hintereinander, dann quittierten sie mit einem Kreischen einen ruppigen Zusammenstoß. Wer wollte aus so einem Traum schon aufwachen?

## Kapitel 20

Das Ende des Traumes kam viel zu schnell und ganz abrupt. Sophie hatte noch immer ein seliges Grinsen auf den Lippen, als sie in ihrem Bett erwachte. Sie drehte sich auf die andere Seite und wäre so gerne wieder eingeschlafen, doch der Wecker summte unerbittlich. Missmutig stellte sie ihn ab und richtete sich auf. Der Rucksack und die bereitgelegte Wanderkleidung erinnerten sie daran, dass heute kein normaler Schultag wartete: Der Ausflug nach Südtirol stand auf dem Programm.

Der Gedanke, mit Liv in einem Reisebus zu sitzen, gemeinsam Spiele am Handy zu bestreiten, um die lange Fahrt zu verkürzen, hob ihre Stimmung ein bisschen. Mit den Abenteuern in der isländischen Traumwelt konnte die Realität vermutlich nicht mithalten, aber besser, als in der Schule zu lernen, war es allemal. Die Klasse traf sich bereits um viertel vor acht beim Busbahnhof, deshalb musste Sophie sich sputen. Sie wusch sich, schmierte sich einen Klecks Sonnencreme ins Gesicht – man konnte ja nie wissen –, band ihre Haare zu einem Pferdeschwanz und zog die Wanderkleidung an. Der Himmel war immer noch wolkenverhangen und grau, doch da Südtirol, wie der Name schon sagte, im Süden lag, hoffte Sophie auf gutes Wetter.

Mira hatte belegte Brote geschmiert, Eier hart gekocht und Obstsalat hergerichtet. Eine bessere Jause konnte sich Sophie nicht vorstellen. Sie bedankte sich bei ihrer Mutter mit einem Kuss auf die Wange und machte sich auf den Weg.

Die meisten ihrer Mitschüler warteten schon vor dem großen roten Reisebus, der sie nach Südtirol bringen sollte. Viele wurden von ihren Eltern mit dem Auto gebracht, von Vätern und Müttern, die auf dem Weg zur Arbeit gestresst eine Extrarunde einlegen mussten. Die Hektik war ihren Gesichtern abzulesen, und doch sehnte sich Sophie in diesem Moment danach, mit Mira und Robert am Gehsteig zu stehen. Sie hatte es zwar immer gehasst, wenn ihr Vater gar nicht zuhörte, da er in Gedanken stets bei seinen beruflichen Projekten war, doch auch dies hätte Phie gerne in Kauf genommen, wenn er nur bei ihr gewesen wäre.

»So ändern sich die Prioritäten«, dachte sie resignierend. Doch schon im nächsten Moment hellte sich ihr Gesicht auf, denn ein überdimensionaler, giftgrüner Regenmantel kam auf der anderen Straßenseite auf die kleine Schülergruppe zugelaufen. Liv hatte eines ihrer originellsten Kleidungsstücke aus dem Schrank geholt. In dem grünen Mantel, den sie von irgendeiner Kusine geerbt hatte und der ihr noch viel zu groß war, sah sie aus wie ein verrückt hüpfender Frosch. Die schlampig gebundenen Wanderschuhe, die sie fast zum Stolpern brachten, verstärkten diesen Eindruck noch.

Phie empfing die Freundin mit einem herzlichen Lächeln: »Du rettest meinen Tag!« »Bin ich zu spät?«, keuchte Liv und strich sich ein paar feuchte Haarsträhnen aus dem Gesicht. »Nein, es passt alles, du bist nicht die Letzte«, versuchte Sophie sie zu beruhigen. Liv holte Luft, und Phie nutzte die Atempause, um ihre Freundin ins Innere des Reisebusses zu bugsieren. Sie wählten einen Platz im vorderen Drittel des Fahrzeugs. Die »Coolen« saßen zwar immer in der letzten Reihe, aber Sophie wusste, dass ihr da möglicherweise übel wurde, und das wollte sie nicht riskieren.

Zu den »Coolen« zählten sie ohnehin nicht, und da auch eine der Parallelklassen mit von der Partie war, würde es mit Sicherheit ein Gerangel um die »besten« Plätze ganz hinten geben. In solchen Momenten wusste Sophie den Außenseiterstatus, den Liv und sie in der Klasse innehatten, zu schätzen, denn um Revierkämpfe mussten sie sich nicht weiter kümmern. Schnell war der rote Bus erfüllt von jugendlichem Geplapper, Lachen und Gekreische. Der Busfahrer, ein glatzköpfiger kleiner Mann mit beachtlichem Leibesumfang, war nicht zu beneiden.

Nach wenigen Minuten bog das Gefährt auf die Autobahn Richtung Süden, und Professor Winkler, der Vorstand der Parallelklasse, ergriff das Mikrofon. Er konnte sich nur mit Mühe zwischen den Sitzreihen aufrecht halten, da der Busfahrer alles andere als einen ruhigen Fahrstil pflegte und das Fahrzeug immer wieder ins Schlingern kam. Herr Winkler hielt mit der einen Hand verbissen das Mikrofon fest und stützte sich mit der anderen an der Lehne des nächstgelegenen Sitzes ab. Ein gekonnter Schritt nach vorne im richtigen Moment verhinderte, dass er in den Gang stolperte.

Liv und Sophie konnten sich das Lachen nicht verkneifen, denn der Professor war für seine äußerst korrekte Art bekannt und konnte den ein oder anderen mit seinen starren Prinzipien zur Verzweiflung bringen. Ein typischer Lateinlehrer, wie Liv urteilte. Umso lustiger war es zu beobachten, wie Professor Winkler während seiner Ansprache darauf beharrte, stehen zu bleiben, obwohl man ihn sitzend genauso gut gehört hätte. Nach einigen vergeblichen Anläufen – das Mikrofon streikte zunächst – konnte er endlich zum Besten geben, was die Schüler in Südtirol erwartete: Sie würden einen Hof besuchen und bei der Apfelernte helfen, dann stand eine Wanderung zur Burg Hocheppan auf dem Programm.

Kaum hatten sie den Alpenpass gequert, der die Grenze zu Südtirol markierte, klarte der Himmel auf, und das Wetter besserte sich. Erinnerte die Landschaft auf den ersten Kilometern noch an die Umgebung zu Hause, so begann sich nach und nach auch die Vegetation zu verändern. Die Autobahn führte durch ein enges Tal, das von steilen, rötlichen Felswänden umrahmt wurde. Die Laubbäume, die trotz des kargen Untergrundes bis ganz nach oben wuchsen, tauchten mit ihren herbstlichen Farben alles in ein feuriges rot-oranges Licht.

Sophie genoss schon bald einen Teil ihrer Jause, denn zum Frühstücken hatte sie kaum Zeit gehabt. Großzügig teilte sie ihre Brote mit Liv, die bisher überhaupt nichts gegessen hatte. Nach eineinhalbstündiger Fahrt wurde das Tal wieder weiter. Stolze Ritterburgen wiesen auf eine geschichtsträchtige Vergangenheit hin, die Hänge waren übersät mit Weinplantagen, die in gleichmäßig angeordneten Zeilen ihr typisches Muster hinterließen.

Bei Bozen ging es plötzlich steil bergauf. Der Busfahrer nahm die engen Kurven mit halsbrecherischem Schwung, was Sophies Magen mit einem unguten Gefühl beantwortete. Zum Glück waren sie bald am Ziel. Sie fuhren auf den geschotterten Hof eines alten steinernen Gutes, das inmitten von Apfelplantagen stand. »Sarntheiner Hof« stand in großen, gusseisernen Buchstaben am Eingangstor. Das alte, liebevoll restaurierte Haus war durch einen modernen Wirtschaftstrakt ergänzt worden, durch dessen Türe soeben der Hausherr schritt. Ein freundlicher Mann mit Vollbart, dessen Beine in Arbeitshosen und Gummistiefeln steckten. Er trug ein kurzärmeliges, zerschlissenes Hemd, und als die Jugendlichen aus dem Bus stiegen, merkten sie auch schnell, warum. Es war angenehm warm und sonnig, kaum ein Lüftchen war zu spüren, der Herbst zeigte sich von seiner schönsten Seite. Im klimatisierten Reisebus war es immer kühler geworden, und so entledigten sich die meisten, nachdem sie ausgestiegen waren, schnell ihrer Pullis und Jacken

»Herzlich willkommen auf meiner Ranch!«, begrüßte sie der Gutsherr mit einem schelmischen Grinsen. Auf seinem wettergegerbten Gesicht zeigten sich unzählige Fältchen, die auf viel frische Luft, aber auch auf jede Menge Fröhlichkeit schließen ließen. Sophie fühlte sich schnell wohl und folgte mit Begeisterung jeder Anweisung des Gastgebers. Die Jugendlichen durften sich zunächst einmal mit Apfelsaft, Butterbroten und Speck stärken, bevor es Richtung Plantagen ging. Nach einer kurzen Einführung machten sich die Schüler bald in kleinen Gruppen auf zur Apfelernte.

Wer schnell war, der konnte seine Arbeit recht gemütlich zwischen den ersten flachen Baumreihen verrichten. Wer später kam, musste sich in den steileren Hängen abmühen, an denen es keine ebenen Standflächen mehr gab. Sophie und Liv wurden für ihre sofortige Begeisterung belohnt, sie waren die Ersten, die sich mit ihren Pflückkörben zu den rotbäckigen reifen Äpfeln aufmachten.

## Kapitel 21

Schweißtropfen standen Sophie auf der Stirn, die Haare wurden strähnig, und das T-Shirt zierten dunkle, feuchte Flecken – das Äpfelpflücken entpuppte sich als anstrengende Arbeit. »Mir fallen gleich die Arme ab!«, keuchte Liv, die ebenfalls schon ganz zerstört aussah. Die Baumreihe schien kein Ende zu nehmen, und die Sonne brannte unerbittlich vom Himmel. »Ich sehne mich geradezu nach dem nasskalten Wetter von zu Hause!«, fügte Phie hinzu. Gerade als sich Liv frustriert ins stechende, trockene Gras gesetzt hatte, ertönte das Rattern eines Motors. Ein Quad bahnte sich seinen Weg durch den engen Gang. Gelenkt wurde es von einem jungen Mann, der dem Gutsherrn so ähnlich sah, dass er nur dessen Sohn sein konnte.

Immer wieder hielt der Bursche das Quad an und entleerte die gefüllten Apfelkörbe in einen Anhänger, der an das geländegängige Gefährt angekoppelt war. Als er bei den beiden Mädchen anlangte, überbrachte er eine willkommene Nachricht: »Ihr seid fertig und könnt zum Hof zurückgehen!« Liv erhob sich laut schnaufend und verzog ihr Gesicht: »Na, Gott sei Dank!« Phie sparte sich einen Kommentar und machte sich auf den Weg zurück. Nach und nach traf eine Horde von völlig erschöpften und verschwitzten Jugendlichen beim Gutshof ein. Alle waren froh, dass Erfrischungsgetränke und Kekse bereit standen. Als Letztes kehrte jene Gruppe zurück, die in der Steigung gearbeitet hatte. Lautstark jammerten die Mädchen und Jungen den anderen vor, wie anstrengend das Pflücken für sie gewesen war. »Ich kann nicht mehr normal stehen!«, tönte es, und »Meine Achillessehnen sind völlig verkürzt!«

»Das kommt wohl eher von ihren dämlichen hochhackigen Schuhen, die sie sonst immer trägt!«, flüsterte Liv böse und deutete auf eine der Klassenzicken, die besonders laut schimpfte. Phie kicherte gehässig, schließlich mussten Liv und sie oft genug unter den abschätzigen Kommentaren des Mädchens leiden.

Professor Winkler bat jetzt die Jugendlichen mit einem lauten »Ruhe, bitte!« um Aufmerksamkeit. »Meine Lieben, ihr wart alle sehr fleißig, wie ich sehe! Wir machen jetzt eine Stunde Pause, die ihr gerne im Garten hinter dem Hof verbringen könnt. Wer erst einmal Schatten braucht, kann auch in den Wirtschaftstrakt gehen, dort gibt es einen Aufenthaltsraum. Bitte bedenkt, dass wir noch eine kleine Wanderung vor uns haben! Danke!«

Liv und Sophie suchten sich eine Bank im Garten. Überall blühten farbenfrohe Herbstblumen, pinke und violette Astern, orange Lampionstauden und weiße Chrysanthemen. Die Freundinnen genossen den Blick über das weite Tal, denn der Gutshof stand auf einem etwas höher liegenden Plateau inmitten von Weinbergen und Apfelplantagen. Auf der Talseite gegenüber ragten die typischen roten Tafelberge empor, und dahinter ließen sich im trüben Sonnenlicht die mächtigen Dolomiten erahnen. Sophie war fasziniert von den verschiedene Rot- und Orangetönen, die von gelb-grünen Einsprengseln unterbrochen wurden. Der Herbst malte wirklich in den schönsten Farben.

Der Himmel leuchtete diesig-blau, dünne Wolkenschleier zogen in großer Höhe langsam vorbei. Phies Gedanken kehrten mit einem Mal zurück zur vergangenen Nacht, zu ihrem Abenteuer mit Jo, Shirin und Amin. Wie sehr hatte sie es genossen, mit ihren besten Freunden in der Traumwelt zusammen zu sein. Nur Liv fehlte, und das war wirklich ein großes Manko. »Sie würde so gut zu unserer Truppe passen«, dachte Phie im Stillen. Immerhin hatten sich Shirin, Amin und Liv bereits über die ComUnity kennen und schätzen gelernt, aber das war nicht dasselbe. Sophie vernahm ein leises Schnarchen neben sich: Liv war doch tatsächlich im Sitzen auf der Bank eingeschlafen. Phie ließ ihre Freundin gewähren und schloss selbst für ein paar Augenblicke die Augen.

Die Zeit verflog viel zu schnell, und schon bald rief Professor Winkler zum Aufbruch. Die beiden Schulklassen marschierten die Apfelplantagen hinauf und in den nahen Laubwald hinein. Von Weitem sah man die Ruine Hocheppan, die über dem Tal thronte. Eine Fahne flatterte am höchsten Turm im Wind. Im Schatten der bunten Blätter fand man kühle Abwechslung, denn die Sonne bahnte sich nur selten den Weg durch die noch dichten Baumkronen. Durch moosbedeckte Steine plätscherte ein kleiner Bach, über den eine rutschige hölzerne Brücke führte. Es roch nach feuchter Erde und Wald. Nach einer ersten Steigung verlief der Weg angenehm flach am Hang entlang, sodass die Wanderung von fröhlichem Geplapper und Gelächter begleitet wurde.

Nach einer Biegung öffnete sich der Wald und eine erste Befestigungsmauer der Burg wurde sichtbar. Sie war auf schroffen Felsen erbaut worden und ragte stolz in die Höhe. Sie erreichten bald den Burggraben, der von einer breiten Holzbrücke überspannt wurde. Diese war so gelegen, dass man gleichzeitig einen Blick in die Tiefe des Tales wagen konnte. »Puh, ist das hoch!«, schauderte Liv und trat einen Schritt zurück, »ich glaube, ich bin nicht schwindelfrei!« Phie musste lachen, für sie wäre das Geländer ein optimaler Absprung für einen Flug über das Tal gewesen – nur im Traum natürlich.

Mit staunenden Augen erreichten die Jugendlichen den Innenhof von Hocheppan. Die Außenmauer umschloss einen großen Innenhof, dessen weicher grüner Rasen zum Rasten einlud. Die Ruine war sehr gut erhalten, so ließen sich die Wehrgänge und eine kleine Kapelle gut erkennen. In der Mitte ragte das Hauptgebäude mit seinem mächtigen Burgfried auf. Viele der Schüler zückten ihre Mobiltelefone, um Fotos zu machen. Ein schweres hölzernes Tor mit dunklen Eisenbeschlägen führte weiter ins Innere der Ruine.

Während die meisten der Jugendlichen Professor Winkler und den anderen Lehrerinnen durch das große Tor folgten, zog es Sophie in Richtung der Kapelle, die sich völlig unscheinbar an den äußersten Rand der Außenmauer drückte. Liv folgte mit größerem Abstand, sodass sie nicht bemerkte, was in diesem Moment in ihrer Freundin vor sich ging. In Phies Händen begann es zu kribbeln, je näher sie dem religiösen Gebäude kam. Völlig verdutzt blieb sie vor der niedrigen verschlossenen Türe stehen. Die bleiverglasten Fenster waren trüb geworden, sodass Sophie keinen Blick in das Innere des Kirchleins werfen konnte.

Doch die Kraft, die Sophie wie magisch anzog, wurde immer stärker. Ihre Handflächen pulsierten und hoben sich wie von selbst zur Türe hin. Einer plötzlichen Eingebung folgend, schloss sie die Augen, und mit einem Mal schossen Bilder durch ihren Kopf. Es waren keine klaren Eindrücke, sondern unstete, verwackelte Szenen, die wie Gedankenfetzen vor ihrem inneren Auge auftauchten und wieder verschwanden. Trotzdem hatten diese Bilder eine solche Wucht, dass Phie in die Knie ging und nach Atem rang.

In diesem Moment erreichte Liv ihre Freundin, die sich wie unter Schmerzen nach vorne beugte. »Phie, was ist los mit dir?«, rief Liv erschrocken und legte ihren Arm auf Sophies Rücken. Phie öffnete keuchend die Augen und versuchte sich aufzurichten. Doch es gelang ihr nicht, alle Kraft schien aus ihr gewichen zu sein. Liv reagierte sofort: »Nicht aufstehen! Setz dich auf den Boden, Phie! Ist dir schlecht? Soll ich dir etwas zu trinken besorgen?« Sophie winkte ab, langsam spürte sie, wie ihre Energie zurückkehrte. »Es ist nichts, Liv, wirklich nicht! Es geht gleich wieder! Ich habe nur …« Phie zögerte. Sollte sie ihrer Freundin erzählen, was sie gerade erlebt hatte?

Die Bilder, die sich ihrer Wahrnehmung geradezu aufgezwungen hatten, stammten eindeutig nicht aus der heutigen Zeit. Sie hatte Menschen in einfachster Kleidung gesehen, ein großes Feuer, das an jener Stelle brannte, an der nun die Kapelle stand. Der Himmel hatte unnatürlich grün geleuchtet, während die Menschen rund um das Feuer tanzten. Wenn Phie es sich recht überlegte, klang das alles völlig absurd. Aber sie wollte Liv mit ihren Wahnvorstellungen – denn was sollte es sonst gewesen sein – nicht beunruhigen und beschloss daher, nichts von alledem zu berichten.

Sie rappelte sich so gut es ging auf, Liv stützte sie unter den Armen. »Es geht schon wieder! Nur ein kurzer Schwächeanfall, ich habe sicher zu wenig getrunken«, beschwichtigte Phie. »Dann lass uns zu den anderen gehen, vielleicht gibt es in der Hauptburg einen Brunnen oder eine kleine Gaststätte!«, schlug Liv vor, und Sophie ließ sich bereitwillig durch das große Tor führen. Die ehemaligen Gebäude von Hocheppan waren gut erhalten, die steinernen Mauern standen zum Großteil noch, nur jene Teile, die damals aus Holz gefertigt waren, fehlten. So gab es keine Dächer und keine Zwischendecken mehr.

Im Inneren des Burgfrieds führte eine gewundene Holztreppe, die eigens für die Besichtigungen errichtet worden war, viele Meter in die Höhe. Liv begann beim Aufstieg die Stufen zu zählen, doch nach der Hälfte hatte sie sich so oft vertan, dass sie aufgab. Oben angekommen, bot sich ein überwältigender Ausblick. Man konnte weit über das Land sehen, auch jenes Tal, über das sie angereist waren und das noch weiter in den Süden führte – eine strategische Meisterleistung, hier eine Burg zu bauen.

Die Fahne über ihnen flatterte im Wind und machte laute, ratternde Geräusche. Sophie genoss die Weite, wie schön müsste es sein, von hier aus einen Erkundungsflug zu starten? Hinter ihnen die roten Felsen, unter ihnen der bunt gefärbte Wald und die in gleichmäßigen Reihen angelegten Obstplantagen! Der Himmel war blau, die Luft warm – wenn sie eine Traumwandlerin wäre, dann würde Sophie genau diesen Eindruck in ihrer Traumwelt nachempfinden. »Wenn ich eine Traumwandlerin wäre!«, dachte Phie mit Wehmut in ihrem Herzen.

## Kapitel 22

ᛚᛁᛗᛒᛖ
ᚾᛉᛞ
ᚾᛟᚠᛉᛏᚾᛟ

Sophie war todmüde ins Bett gefallen. Sie hatten beim Gutshof noch ein exzellentes Essen mit Südtiroler Spezialitäten bekommen und waren erst spät am Abend zu Hause angekommen. Jetzt auf ihrer Insel sehnte sie sich nach Ruhe und Entspannung. Jo hatte sich für heute einen Besuch in Amins Traumwelt gewünscht. Er war noch nie in Ägypten gewesen und kannte die Pyramiden, die Wüste und den Nil nur aus Filmen. Ob Sophie wohl einmal alleine auf ihrer Insel bleiben sollte? Würden die anderen sie verstehen? Doch als sie Shirin, Amin und Jo am Strand auf sie warten sah, wurde ihr warm ums Herz. Nein, ausrasten würde sie sich morgen in der Schule!

Phie liebte es, wenn sie sich bei Amin unter dem geschwungenen, rot-beige gestreiften Felsen in der Wüste trafen. Amin hatte wie immer für ein gemütliches Ambiente gesorgt. Sie saßen unter einem samtenen Baldachin auf gemütlichen Polstern und Kissen. Ein edler Teppich auf dem Boden schützte sie vor dem heißen Sand. Sophie kuschelte sich zu Shirin und genoss die Bilder, die Amin vor ihnen entstehen ließ: das Tal der Könige, die großen Pyramiden, den geschäftigen Markt von Kairo zur Zeit der Pharaonen.

Da Sophie Amins Welt nun schon gut kannte, konnte sie sich entspannt zurücklegen. Sie beobachtete Jos Reaktionen und stellte mit Wohlwollen fest, wie begeistert er von Amins Kreationen war. Es tat gut, mit jemandem zusammen zu sein, der dem Können des anderen Respekt zollte und nicht versuchte, aus allem einen Vergleichskampf zu machen. Das hätte Jo vermutlich gar nicht gekonnt, denn soviel Sophie wusste, war er kein Traumwandler.

Die Nacht endete, wie bei vielen von Phies Besuchen in Amins Traumwelt, mit einer gemütlichen Bootsfahrt am Nil. Das angenehme Schaukeln wirkte entspannend, und hätte Sophie nicht schon geschlafen, sie wäre mit Sicherheit eingenickt. Doch gerade als es am schönsten war, klingelte unerbittlich der Wecker und holte Phie zurück in die Realität.

Die nächsten Wochen verliefen wie im Flug. Schularbeiten und Tests standen auf dem Programm, Phies Tage waren erfüllt von Lernen, Nachhilfestunden und den Nachmittagen bei ihrem Vater in der Klinik. Nachdem der November viel Nebel und eisige Winde gebracht hatte, fiel Anfang Dezember der erste Schnee. Der Advent war für die Familie eine schwere Zeit. Das erste Weihnachten ohne Robert stand vor der Tür. Wie würden sie den Heiligen Abend verbringen? Im Krankenhaus? Mit den Schwiegereltern?

Gleichzeitig rückten Mira, Jonas und Phie an diesen dunklen Abenden näher zusammen. Sie hatten die Wohnung nur spärlich geschmückt – kitschige Adventdekoration hätte nur in der Seele geschmerzt –, zündeten aber jeden Abend eine große rote Kerze an, die Mira von ihrer besten Freundin geschenkt bekommen hatte. Nach dem Abendessen, wenn alles für die Schule erledigt war, spielten sie noch eine Weile gemeinsam Karten, dann kuschelten sich Jonas und Sophie zu Mira ins Ehebett und besprachen den folgenden Tag.

Nacht für Nacht suchte Phie Zuflucht bei ihren Freunden. Sie brauchte die Ablenkung in der Traumwelt mehr denn je, wollte am liebsten gar nicht mehr in die Realität zurückkehren. Sophie hatte auch keine große Lust auf Abenteuer und Abwechslung, sie liebte es, an Shirins Klippe zu fliegen, durch die Wälder ihrer Insel zu streifen oder die Ruhe in den Tiefen der Silfra-Spalte zu genießen. Shirin, Amin, Jo und Phie waren zu einer verschworenen Einheit geworden. Jeder schätzte jeden, keiner drängte sich in den Vordergrund.

Nino und Kati hatten nach wie vor kaum Zeit für Sophie, was diese nicht sonderlich störte. Die geheimen Verwicklungen in der Traumwelt interessierten sie nicht, sollten sich die Erwachsenen den Kopf darüber zerbrechen, ob diese Tore nun geöffnet wurden oder nicht.

Umso überraschter reagierte Phie, als Mira ihr kurz vor Weihnachten erzählte, dass Kati angerufen hatte, um Jonas und sie für die Winterferien nach Bad Aichbach einzuladen. Eine verlockende Vorstellung! Sophie sehnte sich nach dem Künstlerhof, sie war gespannt, ob es dort ebenfalls geschneit hatte.

Nach langem Hin und Her konnten sich Mira und Sophie endlich darauf einigen, wie sie den Heiligen Abend verbringen wollten. Jonas glaubte noch an das Christkind – zumindest gab er dies vor, um mehr Geschenke zu erhalten. Diese Taktik ging nur bedingt auf, denn Mira war nicht in der Stimmung, um groß Einkäufe zu erledigen. Immerhin besorgte sie eine kleine Tanne, die sie im Wohnzimmer aufstellten und mit einem Teil ihres traditionellen Familien-Christbaumschmuckes verzierten. Phie half ihrer Mutter, so gut sie konnte, und es tat ihr gut, ihrem jüngeren Bruder eine Freude zu bereiten.

Die Schwiegereltern besuchten Robert am frühen Nachmittag des 24. Dezember, Mira, Jonas und Sophie machten sich erst später Richtung Klinik auf. Die Krankenschwestern hatten sich besondere Mühe gegeben, um trotz der sterilen Umgebung für eine festliche Stimmung zu sorgen. Auf allen Türen und in allen Fenstern hingen weihnachtliche Motive: Strohsterne, Engel und Tannenzweige. Im Aufenthaltsraum stand ein kleiner Christbaum, der allerdings etwas mager geraten war.

Es wurde früh dunkel, und eine ungewöhnliche Stille herrschte auf der Station, in der Robert untergebracht war. Alle Patienten, denen es irgendwie möglich war, verbrachten Weihnachten zu Hause. Nur die schwersten »Fälle« mussten im Krankenhaus bleiben. Jonas und Sophie wurden heute, an diesem schweren Tag besonders liebenswürdig begrüßt und mit selbst gebackenen Keksen aller Art bedacht.

Trotzdem kamen Sophie die Tränen, als sie am Krankenbett ihres Vaters stand und ihm mit erstickter Stimme »Frohe Weihnachten« wünschte. Phie hatte dieses Jahr auf Geschenke verzichtet, denn sie hatte nur einen einzigen Wunsch: dass Robert wieder völlig gesund wurde. Phie wusste nicht, ob ihr Vater begriff, welcher Tag gerade war, aber sie war sich sicher, dass er spürte, wie aufgewühlt seine Familie heute agierte. Robert wiederum reagierte kaum, er war müde, geschwächt von einer weiteren Infektion.

So schwer die Situation auch war, Phie wollte ihren Vater am liebsten nicht mehr alleine lassen. Von ihr aus hätte sie auch die Nacht im Krankenhaus verbringen können. Der Abschied fiel ungemein schwer, doch Jonas wurde unruhig. Er drängte nach Hause, wo doch das Christkind sicher schon längst die Geschenke gebracht hatte. So machte sich die Familie auf in ihre Wohnung, wo Tina bereits auf sie wartete. Sie hatte liebevoll den Tisch gedeckt und alles für das traditionelle Weihnachtsfondue vorbereitet. Gerade als Mira den

Schlüssel im Schloss umdrehte, zündete Tina die Kerzen und die Sternspritzer an, um dann mit strahlendem Lächeln zu verkünden, dass das Christkind gerade beim Fenster hinausgeflogen war.

Mira und Phie grinsten einander zu, während Jonas begeistert ins Wohnzimmer stürmte. Der Anblick des erleuchteten und festlich geschmückten Baumes war für Sophie kaum auszuhalten. Sie war froh, dass auch Mira aufs alljährliche Singen von Weihnachtsliedern verzichten wollte. So konnte sich Jonas noch schneller auf seine Päckchen stürzen. Mira kniete sich vor dem Baum hin und holte unter einem Ast eine kleine Schachtel hervor, die von einer großen roten Masche umschlungen war. Sophie kannte diese Art der Verpackung, mit der die Goldschmiedin Sabine, eine gute Freundin von Mira, ihre Kunstwerke versah.

Phie erwartete kein Geschenk, umso mehr wurde ihr warm ums Herz, als ihr Mira das kleine Schächtelchen überreichte. »Ich weiß, du wolltest nichts, aber da habe ich diesen tollen Schmuck bei Sabine gesehen, und ich konnte nicht widerstehen!«, sagte Mira mit leiser Stimme. »Danke, Mum!« Tränen stiegen Phie in die Augen, als sie das Geschenk öffnete: Es war ein von Hand gefertigter breiter Silberreif, der mit ganz besonderen Mustern verziert war. »Das sind keltische Schriftzeichen«, erklärte Mira, »sie bedeuten Liebe und Hoffnung.«

Jetzt war es um Sophies Fassung geschehen. Sie begann hemmungslos zu weinen und fiel ihrer Mutter in die Arme. Dann weinten sie gemeinsam, bis Jonas ganz verdutzt zu ihnen hochsah: »Gefällt dir das Geschenk nicht, Phie?« Sophie wischte sich über das Gesicht und beruhigte ihren Bruder: »Der Armreif ist wunderschön, ich bin nur traurig, dass Papa jetzt nicht hier sein kann.«

»Im nächsten Jahr ist er sicher wieder da!«, erklärte Jonas bestimmt und widmete sich seinen Paketen. Mittlerweile hatte er zu seiner Begeisterung schon zwei Sets voller

Plastiksteinchen und Männchen gefunden. Jonas zweifelte keinen Moment daran, dass sein Vater wieder in den Kreis der Familie zurückkehren würde. Phie atmete tief durch und beschloss, sich für heute an ihrem jüngeren Bruder ein Beispiel zu nehmen. Alles würde gut werden, sie musste nur vertrauen. Und wann, wenn nicht am heutigen Tag, konnte man Kraft schöpfen, um an das Leben zu glauben?

Mira und Tina umarmten einander, sie hatten ebenfalls kleine Geschenke ausgetauscht. Mira war so froh um die Hilfe ihrer guten Freundin. Sie wusste nicht, was sie in dieser schweren Zeit ohne sie täte. Auch die anderen treuen Helferinnen aus Miras Freundeskreis hatten sich im Laufe des Tages gemeldet. Doch Tina lebte allein und hatte dieses Jahr beschlossen, den alljährlichen Weihnachtsbesuch bei ihren Eltern auf die nächsten Tage zu verschieben. Mira und ihre Kinder brauchten sie heute dringender.

## Kapitel 23

Jonas und Sophie kannten sich mittlerweile gut mit den Abläufen im Bahnhof und im Zug aus – schließlich war dies nicht ihre erste Fahrt nach Bad Aichbach. Doch die Landschaft, durch die der Zug ratterte, zeigte sich in einem völlig anderen Kleid als im Sommer. Der Winter hatte im ganzen Land Einzug gehalten. Sie verließen eine matschig-nasse Stadt – der alljährliche Wärmeeinbruch hatte der dünnen Schneedecke den Garaus gemacht –, fuhren durch dichten Nebel, der sich am großen Fluss gebildet hatte, und erreichten endlich die tief verschneiten Täler, die das nahe Ende ihrer Reise ankündigten.

Bad Aichbach und Umgebung präsentierten sich als Winterwunderland. Schnee türmte sich meterhoch auf Dächern, Mauern und Zäunen. Bäume und Sträucher bogen sich unter der schweren Last. Die Straßen waren gut geräumt, doch je näher sie dem Künstlerhof kamen, desto weniger Platz boten sie. Tante Kati manövrierte das Auto geschickt durch die hohen Schneewände. Sie hatte Ketten montiert, um die teils eisigen Feldwege meistern zu können.

Die Begrüßung am Bahnhof war kurz und still verlaufen. Kati hatte Jonas und Sophie an sich gedrückt, allen standen die Tränen in den Augen. »Es ist ein Tag wie jeder andere!«, hatte Phie stumm vor sich hin gebetet. »Ich will nicht weinen, nur weil Weihnachtsfeiertage sind.« Als sie am Künstlerhof ankamen, hatte Sophie ihre Trauer hinuntergeschluckt, und auch Jonas war wieder ganz der alte. Er zappelte aufgeregt auf seinem Sitz herum und kreischte: »Da steht ein Schneemann, schau, Sophie! Und da ein Iglu! So viel Schnee!«

Phie ließ sich von der Begeisterung ihres jüngeren Bruders anstecken. Der Schnee wirkte, als hätte alles eine weiße, flauschige Mütze auf. Der Himmel strahlte stahlblau, und die Wiesen glitzerten. An den Bächen hatten sich richtige Kunstwerke gebildet, das Wasser plätscherte durch eisige Knubbel und Zapfen. Nino und Kati hatten im Innenhof nur sparsam Schnee geschaufelt, es blieb gerade so viel Platz, um das Auto zu wenden. Ansonsten erinnerten Hof und Garten an ein riesiges Labyrinth. Durch den meterhohen Schnee führten nur einzelne schmale Gänge, etwa über die Tennenbrücke zum Atelier oder durch die Hochbeete zu den vereisten Sprossenkohlstauden.

Nino stapfte gerade vom Geräteschuppen Richtung Haus. Er trug eine alte Steghose, einen knallbunten Anorak und eine etwas eigenartige Zipfelmütze, als Kati und die Kinder in die Einfahrt bogen. Phie musste spontan lachen, als sie Nino sah, der dem Bild eines verwirrten Künstlers alle Ehre machte. »Was treibt er denn da?«, fragte sie Kati schmunzelnd. »Das ist natürlich sein Langlauf-Outfit!«, erklärte die Tante mit gespieltem Ernst. »Erstklassig second-hand!«

Kaum war der Wagen stehen geblieben, stürzte Jonas schon aus der Tür und hinein in den Schnee. »Jonas, du musst deine Jacke und die Handschuhe anziehen!«, rief ihm Sophie hinterher, doch Kati winkte ab: »Lass ihn nur, wir haben den Ofen eingeheizt, da erwärmt sich Jonas schnell wieder!«

Es fühlte sich für Phie eigenartig an, auch von Nino zur Begrüßung umarmt zu werden. Sie hatten zwar in der Traumwelt viel Zeit miteinander verbracht, in der Realität aufeinander zu treffen, war jedoch etwas anderes. Mit Tante Kati verlief jeder Kontakt völlig unkompliziert, bei Nino fehlte ihr irgendwie die Leichtigkeit des Traumes. Nino war mit seiner schrulligen Art, die ihn oft auch untertags in völlig andere, künstlerische Welten abtauchen ließ, einfach schwer einzuschätzen.

Sophie und Kati trugen die Taschen ins Haus, während sich Jonas mit Nino eine Schneeballschlacht zwischen den Hochbeeten lieferte. Phie saß schon bei einem heißen Kakao und einem Stück Torte, als die beiden lachend und feixend die Türe öffneten und den Schnee von der Kleidung schüttelten, bevor sie hereinkamen. Das laute Stampfen auf den Steinplatten klang für Phie ganz heimelig. Es erinnerte sie an den Winterurlaub mit ihren Eltern, wenn sie nach einem fröhlichen Rodelausflug oder einem langen Skitag glücklich und erschöpft in ihr Hotel zurückgekehrt waren.

»Komm, ich rubble dich mit einem Handtuch trocken!«, sagte Nino zu Jonas und zog ihn mit sich die Treppe hinauf. »Zieh dir auch etwas Frisches an«, fügte Kati hinzu, »dann mach ich dir gleich eine warme Tasse Kakao!« Jonas strahlte beim Gedanken an eine süße Stärkung und marschierte bereitwillig ins Badezimmer hoch.

Wenig später saßen sie zu viert in der gemütlichen Stube. Phie erzählte von den letzten Tests in der Schule und von ihrem Weihnachtsabend bei Robert in der Klinik. Wenn sie jetzt darüber nachdachte, dann empfand sie die Stunden bei ihrem Vater als besinnliche und ruhige Zeit, obwohl sie zunächst solche Angst davor gehabt hatte. Die sonst herrschende hektische Betriebsamkeit auf der Station war einer angenehmen Stille gewichen, und das Pflegepersonal war allen mit liebevoller Achtsamkeit begegnet. Das hatte sehr gut getan.

Es wurde Abend, und Jonas durfte sich seine Lieblingsserie im Fernsehen ansehen. Das gab Sophie die Gelegenheit, mit Nino und Kati über die neuesten Entwicklungen in der Traumdimension zu sprechen. Die beiden Erwachsenen schienen ziemlich genervt von den politischen Verwicklungen, die sich derzeit rund um die Entscheidungsfindung des Rates abspielten. »Es ist wie in der Realität!«, stöhnte Tante Kati, »jeder hat Angst, an Einfluss zu verlieren, wenn er sich in irgendeiner Richtung positioniert. Und umgekehrt gibt es unzählige Trittbrettfahrer, die mal auf den einen, dann auf den anderen Zug aufspringen, um ja überall das Beste rauszuholen.«

»Dabei sollte man meinen, Träumer hätten einen größeren Weitblick und wären über diesen ewigen Kampf um Macht und Einfluss erhaben«, ergänzte Nino bitter. »Wenn wir nicht begreifen, dass das Leben auf unserer Erde nicht alles ist, wer dann?« »Aber ich verstehe immer noch nicht, warum die Entscheidung, ob man die Tore öffnet oder nicht, so wichtig ist?«, warf Sophie ein. »Im Prinzip führt doch jeder Träumer sein eigenes Traumleben und hat dort jede Freiheit. Was interessiert es mich, ob da noch ein paar dazukommen oder nicht?« Kati und Nino machten ein ernstes Gesicht. »Es wäre schön, wenn es wirklich so einfach wäre«, murmelte Nino, und Kati erklärte: »Wir dürfen uns vor unserer Verantwortung nicht verstecken, Sophie. Gerade weil wir viel weiter sehen als alle Nichtträumer! Wenn die Menschheit dabei ist, sich selbst zu zerstören, dürfen wir uns nicht in unsere Wohlfühlträume zurückziehen! Wir müssen uns einmischen!« »Und das geht nur, wenn auch Nichtträumer unsere Traumdimension betreten können«, fuhr Nino fort. »Das ist der einzige Weg, damit sie uns Glauben schenken! Ansonsten würden wir wohl nur ausgelacht.«

»Das klingt einleuchtend«, sagte Sophie und nickte zustimmend. »Aber warum haben die Gegner Angst davor, die Öffnung der Tore zuzulassen?« »Angst ist ein gutes Stichwort, Sophie«, erwiderte Nino. »Auch Träumer haben wie die meisten Menschen Angst vor Veränderung. Schließlich hat kaum einer von uns jene Zeiten erlebt, als die Tore geöffnet waren.« »Davon wissen nur die Ältesten«, bestätigte Kati und fuhr fort: »Und die meisten von ihnen haben so viele Leben gelebt, dass sie ihres Daseins auf der Erde überdrüssig sind. Viele der Ältesten warten nur darauf, wieder ins Jenseits zurückkehren zu dürfen. Sie nehmen daher einfach alles so, wie es kommt. Tauchen Spürende auf, dann ist es Zeit, die Tore zu öffnen. Ganz einfach.« Und Nino ergänzte: »Dass zumindest ein Spürender geboren wurde, beweist die Öffnung eines Tores in Nordeuropa. In Norwegen wurde ein uralter Steinkreis aktiviert, das ist fix.« Nino wirkte sehr entschlossen, als er das sagte. »Woher wisst ihr …?«, begann Phie etwas eingeschüchtert. »Jemand aus unserem Kreis war dort«, antwortete Nino, und Kati nickte bestätigend. »Das heißt, euer Kreis setzt sich für die Öffnung der Tore ein?«, fragte Sophie. »Ja!«, die Bestätigung der beiden kam prompt. Sophie hatte diese Antwort jedoch bereits erwartet. Dazu dienten also die vielen geheimen Besprechungen, mit denen Kati und Nino fast jede Nacht beschäftigt waren.

Als Jonas aus dem Wohnzimmer kam, beendeten die drei das Gespräch: »Tante Kati, ich bin so müde! Ich schlafe gleich vor dem Fernseher ein!« »Aber wir haben ja noch gar nichts zu Abend gegessen«, rief Kati aus. »Willst du noch eine Kleinigkeit? Schaffst du das noch?« Jonas nickte, und Sophie merkte, dass auch ihr der Magen knurrte. Sie hatte nicht gefrühstückt und im Zug nur eine kleine Jause verspeist. Kakao und Kuchen waren längst verdaut, eine warme Kürbissuppe mit Knoblauchbrot kam da gerade richtig.

Als sich Phie später in ihr Zimmer zurückzog, kuschelte sie sich noch einen Moment lang auf die Chaiselongue, die zwischen den wild wuchernden Pflanzen in der Loggia stand. Sie musste an Liv denken. Wie viele gemütliche Stunden hatte sie mit ihrer Freundin auf diesem Sofa verbracht! Der Himmel war fast schwarz und wolkenlos. Zu Hause in der Stadt gab es niemals so viele Sterne zu sehen wie hier am Künstlerhof. Bad Aichbach lag ein gutes Stück entfernt und war nur ein kleiner Ort, dessen Lichter die Nacht kaum erhellten. Sophie entdeckte den großen Wagen und die Kassiopeia, die einzigen Sternenbilder, die sie kannte. Doch sie war fasziniert vom rundum gesprenkelten Himmel, dessen unzählige Sterne die dichte Schneedecke geheimnisvoll glitzern ließen. Bald würde der Mond als schmale Sichel aufgehen, aber Phie musste ein ums andere Mal gähnen. So krabbelte sie samt der Decke in ihr breites Bett und schlief bald ein.

## Kapitel 24

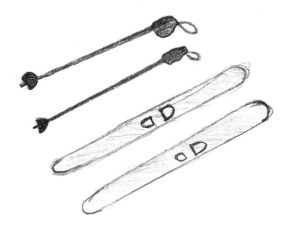

Es war draußen noch ganz düster, als Sophie am nächsten Morgen erwachte. Die Kälte hatte das Land fest im Griff, eisige Nebelschwaden hingen über den weißen Wiesen. Phie fröstelte, als sie durch die wuchernden Zimmerpflanzen einen Blick durch die Fenster der Loggia wagte. Schnee und Eis riefen automatisch Gedanken wach, die sie am liebsten für immer in den hintersten Winkel ihres Gehirnes verdrängt hätte. Die Sehnsucht nach ihrem Vater wurde so stark, dass es ihr fast das Herz in der Brust zerriss, und gleichzeitig breitete sich ein Gefühl der Hoffnungslosigkeit aus, das einer völligen Ohnmacht glich.

Sophie war ihrem Ziel so nahe gewesen, das wusste sie ganz genau. Fast hätte sie den rettenden Ausgang des Gletscherlabyrinths erreicht, und dort hätte nicht nur das Licht der Sonne auf sie gewartet, sondern auch ihr Vater. Was hatte sie ihm nicht alles sagen wollen? Seit Sophie Robert wieder regelmäßig im Krankenhaus besuchte, sprach sie zwar sehr viel mit ihm, aber es war nicht dasselbe. Sie konnte schwer einschätzen, wie weit sein Bewusstsein reichte, und außerdem herrschte in den sterilen Räumen und Gängen selten jene Atmosphäre, in der Phie sich völlig frei und unbefangen fühlen hätte können.

Über das Stiegenhaus drangen verschiedene Geräusche zu ihr hoch: Geschirr klapperte, Stühle wurden verrückt. Der Rest der Familie war vermutlich schon aufgestanden und bereitete gerade ein herrliches Bauernfrühstück zu. Phie lief das Wasser im Mund zusammen bei dem Gedanken an Rühreier mit Speck, selbst gemachte Marmelade und frisch gebackenes Brot. Sie schlüpfte in ein gemütliches Sweatshirt, streifte ihre Wollsocken über und machte Anstalten, nach unten zu gehen.

Als sie aus ihren Augenwinkeln einen hellen Strahl durchs Fenster blitzen sah, kehrte sie spontan in die Loggia zurück und schaute nach draußen. Die Sonne tauchte hinter den schroffen Felsen der nahen Gipfel auf und flutete das Tal mit einem Licht, das selbst die schwächsten Geister zum Leben erwecken musste. Der Schnee begann zu funkeln, der Nebel leuchtete und stieg dampfend und glitzernd in die Höhe, nach oben in den stahlblauen Himmel. Dieser Tag konnte nur ein guter werden, war Sophie überzeugt.

Nach dem reichhaltigen Frühstück wartete eine Überraschung auf Jonas und Sophie: Nino hatte den Kindern eine Langlaufausrüstung beim Sportgeschäft in Bad Aichbach ausgeliehen und um auf Nummer sicher zu gehen mehrere Schuhe in verschiedenen Größen mitgenommen. Kati hatte sich zwar bei Mira nach Schuhnummer und Körpergröße der beiden erkundigt, doch man konnte ja nicht wissen. Und offensichtlich wollte sich Nino, das Vergnügen mit Jonas und Sophie langlaufen zu gehen, auf keinen Fall entgehen lassen.

Die Loipe führte direkt am Künstlerhaus vorbei, doch bevor die Kinder in die Spur durften, mussten sie noch einige Aufwärm- und Lockerungsübungen im Hof absolvieren. Sophie hatte das Langlaufen bereits bei einer Skiwoche der Schule ausprobiert, Jonas stand das erste Mal auf den filigranen Skiern. Doch er stellte sich ausnehmend geschickt an und flitzte alsbald an Sophie vorbei, der Loipe entlang. Phie fühlte sich noch ein bisschen unsicher. Sie wackelte und hatte Angst, mit ihren langen Skiern zu verkanten und hinzufallen. Doch Nino sprach ihr Mut zu und motivierte sie, die wenig geübten Bewegungen ohne viel nachzudenken auszuführen. »Es ist wie beim Fliegen«, meinte er, »stell dir einfach vor, wie du über den Schnee gleitest, und dann kommt alles von ganz alleine!«

Nino behielt recht, und bald machten sie Jagd auf Jonas, der schon ein gutes Stück vorausgeeilt war. Bei der nächsten Abzweigung holten sie ihn keuchend ein, nachdem ihm Nino lauthals nachgerufen hatte, dass er gefälligst warten solle. Jonas empfing sie mit einem breiten Grinsen im Gesicht: »Ich bin ein Naturtalent, stimmt's?« Nino und Sophie mussten über so viel Selbstbewusstsein lachen. Und bevor Jonas das Lachen falsch verstehen konnte, bestätigte Nino: »Ja, du bist ein richtiger Loipenflitzer!«

Gemeinsam studierten sie die Landkarte auf der großen Hinweistafel, die einen Überblick der verschiedenen Routen bot. Sophie entdeckte den Eibensee und war sofort Feuer und Flamme: »Schaffen wir es bis dahin?«

Nino blickte ein wenig skeptisch, denn schließlich stand Jonas ja zum ersten Mal auf den Langlaufskiern. Doch auch Jonas war begeistert: »Ja, zum Eibensee! Fahren wir zum Eibensee!« »Die Strecke an sich ist nicht schwierig, es gibt kaum Steigungen und Abfahrten, aber es ist für den Anfang doch ziemlich weit!«, überlegte Nino. Doch er wollte den Enthusiasmus der Kinder nicht stoppen, und da kam ihm eine Idee.

»Wisst ihr was? Wir laufen zum Eibensee! Hin schaffen wir es ziemlich sicher, und wenn wir dort sind, rufen wir Tante Kati an. Sie kann uns dann mit dem Auto abholen!«

Und so folgten die drei voll motiviert jenen Spuren, die in Richtung Eibensee führten. Sophie genoss es, sich sportlich zu verausgaben. Sie konzentrierte sich völlig auf die Bewegungen, schob abwechselnd die Langlauflatten nach hinten und stach mit den Stöcken vorne im tiefen Schnee ein. Sie schaffte es immer besser, das Gleichgewicht zu halten und auf einem Bein dahinzugleiten, bevor sie auf das andere wechselte. Der Wind pfiff ihr ins Gesicht, und wenn sie durch ein kleines Wäldchen fuhren, rieselte ein ums andere Mal Schnee von den Bäumen. Jonas' rote Backen glänzten in der Sonne, die allerdings schon bald hinter dichteren Wolken verschwinden würde.

Ein Blick in den Himmel verriet, dass dort oben ganz andere Kräfte wirkten. Der Wind schob dunkle Wolkenfetzen vor sich her, und die Berghänge im Westen waren bereits hinter einer grau-weißen Wand verschwunden. Nino blickte skeptisch auf die Uhr und gebot den Kindern anzuhalten. »Wir sind jetzt knapp eine Stunde unterwegs. Wenn wir auf der regulären Strecke bleiben, dann haben wir noch gut vierzig Minuten vor uns.« Mit einem Blick auf die Sonne, die soeben ihre Leuchtkraft verloren hatte, da sich die Wolkendecke vor ihr schloss, fügte er hinzu: »Das schlechte Wetter kommt schneller, als ich gedacht habe. Da vorne braut sich ein richtiger Schneesturm zusammen, das kann hier unangenehm werden. Ich gebe Kati Bescheid, dass sie uns beim Seeweiler an der Straße abholt. Wir müssen zwar von der Loipe abzweigen und eine Zeit lang wild durchs Gelände fahren, aber dafür sind wir in einer Viertelstunde da!«

Gesagt, getan. Während Nino mit Kati telefonierte, frischte der Wind auf, und es begann leicht zu schneien. »Los, kommt! Wir müssen hier entlang!«, gab Nino die Richtung vor. Er stieg aus den eingefrästen Spuren der Loipe und stapfte durch den Tiefschnee in Richtung eines kleinen, bewaldeten Hügels. »Wir laufen um den Hügel herum, dahinter sind wir dann schon im Seeweiler!« Von Laufen konnte allerdings keine Rede sein. Der Schnee war weich, sodass Ninos Skier tief in ihm versanken. Mit Mühe hob er Fuß um Fuß und zog eine neue Spur über das weiße, unberührte Feld. Jonas und Sophie taten sich hinter ihm schon wesentlich leichter, auch wenn der Untergrund immer wieder nachgab und es schwierig war, das Gleichgewicht zu behalten.

Je näher die drei dem Hügel kamen, desto stärker wurde der Wind. Sophie zog sich die Kapuze ihres Anoraks über die Mütze und stellte den Kragen, so hoch es ging, damit der Schnee möglichst wenig Angriffsfläche fand. Zum Glück hatte sie eine Sonnenbrille eingesteckt. Die Welt rundherum wirkte durch diese zwar unheimlich dunkel, doch dafür musste sie ihre Augen nicht ständig zusammenkneifen. Jonas hatte weder Kapuze noch Brille, sein Gesicht und die Haare, die aus seiner Haube heraushingen, waren schon längst nass und eingefroren. Doch der kleine Junge hielt tapfer durch und jammerte keinen Moment. Sophie bewunderte ihn für sein Durchhaltevermögen. Wäre ihnen so etwas früher mit den eigenen Eltern passiert – Jonas wäre schon längst ausgeflippt, hätte sich auf den Boden gesetzt und gestreikt.

Was ihm in diesem Fall nicht weitergeholfen hätte, denn sie befanden sich einsam und allein im Nirgendwo, kein Mensch und keine Behausung kamen in Sicht. Phie konzentrierte sich voll und ganz auf ihren Bruder vor ihr und auf Nino, der unermüdlich weitermarschierte, obwohl seine Bewegungen längst nicht mehr so geschmeidig wirkten wie noch zu Beginn ihrer Tour. Immer wieder blickte er sich besorgt um, ob die Kinder seinem Tempo wohl folgen könnten.

»Die angekündigten fünfzehn Minuten sind sicher schon

längst vorbei.« Es reichte dieser eine negative Gedanke, der sich in Sophies Bewusstsein schlich, um eine Lawine in ihrem Inneren loszutreten. Mit einem Mal spürte sie die Angst, die ihren Magen umklammert hielt, die Kälte, die ihr den Rücken hinunterkroch. Phies Arme wurden steif, die Beine versagten ihr den Dienst. Sie war zurück in der Aussichtslosigkeit des Gletscherlabyrinths. Ihr Atem ging keuchend, und sie musste für einen Moment stehen bleiben. »Du wirst dein Ziel nie erreichen!«, klirrte es in ihrem Kopf und: »Dein Vater wird nie mehr gesund werden, gib auf!«

Verzweifelt blickte Sophie nach vorne, zu dem Hügel, der einfach nicht näherzurücken schien, und da sah sie es: ein warmes, goldenes Licht, das zwischen den Bäumen hindurchschimmerte. Das Licht wurde stärker und zog Sophie magisch nach vorne. Ihre Kräfte kehrten zurück, und in ihrem Körper spürte sie nur noch Hoffnung und Liebe.

## Kapitel 25

Sophie wusste nicht, was es war, worauf sie nun voller Energie zustapfte. Nino hatte erklärt, dass sich hinter dem Hügel das Örtchen Seeweiler befinde, wo Tante Kati hoffentlich schon auf sie warten würde. Doch woher stammte dieses Licht? Es strahlte von solcher Wärme und Schönheit, dass es unmöglich von einem der Häuser kommen konnte! Hatte jemand ein riesiges Feuer entzündet? Nino und Jonas hatten den Fuß des Hügels bereits erreicht. Phie war durch ihre kurze Schwächephase in Rückstand geraten. Der Wind pfiff bereits so stürmisch über die Felder, dass es keinen Sinn gehabt hätte, nach den beiden zu rufen.

Das Licht führte Sophie ohnehin, doch sie konnte es kaum erwarten, Nino nach dessen Ursprung zu fragen. Es musste etwas ganz Besonderes sein! Im Schutz des Hügels ließ der Wind etwas nach. Nino und Jonas warteten unter den Bäumen, deren Wipfel sich überraschend ruhig aneinanderschmiegten. Das Wetter kam eindeutig von der anderen Richtung, und sie hatten den Sturm hinter sich gelassen, wenn der Seeweiler wirklich hinter dem Wäldchen lag. Nino hatte aus einer seiner Taschen einen Müsliriegel gekramt, den er für Notfälle immer eingesteckt hatte. Genauso sah die süße, klebrige Masse an Körnern auch aus, die sich kaum teilen ließ. Sophie verzichtete großmütig. Sie hatte nur Augen für den goldenen Schein, der nun den ganzen Wald zum Glänzen brachte.

Sahen die anderen dieses Licht nicht, dass sie so unbeeindruckt blieben? Phie zögerte kurz, doch dann wandte sie sich an Nino: »Was ist das für ein wundervolles Licht, das hier so golden leuchtet?« Nino und Jonas schauten sie verdutzt an. Dann drehten beide ihre Köpfe, so als wollten sie noch einmal genau überprüfen, ob sie etwas übersehen hätten. »Was für ein Licht meinst du?«, fragten Nino und Jonas dann fast gleichzeitig. »Es kommt von da hinten und überstrahlt den Wald fast wie ein Heiligenschein«, erklärte Phie eifrig, immer noch in der Hoffnung, dass die anderen nun ihre Entdeckung teilen würden.

Doch Sophie erkannte schnell, dass zumindest Jonas vergeblich Ausschau hielt. Nino runzelte ebenfalls skeptisch die Stirn, sein Blick schweifte über die Bäume, blieb aber nirgendwo hängen. »Du spinnst ja!«, entfuhr es Jonas, »da ist nichts!« »Vielleicht sieht Sophie die Weihnachtsbeleuchtung der St.-Anna-Kapelle«, meinte Nino, »die steht da hinten. Du bist sicher einfach zu klein, um das Licht zu sehen.« Jonas schüttelte energisch den Kopf. »Das kann nicht sein, da würde ich zumindest ...«, wollte er ansetzen, doch Nino unterbrach ihn: »Lasst uns nachschauen, die Kapelle liegt ohnehin fast auf dem Weg!«, und schon marschierte er los.

Phie blieb ganz still und folgte den beiden. Irgendetwas stimmte hier ganz und gar nicht. Nino konnte das goldene Licht nicht gesehen haben, denn es schien so hell, dass es unmöglich von ein paar Dekorationslämpchen stammen konnte. Warum wollte er dann zu dieser Kapelle? Sie mussten einen leichten Anstieg bewältigen, und Jonas begann zu schimpfen: »Ich mag nicht mehr! Tante Kati wartet sicher schon längst auf uns! Ich will nicht zu dieser Kapelle, das ist bestimmt ein elendslanger Umweg!« Doch Nino ließ sich nicht beirren: »Es ist wirklich nicht mehr weit. Wenn wir oben sind, dann rufe ich Kati an und gebe ihr Bescheid, dass wir einen kurzen Abstecher zu St. Anna gemacht haben. Sie kommt uns sicher entgegen und hilft dir, die Skier zum Auto zu tragen.« Murrend kämpfte sich Jonas weiter. Ab und zu schickte er einen bitterbösen Blick zurück zu Sophie, die ihm diese zusätzliche Plagerei eingebrockt hatte.

Phie bemerkte Jonas' Zorn gar nicht, sie war völlig in Gedanken versunken. Es fühlte sich an, als spräche jede einzelne Zelle ihres Körpers mit ihr. Ihr Gehirn schien ein Eigenleben zu führen und sammelte die unzähligen Eindrücke, die von überallher auf sie einprasselten. Stimmen flüsterten, Bilder flackerten auf, ihre Sinne funktionierten, als ob Sophie plötzlich über Superkräfte verfügen würde. Je näher sie der Kapelle kamen, die hinter den Bäumen auf einer kleinen Lichtung auftauchte, desto schärfer und vielfältiger wurde Phies Wahrnehmung. Doch ihren eigenen Bruder hörte sie fast nicht, als er triumphierend brüllte: »Ha! Wusste ich's doch! Da ist kein Licht bei der Kapelle, alles ist finster!«

Sophie musste die Hand vor die Augen halten, obwohl sie immer noch die Sonnenbrille aufgesetzt hatte. Das goldene Licht strahlte so hell und klar, dass es sie blendete. Die Geräusche in ihrem Kopf wurden so laut, dass Sophie es fast nicht mehr aushalten konnte. Sie schien jedes einzelne Blatt, jeden Windhauch und jedes Knacksen im Gebälk des heiligen Ortes zu hören. Stöhnend ging sie in die Knie, senkte ihren Blick und hielt sich mit den Händen die Ohren zu. Jetzt, da Phie die äußere Wahrnehmung minimiert hatte, tauchten plötzlich ganz klare Bilder vor ihrem inneren Auge auf. Kurze Szenen, die sich rasch abwechselten. Sie sah altertümlich gekleidete Menschen, die um ein Feuer tanzten, ein geschlachtetes Tier, dessen Blut über einen riesigen Felsen floss und dabei seltsame Spiralen bildete. Sophie sah ein mächtiges, grünes Feuer, das sich bis in den dunklen Himmel erstreckte, und Menschen, die wie in Trance einen Kreis bildeten und dabei in einer fremdartigen Sprache beteten.

Das Letzte, woran sich Phie erinnern konnte, war Nino, der sich entsetzt über sie beugte und sie schüttelte. »Sophie, Sophie, komm zu dir!« Vorsichtig schlug Sophie die Augen auf. Zu ihrer Überraschung lag sie im kalten Schnee, sie musste ohnmächtig gewesen sein. Mühsam rappelte sie sich hoch, Nino und der kreidebleiche Jonas halfen ihr dabei. »Geht es dir gut, Phie? Geht es dir gut, Phie?«, fragte ihr Bruder immer wieder, er war sichtlich geschockt. In diesem Moment kam Kati den Hügel heraufgelaufen. »Nino, Phie, Jonas! Was ist los? Ist alles in Ordnung?«, rief sie schon von Weitem.

Sophie kauerte immer noch in der Hocke über ihren Skiern. Sie war zu schwach, um sich aufzurichten. Jonas und Nino flankierten sie links und rechts, und Kati kniete sich vor ihr nieder. Behutsam strich sie Phie über die Stirn: »Geht es wieder, meine Süße? Kannst du aufstehen?« Sophie nickte wortlos, stöhnend kam sie hoch und wäre fast mit ihren Skiern ausgerutscht, die noch immer an ihren Füßen hingen. »Jetzt machen wir endlich diese dämlichen Dinger ab und gehen zum Auto!«, schimpfte Jonas lauthals. Nino und Kati schenkten sich einen vielsagenden Blick über die Köpfe der beiden Kinder hinweg und nickten. »Ja, es ist gut, wenn wir von hier wegkommen«, murmelte Kati und half Sophie und Jonas aus der Skibindung.

Schweigend marschierten sie zum Auto, das Kati auf der anderen Seite des Hügels auf einem kleinen Parkplatz zwischen den wenigen Häusern, die zum Ort Seeweiler gehörten, abgestellt hatte. Sophie war völlig erschlagen. Als das Auto über die schneebedeckte Straße nach Hause holperte, schlief sie sofort ein. Jonas ließ sie während der ganzen Fahrt zum Künstlerhof nicht aus den Augen, und auch Kati warf immer wieder einen Blick in den Rückspiegel. Die beiden Erwachsenen schienen sich ohne Worte zu verstehen.

Zu Hause angekommen, steckte Kati Jonas zunächst einmal in die heiße Badewanne. Der Junge war völlig durchnässt und durchfroren. Sophie legte sich auf das Sofa neben dem Kachelofen, in dem ein wärmendes Feuer prasselte. Nino breitete eine Decke über sie und ließ sie eine Weile weiterdösen. Schlafen konnte Sophie nicht mehr, denn die

Erinnerung an das goldene Licht und die Szenen, die sie rund um die St.-Anna-Kapelle gesehen hatte, waren mit einer solchen Wucht zurückgekehrt, dass ihr das Herz bis zum Hals klopfte.

Als Kati Jonas mit seinen Plastikmännchen und einem großen Schiff im Bad gut aufgehoben wusste, setzte sie in der Küche heißes Wasser auf. Mit einem Tablett trug sie schließlich drei Tassen Tee ins Wohnzimmer und setzte sich zu Nino und Sophie. Die beiden Erwachsenen warteten, bis Phie die Augen öffnete und sich aufsetzte. »Wir müssen reden, Sophie!«, begann Kati, und Nino nickte mit ernster Miene. »Du musst uns erzählen, was da heute bei der Kapelle geschehen ist«, fuhr Nino fort, »denn ich glaube, wir können dir helfen.« »Und wir möchten wissen, ob dir so etwas Ähnliches schon früher passiert ist«, ergänzte Kati, »wenn wir mit unseren Vermutungen richtig liegen, dann hast du mit Sicherheit auch an anderen Orten solche Dinge erlebt.«

Und so begann Sophie zu erzählen: vom goldenen Licht, den altertümlichen Ritualen, ihrer übersteigerten Wahrnehmung und davon, dass sie auch bei ihrem Schulausflug zur Burg Hocheppan in der Nähe der Kapelle Ähnliches gespürt und gesehen hatte. Während Phie sprach, wurden die Gesichter von Kati und Nino immer ernster. Das, was die beiden Träumer so sehr erhofft hatten, war Realität geworden: Die Chance auf die Öffnung der Tore – eine Spürende – saß vor ihnen. Und diese war ausgerechnet ihre erst dreizehnjährige Nichte Sophie.

## Kapitel 26

Phie hatte kaum mit ihrer Erzählung geendet, da rief Jonas lauthals, sodass es durch das ganze Haus hallte, dass er raus aus der Wanne möchte. So wurde das Gespräch der drei Träumer recht abrupt unterbrochen, denn Kati eilte mit einem »Wir reden später weiter!« nach oben, und Nino verdrückte sich mit einem Vorwand aus dem Wohnzimmer. Danach klang es jedenfalls für Sophie, die allein auf dem Sofa zurückblieb.

In Phies Kopf drehte sich alles, und so legte sie sich wieder hin und kuschelte sich in die warme Decke. Im Laufe von Sophies Schilderungen waren die Gesichter von Nino und Kati immer ernster geworden. Das, was sie bei den beiden Kapellen verspürt hatte, war eindeutig nichts Alltägliches, soviel stand für Sophie fest. Doch die Erwachsenen wollten sich nicht in die Karten blicken lassen, ob es etwas Gutes oder etwas Schlechtes bedeutete.

Das Abendessen verlief seltsam ruhig. Jonas war müde von der sportlichen Anstrengung und dem anschließenden heißen Bad, Kati und Nino aßen schweigsam und schienen mit ihren Gedanken ganz woanders zu sein. Phie taxierte die beiden Erwachsenen aufmerksam, bemerkte die besorgten Blicke, die sie miteinander tauschten. Ob sie wohl erst in ihren Traumwelten über das Geschehene sprechen würden oder doch noch vor dem Schlafengehen? Sophie freute sich schon so auf die kommende Nacht: Shirin hatte im realen Leben das Wellenreiten für sich entdeckt und deshalb auch ihre irische Traumwelt mit einem perfekten Strand für das Surfen ausgestattet. Doch diese Ungewissheit war für Phie unerträglich!

Je näher der Zeitpunkt des Zubettgehens rückte, desto unruhiger wurde sie. Sie wollte sich das Zusammensein mit ihren Freunden nicht nehmen lassen, sie brauchte die Unbeschwertheit und Leichtigkeit des Träumens. Mira hatte heute angerufen und von ihren Besuchen bei Robert berichtet. Phie merkte bei jedem Satz, wie schwer es ihrer Mutter fiel, stark zu bleiben. Immer wieder brach Miras Stimme, wenn sie von der weihnachtlichen Stimmung im Krankenhaus erzählte und wie »wundervoll« alles sei. Wie gerne hätte die Familie die Feiertage zu Hause mit einem gesunden Vater verbracht! Doch es war, wie es war, und mit dem Schicksal zu hadern, verbrauchte nur unnötig Kraft.

Als Nino in seinem Atelier verschwand und Kati großzügig anbot, Jonas noch eine Gute-Nacht-Geschichte vorzulesen, hielt es Sophie nicht mehr aus. »Ich will, dass wir noch vor dem Zubettgehen darüber reden, was mir heute passiert ist!«, platzte es, heftiger als gewollt, aus ihr heraus. »Ich treffe mich heute mit Amin, Shirin und Jo, und vorher will ich das geklärt haben!« Jonas stutzte: »Du gehst heute noch weg, Phie? Aber es ist doch schon dunkel!« Katis Augen weiteten sich, und sie war bemüht, ihre Nichte rasch zu beruhigen. »Das verstehe ich! Ich komme nachher noch zu dir ins Zimmer!«

Zufrieden wandte sich Sophie zur Tür, doch Jonas ließ nicht locker: »Phie, wo gehst du hin? Du kannst jetzt nicht weggehen!« Da machte Sophie kehrt, drückte ihrem jüngeren Bruder einen sanften Kuss auf die Stirn und sagte: »Ich chatte noch mit meinen Freunden in der ComUnity! Das hab ich gemeint! Keine Sorge, ich lass dich nicht allein!« Jonas lächelte zufrieden und klopfte sich seine Bettdecke zurecht: »Gut! Dann kannst du mit der Geschichte anfangen, Tante Kati.«

Es dauerte keine zehn Minuten, bis Kati vorsichtig zu Sophie ins Zimmer kam. Jonas war hundemüde gewesen und schnell eingeschlafen. Auch Phie lag schon in ihrem Bett, alle Glieder taten ihr weh, als ob sie mit den Skiern einen Marathon gelaufen wäre. Kati setzte sich zu ihr und blickte Sophie ernst in die Augen. »Sophie, meine Süße, das, was heute geschehen ist, hat gezeigt, dass du etwas ganz Besonderes bist.« Sie stockte. »Ich meine, du warst immer schon etwas ganz Besonderes, aber ich denke, dass eines seit heute klar ist: Du hast eine Bestimmung, denn du bist eine Spürende. Du kannst das Gedächtnis der Orte lesen.«

Sophie schluckte: »Eine Spürende? Du meinst, eine von denen, die die Tore öffnen können?« »Ja, mit einer oder einem Ältesten zusammen«, ergänzte Kati.

Einen kurzen Moment lang herrschte betretenes Schweigen, dann begannen beide gleichzeitig zu reden. »Zuerst du!«, ließ Kati ihrer Nichte den Vortritt. »Aber das ist ja unglaublich!«, strahlte Phie, »das ändert doch alles! Jetzt können wir dem Rat beweisen, dass es an der Zeit ist, die Tore zu öffnen! Ich bin der lebende Beweis!« »Ja, grundsätzlich ist das wirklich wundervoll«, bestätigte Kati, doch gleichzeitig versuchte sie zu beschwichtigen: »Aber auf der anderen Seite müssen wir nun ganz vorsichtig sein.«

»Warum vorsichtig?«, unterbrach Phie. »Endlich hat das ewige Herumgelaber der ganzen oberwichtigen Weisen und Wächter ein Ende! Weil ich da bin!« »Sophie!«, beschwor Kati das aufgewühlte Mädchen, »du schwebst in höchster Gefahr, wenn bekannt wird, dass du eine Spürende bist! Wir müssen jetzt klug und besonnen vorgehen!« »Warum sollte ich in Gefahr sein?«, wollte Phie verwundert wissen. »Weil es genügend Träumer gibt, die, obwohl nachweislich Spürende geboren wurden, das Öffnen der Tore verhindern wollen. Aus rein egoistischen Gründen! Und die schrecken vor gar nichts zurück! Nichts ist leichter, als einen Spürenden frühzeitig ins Jenseits zu befördern, als wäre er nie auf dieser Welt gewesen!«

Sophie war völlig konsterniert. »Was sollten das für Gründe sein?«, wollte sie wissen. »Ich meine, es ist doch klar, dass das Öffnen der Tore der Menschheit in höchster Not helfen soll, oder etwa nicht? Wer könnte da etwas dagegen haben?« »Ach, Sophie!«, seufzte Kati müde: »Du ahnst nicht, welche Verflechtungen es zwischen der Traumdimension und der Realität wirklich gibt! Und viele Träumer haben dabei nur eines im Sinn: sich ihren Vorteil in der realen Welt zu sichern. Ein bequemes Leben zählt auch bei vielen Träumern mehr als alles andere.«

Phie spürte, dass ihre Tante das Gespräch an dieser Stelle beenden wollte. Sie hatte ebenfalls kein Verlangen mehr, sich die Vorbehalte und Ängste der Erwachsenen anzuhören. Sophie wusste nur eines: Sie war eine Spürende, und ihre Freunde mussten das so schnell wie möglich erfahren. Als Kati sich mit den Worten verabschiedete: »Und bitte, erzähle noch niemandem davon, in Ordnung? Warte ab, wie sich die Dinge entwickeln, du bringst dich sonst in ernsthafte Gefahr!«, log ihr Sophie, ohne mit der Wimper zu zucken, ins Gesicht: »Geht in Ordnung, Tante Kati!«

Es war für Sophie längst keine Schwierigkeit mehr, von ihrer Traumwelt in die der anderen zu wechseln, und deshalb stand sie, kaum dass sie eingeschlafen war, an Shirins Portal bei der Burgruine. Phie wollte eigentlich warten, bis alle eingetroffen waren, bevor sie ihre Neuigkeiten preisgab, doch sie war so aufgeregt, dass sie sofort losprudelte, als sie Shirin sah: »Shirin, Shirin! Du wirst es nicht glauben, jetzt wird sich alles ändern! Kati und Nino sind sich sicher, dass ich eine Spürende bin!« »Dass du eine was bist? Mal langsam und ganz von vorne! Was ist passiert?«, bremste Shirin ihre Freundin ein, die mit hochrotem Kopf vor ihr stand.

Phie atmete tief durch und setzte von Neuem an: »Ich wollte ja eigentlich warten, bis alle da sind, aber ich muss es dir erzählen! Nino hat gestern miterlebt, wie ich bei einer kleinen Kapelle fast ohnmächtig wurde! Es ist mir schon zum zweiten Mal passiert, dass ich plötzlich Dinge in meinem Kopf gesehen habe, die sich vor ewig langer Zeit an bestimmten Orten abgespielt haben. Ich habe es bis jetzt nicht ernst genommen und mich auch nicht getraut, irgendjemandem etwas davon zu sagen!«

»Habe ich da richtig gehört? Du kannst das Gedächtnis der Orte lesen?«, Amins Stimme erklang aus dem Hintergrund, und die Mädchen drehten ihre Köpfe in seine Richtung. »Amin! Gut, dass du da bist!«, rief Shirin erleichtert aus. »Hast du mitbekommen, was Phie da gerade behauptet hat?« Sophie blickte Shirin skeptisch von der Seite an. Warum hatte ihre Freundin das Wort »behauptet« benutzt? Sophie hatte doch nur berichtet, was geschehen war. Sie wollte nichts behaupten, sie wurde wie so oft von den Dingen, die die Traumdimension mit sich brachte, überrollt!

Doch ihre Miene hellte sich schnell auf, als Jo durch das Portal trat und nun alle begierig darauf warteten, dass sie genau und in allen Details erzählte, was ihr widerfahren war. Sophie sparte nichts auf, berichtete bis ins Detail, wie sie den Burghof von Hocheppan betreten hatte und wie der plötzliche Wetterumbruch sie zu der kleinen St.-Anna-Kapelle geführt hatte. Sie beschrieb die Szenen, die an beiden Orten vor ihrem inneren Auge aufgetaucht waren, versuchte sich auch an Kleinigkeiten zu erinnern, um sie noch deutlicher in ihr Bewusstsein zu holen.

»Meiner Meinung nach ist eines klar«, fasste Shirin zusammen, nachdem Sophie geendet hatte: »Es scheint sich um spirituelle oder religiöse Rituale zu handeln, die an diesen Orten durchgeführt wurden.« »Ja, das Gefühl habe ich auch!«, bestätigte Amin und fügte hinzu: »Und sie dürften sich ziemlich ähneln.« Jo hatte sich bis jetzt ungewöhnlich ruhig verhalten, und so wandte sich Amin an ihn: »Jo, was hältst du von der ganzen Sache?« Auch die Mädchen blickten ihn fragend an. Und sie erhielten eine überraschende Antwort: »Ich glaube, bevor wir weiterreden, muss ich euch etwas gestehen. Es geht um meine Schwester«, sagte Jo.

## Kapitel 27

Alle Blicke waren auf Jo gerichtet, der ganz verlegen Moos aus den verwachsenen Ritzen der Burgmauer pulte. Es war ihm unangenehm, im Mittelpunkt zu stehen, und noch schwerer fiel es ihm, über seine verschollene Schwester zu sprechen. Er räusperte sich geräuschvoll, und Shirin kippte vor lauter Aufregung fast von dem Stein, auf dem sie saß. Nervös wippte sie vor und wieder zurück. Phie blieb dagegen äußerlich völlig ruhig, im Inneren hämmerte ihr Herz so heftig, dass sie Sorge bekam, ob sie wohl alles gut verstehen könnte.

»Alle in unserer Familie sind Traumgestalter, viele von ihnen auch Traumwandler, doch bei Ena stellte sich früh heraus, dass sie etwas ganz Besonderes war. Wenn wir Ausflüge unternahmen, erzählte sie oft die wundersamsten Geschichten. Sie handelten von Menschen, die vor langer, langer Zeit an den Orten lebten, die wir besuchten. Meist handelte es sich um Steinkreise oder Menhire, aber auch um Kirchen oder Festungen. Ich wunderte mich oft darüber, warum die Erwachsenen Ena so aufmerksam zuhörten. Für mich waren ihre Geschichten zwar wundervoll spannend, aber ich dachte, sie entstammten allein ihrer kindlichen Fantasie. Und dann …« Jo verstummte plötzlich. Phie erkannte den Schmerz und die Trauer in seinem Gesicht. Er gab sich Mühe, nicht zu weinen, und atmete tief durch.

»Dann passierte dieser Unfall. Mit einem Schlag war alles anders und unser Leben stand still. Ich weiß noch genau, wie die Polizei vor unserem Haus stand, wie Großmutter schreiend zusammenbrach. Bis heute kann ich mich an jede

Sekunde dieses schrecklichen Tages erinnern. Vom Begräbnis habe ich nicht viel mitbekommen, ich war wie in Trance inmitten dieser vielen Menschen, die Abschied nahmen. An diesem Abend hat mir Ena erzählt, dass sie eine Spürende ist und das Gedächtnis der Steine lesen kann. Es sind die Steine, nicht die Orte.«

Man hätte eine Stecknadel fallen hören können, so still war es plötzlich in Shirins irischer Traumwelt. Alle schienen den Atem anzuhalten, der Wind flaute ab, und das Rauschen des Meeres erstarb. Amin fand als Erster seine Fassung wieder: »Wie lange ... wie lange ist das her?«, fragte er. »Wie lange weiß man schon, dass Spürende geboren wurden?« Seine Stimme klang heiser, und seine Hände ballten sich zu Fäusten. »Ena ist fünf Jahre älter als ich«, antwortete Jo, »und seit ich denken kann, erzählte sie ihre Geschichten. Ich glaube, es hat bei ihr angefangen, als sie noch ganz klein war, höchstens drei oder vier. Meine Eltern haben sie zunächst nicht ernst genommen, sie dachten nur, Ena hätte eine überbordende Fantasie. Aber sie ließ sich davon nicht abbringen. Sie wusste historische Fakten, von denen sie noch nicht gehört haben konnte, und so gelangten meine Eltern irgendwann zur Überzeugung, dass sie eine Spürende sei. Sie haben sich mit einer Ältesten zusammengetan, die in unserer Nähe lebte, und diese kam zum selben Schluss.«

Bei Sophie löste sich mit einem Mal die Anspannung. Es gab noch jemanden, der so war wie sie! Am liebsten hätte sie einen lauten Jubelschrei ausgestoßen, doch Amin kam ihr zuvor. Sein Schrei war voller Wut, sein Gesicht von wildem Zorn verzerrt. So hatte Phie ihn noch nie erlebt, und Shirin, die ihren Freund entgeistert anstarrte, offensichtlich auch nicht.

»Er hat mich belogen!«, stieß Amin hervor, »so wie er alle belügt! Ich hasse ihn!« Shirin sprang auf, versuchte einen Arm um Amin zu legen, doch er schüttelte sie ab. »Beruhige dich!«, bat sie inständig, »wen meinst du?« Amins Augen funkelten hasserfüllt, und er schien den Namen des Menschen, der ihn so enttäuscht hatte, regelrecht ausspucken zu wollen: »Mein Vater, dieser Lügner! Ich hasse ihn!«

Mit einem Mal fiel es Sophie wie Schuppen von den Augen: Amin hatte so viel Zeit mit seinem Vater verbracht, war mit ihm auf Besprechungen, Konferenzen und Beratungen der Träumer gewesen. Es hatte sich bald gezeigt, dass sein Vater Namur einer Öffnung der Tore sehr skeptisch gegenüberstand.

»Vielleicht hat dein Vater ja wirklich nichts davon gewusst?«, versuchte Shirin, Namur in Schutz zu nehmen. »Verteidige ihn nicht!«, herrschte Amin sie an. »Das hat er mit Sicherheit nicht verdient!« Als sie sah, dass Shirins Augen sich mit Tränen füllten, griff Sophie ein: »Aber Shirin hat es auch nicht verdient, von dir so angeschrien zu werden. Sie meint es nur gut mit dir, merkst du das nicht?« Erst jetzt schien Amin zu begreifen, was er mit seinem Wutausbruch angerichtet hatte. Seine Gesichtszüge lösten sich, und er drückte Shirin an sich: »Es tut mir so leid, entschuldige, das wollte ich nicht! Ich habe immer versucht, meinem Vater alles recht zu machen, habe mich immer beherrscht, wenn er ungerecht zu mir war. Das ist jetzt alles aus mir herausgeplatzt und hat eine völlig Unschuldige getroffen.«

Shirin wischte sich mit einem Lächeln die Tränen aus dem Gesicht. »Ich verstehe dich ja. Es ist nicht leicht, wenn Väter eine so große Macht über ihre Familien haben.« »Ja, ich habe ihn immer respektiert, so wie es bei uns seit Generationen gelehrt wird, aber er verdient meinen Respekt nicht«, antwortete Amin bitter. »Und was bedeutet das jetzt für uns?«, unterbrach Sophie. Sie hatte ihr Vorhaben, in dieser Nacht am irischen Sandstrand surfen zu gehen, längst ad acta gelegt. Jetzt musste etwas unternommen werden! Der Rat musste erfahren, dass es längst Spürende gab!

Augenblicklich trat Schweigen ein, alle schienen fieberhaft nachzudenken. »Es muss uns gelingen, irgendwie zum Rat vorzudringen!«, überlegte Sophie laut. Amin pflichtete ihr bei: »Ja, und das schaffen wir auch, indem wir meinen Vater mit seinen eigenen Waffen schlagen.« »Mit welchen Waffen?«, wollte Shirin wissen. »Mit Unehrlichkeit! Ich werde ihm eine Geschichte auftischen, die sich gewaschen hat. Ich erzähle ihm, dass ich selbst eine Gruppe zum Schutz der Traumdimension gegründet habe, die aus lauter jungen und unerfahrenen Träumern besteht. Und die wollen unbedingt einmal die Diskussionen des Rates mit eigenen Augen sehen. Wenn ich ihm ein bisschen Honig ums Maul schmiere und ihm erkläre, wie stolz ich auf seine einflussreiche Position bin …«

»Dann darf er aber nie erfahren, wer wir wirklich sind! Was, wenn er mich oder Sophie erkennt?«, gab Shirin zu bedenken. »Er hat uns zwar nur kurz gesehen, und das über die Webcam, aber trotzdem sollten wir vorsichtig sein.« »Shirin hat recht, Amin! Was sollen wir tun? Vor allem, wenn er sich mit Gregorius trifft, wird es für uns gefährlich!«, pflichtete Phie bei.

»Na, das ist ja gar nicht so schwer!«, meldete sich plötzlich Jo zu Wort und grinste. Er hatte sich bis jetzt auffallend still verhalten, doch nun schien er von Abenteuerlust gepackt. »Ein bisschen Traumwandeln kann doch jeder, was meinst du, Amin? Ein paar Veränderungen hier und da, und schon bist du ein anderer Mensch! Und so wie du deinen Vater beschreibst, wird er sich nicht dazu herablassen, uns per Handschlag zu begrüßen!«

»Obwohl, wenn ich so darüber nachdenke, eigentlich betrifft es nur mich«, mischte sich jetzt Sophie zögernd ein. Sie wusste nicht, ob sie ihre Freundin kränkte, wenn sie ihre Gedanken verriet. »Ich weiß, wie sensibel du auf dieses Thema reagierst. Aber Namur hat nur dein reales Ich gesehen und nicht dein Ich in der Traumwelt.« »Stimmt!«, rief Shirin aus und schlug sich mit der Hand auf die Stirn. »Er hat mich ja nur über die Konferenzschaltung auf dem Bildschirm gesehen! Und zwar in der realen Welt! Du hast recht!« Sie strahlte mit ihren roten Haaren um die Wette: »Dann kann ich ja bleiben, wie ich bin!« Phie versetzte diese Aussage einen Stich ins Herz: Wie schwer musste es ihre Freundin haben, dass sie ihre indische Abstammung in der Traumdimension verleugnete und sich lieber als typische Irin präsentierte? Fühlte sie sich in dem Land, das sie so sehr liebte, nicht willkommen, weil sie in der Realität einen dunklen Teint, schwarze Haare und grüne Augen hatte?

Doch Shirin wollte sich offensichtlich nicht bei diesem Thema aufhalten, denn sie plapperte bereits munter drauflos: »Dann müssen wir uns was für dich überlegen, Phie! Na, was würde dir wohl stehen? Eine blonde Wallemähne? Oder ein Bubikopf?« »Und du könntest ein bisschen mehr Fleisch auf den Rippen vertragen«, flachste Amin, »du bist viel zu dünn!« »Oder so richtig viele Muskeln!«, warf Jo grinsend ein. »Halt, halt! Genug gescherzt! Das hättet ihr wohl gerne! Wenn, dann entscheide ich, wie ich aussehen möchte!«, sagte Phie lachend. »Zuerst müsst ihr mir aber erklären, wie das funktioniert! Ich weiß nicht, wie ich mein Aussehen verändern kann. Bis jetzt war ich einfach immer nur ich!«

## Kapitel 28

Als Sophie am nächsten Morgen erwachte, glaubte sie, vom vielen Lachen einen Muskelkater zu haben. Was hatten sich die vier über Phies Aussehen amüsiert, als sie sich verzweifelt darum bemüht hatte, es nach ihren Wünschen zu verändern! Es war gar nicht so einfach, eine Vorstellung von sich zu entwickeln, die nicht der Realität entsprach. Amin hatte schließlich zu drastischen Mitteln gegriffen, um ihr auf die Sprünge zu helfen. So musste sich Phie tatsächlich eine blonde Lockenmähne, eine überlange Nase, einen Buckel, einen Bierbauch, viel zu kurze Beine, riesige Glubschaugen und Bodybuilder-Muskeln an sich vorstellen. So langsam gelang es ihr, diese Bilder umzusetzen, doch das jeweilige Ergebnis löste einen Lachkrampf nach dem anderen aus. Bis Shirin irgendwann mit Tränen in den Augen »Genug, genug! Ich kann nicht mehr!« flehte.

Wie sollte es Sophie nur gelingen, ein anderes Erscheinungsbild anzunehmen, damit Namur sie nicht erkannte? Da forderte Amin Phie auf, sich einen Menschen ins Gedächtnis zu rufen, den sie immer schon um sein Aussehen beneidet hatte. Sophie fiel Nikoletta Heidenreich ein, eine erbitterte Gegnerin im Volleyball, die einem anderen Team angehörte. Nicky, wie sie von allen gerufen wurde, war groß, hatte endlos lange Beine, einen athletischen Körper und haselnussbraune lange Haare, die sie stets zum Pferdeschwanz gebunden hatte. Und mit einem Wimpernschlag stand plötzlich Nikoletta Heidenreich vor Shirin, Amin und Jo, was Letzterer mit »Ja, geht doch!« kommentierte.

Phie hatte sich ganz eigenartig in diesem fremden Körper

gefühlt. Ihr Beine waren so lang und auch ihre Arme. Sophies Reichweite hatte ungeheuer zugenommen. Zu schade, dass ihr das in der Realität beim Volleyball nichts nützen würde. Mit einem Grinsen im Gesicht stand Phie auf und betrachtete ihren schmalen Körper: »Na, da bin ich doch lieber ich selbst«, murmelte sie und schlenderte vergnügt ins Bad.

Aus dem Erdgeschoss duftete es nach Kaffee und gebratenen Eiern. Jonas und die Erwachsenen hatten bereits gefrühstückt, und Phies jüngerer Bruder machte es sich gerade mit einer Decke vor dem Fernseher gemütlich. »Guten Morgen, Sophie!«, begrüßte Kati sie freundlich, »du hast heute wohl besonders gut geträumt!«

Ein schneller Blick auf die Küchenuhr verriet Phie, dass es schon später Vormittag geworden war, und sie antwortete mit einem breiten Grinsen: »Ja, ganz besonders gut!« Nino war in eine Zeitung vertieft und schaute nur kurz auf, als sich Sophie zu ihm an den Tisch setzte: »Morgen«, brummte er und ließ sich nicht weiter stören.

Tante Kati stellte Rührei und einen Kakao vor Sophie ab und ließ sich mit ihrer Tasse Kaffee auf der Eckbank nieder. »Also, Nino«, wandte sie sich an ihren Lebensgefährten, »du wirst heute mit Jonas ins Einkaufszentrum fahren und anschließend mit ihm ins Kino gehen, in Ordnung?« Sie hielt ihre Stimme gesenkt, damit Jonas nicht hörte, was die drei im Esszimmer miteinander besprachen, doch der Junge war sowieso völlig von den bunten Zeichentrick-Männchen auf dem TV-Bildschirm gefesselt.

Nino schien heute nicht gut oder kaum geschlafen zu haben. Tiefe Falten zerfurchten sein sonnengebräuntes Gesicht. »Du weißt, wie sehr ich diese Konsumtempel hasse«, versuchte er zu widersprechen. Aber Kati ließ nicht mit sich verhandeln. »Der Einkauf gehört nun mal erledigt. Und wenn ihr schon in die Hauptstadt fahrt, dann könnt ihr auch gleich das Kino nutzen. Damit bleibt Sophie und mir genügend Zeit.«

»Zeit wofür?«, erkundigte sich Phie neugierig. »Ich werde mit dir heute einen Spaziergang durch die herrliche Winterlandschaft machen«, erklärte die Tante mit verschwörerischem Unterton. »Einen Spaziergang? Bei diesem Wetter?« Sophie konnte nicht glauben, dass Kati mit ihr nach draußen wollte. Ein Wintersturm tobte, der winzig kleine Schneeflocken gegen die Fenster jagte und das Gebälk des alten Hofes zum Krachen brachte. »Bist du dir da sicher?« »Ja«, antwortete Kati mit fester Stimme. »Es gibt kein schlechtes Wetter, nur schlechte Kleidung. Ich möchte mit dir zur Kapelle beim Seeweiler gehen. Der Sturm kommt uns dabei gerade recht. Da treffen wir wenigstens niemanden, der neugierig werden könnte.«

Nach dem Frühstück stieg Phie mit einem mulmigen Gefühl die Stiegen zu ihrem Zimmer hinauf. Sie hatte keine Lust, sich mit Jonas schrille Zeichentrickfilme anzuschauen. Was hatte Robert immer gesagt, wenn sie zu lange vor dem Fernseher gesessen waren: »Du wirst noch eckige Augen bekommen!« Mit diesen Gedanken schlich sich eine Wärme in ihren Körper, die ihr Herz und ihren Bauch erfasste. Liebevoll sah sie das Bild ihres Vaters vor sich. Wie sehr sie ihn und seine Späße vermisste! Zur Sehnsucht gesellten sich die Tränen, und Sophie saß wie so oft auf ihrem Bett und weinte. Und wie so oft in solchen Momenten meldete sich genau zum richtigen Zeitpunkt ihre Freundin Liv. Als ob sie Gedanken lesen könnte! »Denk an dich! Hast du Zeit zum Telefonieren?«, las Phie am Display ihres Handys. Sie wischte sich die Tränen von den Wangen und klappte den Laptop auf. Und schon bald erblickte sie das verschlafene Gesicht und die zerzausten Haare ihrer Freundin auf dem Bildschirm.

Bevor Phie etwas sagen konnte, entfuhr Liv ein langgezogenes Gähnen. Sie versuchte sich gleichzeitig dafür zu entschuldigen, was ihren Worten den Klang eines singenden Wales verpasste. Sophie musste schmunzeln: »Du hast heute wohl auch ausgeschlafen, was?« Doch Liv beklagte sich jammervoll: »Wäre schön gewesen, ja! Ich hätte noch ewig weiterschlafen können, aber mein Vater musste ja mit dem Staubsauger durch die Wohnung düsen. Das hat so laut gescheppert und gekracht, weil er überall dagegengestoßen ist, da bin ich aufgewacht! Zwangsläufig!«

»Du Arme!«, bedauerte Phie ihre Freundin, und es gelang ihr nur schwer, völlig ernst zu bleiben. »Ich leg mich später einfach noch einmal hin. Bei uns ist ohnehin ein Scheiß-Wetter. Bei euch? Gibt's was Neues?« Liv wickelte die Decke fest um ihre Schultern und sah Phie interessiert an. Und diese hatte jede Menge Neuigkeiten zu bieten, die sie ihrer Freundin brühwarm erzählte. Als Sophie ihren Bericht über die vergangene Nacht beendet hatte, schüttelte Liv den Kopf. »Wie kommst du ausgerechnet auf Nicky?«, wollte sie wissen, »diese dumme, eingebildete Pute?« »Na, offensichtlich beneide ich sie um ihren Körper – sportlich gesehen«, gab Sophie zur Antwort. »Aber das ist jetzt auch völlig nebensächlich. Viel wichtiger ist, dass ich es schaffe, ihre Gestalt anzunehmen, wenn ich mit Amin und den anderen zum Rat will.«

»Und Nino und Kati wissen nichts davon? Ist das gut?« Liv blickte skeptisch. »Kati geht mit mir heute zu der Kapelle. Sie möchte erfahren, wie es mir ergeht, wenn ich die Geschichte dieser Orte spüre. Sie meint, sie könne mir helfen, die Dinge viel klarer zu sehen und nicht in Ohnmacht zu fallen«, berichtete Sophie weiter. »Vielleicht erzähle ich ihr ja dann, was wir vorhaben.« »Das wäre vermutlich besser«, mutmaßte Liv, »als Rückendeckung sozusagen.«

Sophie behielt Livs Worte noch lange im Kopf, während sie sich mit Kati durch den stürmischen Wind kämpfte. Schneeflocken schlugen ihnen ohne Unterlass ins Gesicht, und Sophie zog ihre Kapuze so weit zu, wie es nur ging. Sie trug eine dicke Winterjacke, eine Schneehose und warme, hohe Stiefel, doch die Kälte suchte sich einen Weg durch jede noch so kleine Ritze. Hätten sie nicht auf besseres Wetter warten können?

Wie schon am Tag zuvor bot der Hügel an der windabgewandten Seite ein wenig Schutz vor den eisigen Böen. Der Weg zur Kapelle führte durch den Wald, und während hoch oben die Bäume im Wind heulten, schien es rings um sie herum unheimlich still zu werden. Wieder erblickte Sophie das goldene Licht, das den Platz um die kleine Kapelle wie ein Heiligenschein krönte. Je näher die beiden dem schlichten Gebäude kamen, desto schwächer wurden Sophies Beine. Bilder drängten sich in ihr Bewusstsein, rasend schnell, konfus und nur schwer zu erfassen.

Kati bemerkte, dass sich Sophie nur mit Mühe aufrecht hielt. Beruhigend redete sie auf ihre Nichte ein: »Konzentriere dich jetzt ganz auf mich. Sieh mich an! Ich bin für dich da und stütze dich. Wir gehen jetzt in die Kapelle hinein.«

Kati griff Sophie unter die Arme und gab ihr Halt. Phie fixierte die Augen ihrer Tante, sah ihr Lächeln, ihre Fältchen, die Güte in ihrem Gesicht. Und siehe da, die sich aufdrängenden Bilder verschwanden, ihre Kraft kehrte zurück, und Phie und Kati gelangten ins Innere der kleinen Kirche.

## Kapitel 29

Im Innenraum der Kapelle roch es feucht und etwas modrig, weiße Farbe blätterte in großen Fetzen von der Wand ab. Den schmalen Altar schien niemand mehr zu pflegen, denn die Plastikblumen hingen verstaubt und vergilbt in den Vasen neben dem Holzkreuz. Es gab nur wenig Platz, Sophie und Kati setzten sich in die hintere der drei engen Bankreihen. Sophie fixierte noch immer Katis Augen. »Ich muss wohl schon ganz irre dreinschauen, wenn ich sie so anstarre«, schoss es Phie durch den Kopf, doch sie wagte nicht, ihren Blick abzuwenden. Übelkeit und leichter Schwindel überkamen sie.

»So!«, begann Kati, »hör mir genau zu. Ich reiche dir jetzt meine Hände, und wir atmen beide tief ein und aus. Schön langsam. Ein … und aus. Ein … und aus.« Phie gehorchte, und schon bald spürte sie, dass die gleichmäßigen Atemzüge ihren Körper und ihren Geist beruhigten. »Sehr gut!«, lobte Kati, »und jetzt schließt du die Augen und lässt die Bilder einfach kommen und wieder gehen. Schau sie dir an, und dann schick sie wieder weg, in Ordnung?« Sophie nickte. »Lass dir Zeit, und wenn du soweit bist, schließe die Augen«, redete Kati beruhigend auf sie ein.

Phie versuchte, den Atemfluss beizubehalten, sog die Luft ein und blies sie langsam wieder aus. Einmal, zweimal, und dann schloss sie ihre Augen. Plötzlich verschwanden die Mauern rings um sie herum, über ihr strahlte der blaue Himmel, und sie saß im weichen Gras vor einem großen Felsen. Eine kleine Gruppe von eigenartig gekleideten Menschen stand in einem Kreis um den Stein herum. Phie begann zu zittern, in ihren Ohren sauste es – die sichere Ankündigung dafür, dass sie bald in Ohnmacht fallen würde.

Doch dann spürte sie den leichten Druck von Katis Händen an den ihren, obwohl ihre Tante nicht mehr bei ihr saß. Da wurde Sophie bewusst, dass sie die Bilder nicht nur sah, sondern sich mitten in ihnen befand. Sie konnte das Gedächtnis der Orte nicht nur lesen, sondern war Teil der historischen Geschehnisse! Es war, als ob Phie zunächst nur einen Film auf einem mannsgroßen Fernseher betrachtet hätte und dann durch den Bildschirm in die Handlung eingetreten wäre! Vorsichtig begann sie, sich genauer umzusehen. Die Menschen waren in grobe, dunkle Stoffbahnen gehüllt, die an antike Tuniken erinnerten. Ihre Hände und ihre Haut wirkten rau, von Wetter und Arbeit gegerbt.

Ein Blick in ihre Gesichter ließ Sophie erschaudern. An Stirn und Wangen prangten Zeichen, die offensichtlich mit Blut aufgemalt worden waren. Frische Tropfen liefen in feinen Rinnsalen bis zum Hals hinab. Die Menschen schienen in einer Art Ritual oder Gebet vereint, denn sie hielten die Augen geschlossen und murmelten gemeinsam Verse in einer Sprache, die Phie nicht verstand. Sophie betrachtete den Stein, vor dem sie saß. Er hatte wohl als Opferaltar gedient, denn auch er war mit Blut besudelt, der Kadaver eines nicht mehr identifizierbaren Tieres hing auf einer Seite herab.

»Es sind nicht die Orte, es sind die Steine«, erinnerte sich Phie. Jo hatte damit sicher recht. Es sind die Steine, die all das, was um sie herum passiert, speichern. Der Felsen strahlte eine wohlige Wärme aus, die Sophie immer deutlicher spürte, je mehr sie sich auf den grauen Koloss konzentrierte. Es fühlte sich an, als wolle er mit ihr kommunizieren. Die Wärme erfüllte ihren Kopf und ihren ganzen Körper. Sophie hatte in diesem Moment keine Angst, auch nicht, als eine der Umstehenden die Augen aufschlug und ihr direkt ins Gesicht blickte. Es musste ein Mädchen in ihrem Alter sein, denn sie war kleiner und schmächtiger als die anderen, und ihre Haut wirkte heller und weicher.

Doch der Blick des Mädchens fixierte Sophie nicht, sondern schien durch sie hindurchzugehen. Hin zu dem Mann, der ihr gegenüber und damit hinter Phie stand. Sophie drehte sich zu ihm um. Der bärtige Alte spürte offenbar den Blick seines Gegenübers, denn er öffnete für einen Moment die Augen und nickte besänftigend. Das Mädchen lächelte kurz, sie hatte mit Sicherheit Angst und konnte nun beruhigt wieder in den Singsang der anderen einfallen. »Sie sehen mich nicht!«, das war Sophie jetzt klar. Sie stand auf, trat näher zum Felsen heran und legte ihre Hand auf seine kalte Oberfläche. Und genau an jener Stelle, wo ihre Haut den Stein berührte, begann es zu glühen. Ein grüner Leuchtball, zuerst nur so groß wie ihre Handfläche, breitete sich immer weiter aus und strahlte, dass es Sophie fast blendete.

Eine Welle der Kraft durchflutete Phie, eine Energie, die sie bis in die letzte Faser ihres Körpers ausfüllte und mit voller Wucht von den Füßen riss. Im nächsten Moment spürte sie einen harten Schlag auf den Kopf, dann war plötzlich alles schwarz. »Sophie, Sophie! Komm zu dir! Keine Angst, ich bin bei dir!« Nur dumpf drang das aufgeregte Rufen ihrer Tante zu Phie durch. Sie reckte und sie streckte sich, spürte Katis Arme in ihrem Rücken. Und dann wich der dunkle Schleier in ihrem Gehirn wieder einer klaren Wahrnehmung. Offensichtlich war Sophie ohnmächtig geworden und seitlich weggekippt, bevor Tante Kati dies verhindern hatte können. Dabei war ihr Kopf auf der Lehne der Kirchenbank hart aufgeschlagen.

Jetzt lag Phie auf der hölzernen Sitzbank, und Kati hatte ihr Handschuhe und Mütze als provisorisches Polster unter den Kopf geschoben. Stöhnend setzte sich das Mädchen auf. »Bist du sicher, dass es schon geht?«, fragte Tante Kati besorgt. »Bleib ruhig noch ein bisschen liegen!« Doch die verkrümmte Haltung, die Sophie auf der beengten Bank einnehmen hatte müssen, war mehr als unangenehm, und deshalb richtete sie sich gerne auf. Eine gespannte Stille lag in dem kleinen Kirchenraum. Kati wollte ihre Nichte nicht mit Fragen überfallen, aber sie musste unbedingt wissen, was Sophie soeben erlebt hatte.

»Kannst du …, willst du mir erzählen, was du gesehen hast?«, begann Kati vorsichtig. Sophies Kopf dröhnte ein wenig, doch sie spürte eine seltsame Stärke in sich, die sich mit nichts vergleichen ließ. Und so berichtete sie von dem Stein, den betenden Menschen, dem Blut. Kati hörte ihr gebannt zu und strahlte über das ganze Gesicht. Ihre Nichte war eine Spürende, das stand fest.

Auf dem Rückweg zum Hof schwiegen die Frauen, beide schienen überwältigt von dem, was an der kleinen Kapelle passiert war. Zu Hause angekommen, setzte Kati Teewasser auf und holte den Rest des Marmorgugelhupfs, den sie am Vortag gebacken hatte, aus dem Abstellraum. Mit den Worten »Wir müssen reden!«, setzte sie sich zu Phie an den Tisch.

Kati wog ihre Worte vorsichtig ab: »Es ist ein unglaubliches Geschenk, dass du als Spürende in unserer Mitte geboren wurdest, Sophie. Ich bin dankbar, ehrfürchtig vor der Aufgabe, die uns damit gestellt ist, und ein bisschen verwirrt, so wie du vermutlich auch.« Phie nickte und hätte sich fast an einem Krümel verschluckt, der staubtrocken in ihrem Hals stecken geblieben war.

Kati deutete Sophies Husten falsch. Besorgt erkundigte sie sich: »Ich hoffe, ich überfordere dich damit nicht, wenn ich von einer Aufgabe spreche, deren Ausmaß du vermutlich gar nicht erfassen kannst. Ich will … Ich will nur unbedingt alles richtig machen! Die Traumdimension steht vor so gigantischen Veränderungen!« Sophie hatte das widerspenstige Brösel Kuchen hinuntergeschluckt, blickte ihrer Tante fest in die Augen und sagte: »Ich habe keine Angst, Tante Kati. Ich bin mir bewusst, dass das, was ich kann, etwas Besonderes ist, und ich bin stolz darauf. Auch wenn es mich noch überfordert. Aber ich will tun, wozu ich imstande bin, und zwar ohne lang herumzulabern.«

Tante Kati reagierte sichtlich überrascht auf Sophies klare Worte. Sie holte hörbar Luft, und Sorgenfalten schlichen sich in ihr Gesicht. »Ich bewundere deinen Mut und deinen Tatendrang, Sophie. Aber du weißt nicht, was alles auf dem Spiel steht. Du bist eine Spürende, ja, aber du stehst noch ganz am Anfang. Du kannst das Gedächtnis der Orte zwar lesen, aber du hast noch keine Ausdauer. Es kostet dich noch extrem viel Kraft, deshalb musst du auch zu früh abbrechen oder fällst in Ohnmacht. Man muss diese Fähigkeit behutsam ausbauen, und das braucht Zeit, Geduld und gute Lehrer.«

Für Phies Geschmack beinhaltete Katis Vortrag viel zu viele »aber«. Und so wartete sie stumm, bis ihre Tante fortfuhr: »Im Grunde wissen die heutigen Träumer zu wenig über die Gabe der Spürenden und über die Öffnung der Tore. Die Einzigen, die bei der letzten Öffnung wirklich dabei waren, sind die Ältesten. Doch die meisten von ihnen erleben ihr Dasein in der realen Welt als unnötige Belastung und haben sich völlig zurückgezogen. Sie haben kein Interesse an den Geschehnissen im Diesseits, leben oft als Einsiedler und betäuben ihre Sinne mit Drogen und Alkohol.«

»Im Ernst?«, jetzt war Phies Interesse doch geweckt. »Ja«, antwortete Kati, »die meisten sind bestrebt, ihr Leben möglichst schnell zu beenden und ins Jenseits zurückzukehren. Sie haben kein Interesse daran, ihr Wissen zu teilen, da die Menschheit ja sowieso nie aus ihren Fehlern lernt. Und deshalb ist es vielen von ihnen auch herzlich egal, ob sich der Rat nun für oder gegen eine Öffnung der Tore entscheidet. Das sei ohnehin nur politisches Geplänkel um Macht und Einfluss und spiele im Jenseits absolut null Rolle.«

Sophie konnte diese Lebenseinstellung, die laut Kati viele der Ältesten teilten, bis zu einem gewissen Grad verstehen. Sie konnte nachvollziehen, dass man irgendwann, nachdem man unzählige Leben in den verschiedensten Zeiten verbracht hatte, einfach alles satt hatte: die vielen Probleme, die Kriege, Neid und Hass. Doch gleichzeitig stieg Zorn in ihr hoch, und laut sagte sie: »Aber die Ältesten machen es sich auch ziemlich einfach, nicht? Dass sie sich vor ihrer Verantwortung hier drücken! Vielleicht dürften sie drüben bleiben, wenn sie das nicht täten?«

»Da kannst du recht haben«, bestätigte Kati, »aber es ändert nichts an der Tatsache, dass du jemanden brauchst, der dir hilft, deine Fähigkeiten als Spürende auszubauen, sodass du – wenn es an der Zeit ist – wirklich den richtigen Ort zum Öffnen eines Tores findest. Und dafür brauchst du Träumer, die dich unterstützen, dich unterrichten und dich beschützen, bis du bereit bist. Und all das werden wir, Nino, ich und unsere engsten Vertrauten, dir bieten.« »Aber es geht doch jetzt in erster Linie darum, den Rat zu überzeugen, dass die Tore überhaupt geöffnet werden dürfen!«, widersprach Phie. »Wenn der Rat zustimmt, dann wird er wohl alles daransetzen, andere Spürende zu finden und alle entsprechend auszubilden!« Da lachte Tante Kati bitter auf: »Schön, wenn das so einfach wäre!«

## Kapitel 30

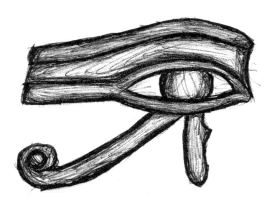

Sich in die Gruppe rund um Amins Vater zu schleichen, war jedenfalls einfacher als gedacht. Von Namurs Kinn hätte der Honig bis zu den Knien triefen müssen, so sehr schmeichelte ihm sein Sohn. Er sei so stolz auf seinen einflussreichen Vater und wolle unbedingt in seine Fußstapfen treten. Ob er wohl seine besten Freunde mit zu einer Ratsversammlung nehmen dürfe? Diese würden Namur ebenfalls zutiefst bewundern, und Amin könne voller Stolz zeigen, wie redegewandt und mächtig sein Vater sei.

Schlussendlich war Namur richtig begeistert von der Idee, dass Amins Freunde erfahren sollten, welch großer Mann er war. Mit geschwellter Brust stimmte er zu, dass Shirin, Jo und »Nicky« schon in der kommenden Nacht mit zum Rat der Weisen kommen dürften. Es sei denn, diese Sophie wäre dabei. »Mit diesem Abschaum, der die Regeln der Traumdimension nicht achtet, hast du doch gebrochen, oder?«, fragte er Amin. Dem wurde ganz heiß dabei, doch er ließ sich nichts anmerken, lächelte seinen Vater an und meinte: »Nein, natürlich habe ich zu Phie keinen Kontakt mehr. Was denkst du von mir, Vater?«

Phie wurde schlagartig kotzübel, als Amin ihr aufgeregt die Botschaft überbrachte, dass sie in wenigen Augenblicken Namur gegenüberstehen würde. »Phie, du kannst das! Du bist gut!«, sprach Shirin ihrer Freundin Mut zu: »Du bist heute Nacht einfach die tolle Volleyballerin Nicky mit den langen Beinen. Versuch es zu genießen, ein anderer Mensch zu sein. Und dann, wenn es so weit ist, schlagen wir zu!«

Sophie blickte verzweifelt zu Jo. Sie war sich nicht sicher, ob sie zu diesem großen Schritt schon bereit war. Darüber nachzudenken war eine Sache, es zu tun eine völlig andere. Jo legte ihr sanft einen Arm um die Schulter: »Phie, du bist eines der mutigsten Mädchen, die ich kenne. Aber wenn du noch Zeit brauchst, werden wir Amins Vater auf ein anderes Mal vertrösten, nicht Amin?« Shirin starrte Jo entsetzt an und holte gerade Luft, um zu protestieren, als Sophie sich straffte. »Mit eurer Unterstützung schaffe ich das. Der Rat muss endlich erfahren oder einfach nur zugeben, dass es Spürende gibt. Ich werde das auch für deine Schwester tun, Jo. Vielleicht wird sie zurückkommen, wenn niemand mehr leugnen kann, dass es Spürende gibt.«

Traurigkeit huschte über Jos Gesicht, als er sagte: »Ich habe nie erfahren, ob Ena ihre Gabe dem Rat offenbart hat oder nicht.« »Das spielt auch keine Rolle«, unterbrach Amin grimmig, »sie tun zwar so, als ob sie völlig ahnungslos wären, aber niemand kann mir erzählen, dass nicht jemand vom Rat oder von den einflussreichen Familien davon gewusst hat. Schließlich wurde bereits ein Tor geöffnet. Wer weiß, warum deine Schwester wirklich verschwunden ist? Vielleicht wollte jemand das Öffnen weiterer Tore verhindern!«

Jetzt bekam es Shirin mit der Angst zu tun: »Meinst du

wirklich, Amin? Ist dann das, was wir vorhaben, nicht viel zu gefährlich für Sophie?« Aber Amin antwortete mit fester Stimme: »Wenn Phie sich vor den Augen des Rates und in Anwesenheit aller mächtigen Familien und der Wächter outet, dann wird es niemand mehr wagen, ihr etwas anzutun.«

Sie standen am Fuße von Amins rot meliertem Sandsteinfelsen, ein Lagerfeuer warf unheimliche Schatten an die glatt geraspelte Wand. Es herrschte Dunkelheit in Amins Traumwelt. Vielleicht weil sich die Freunde im Schutze der Nacht und unter dem funkelnden Sternenhimmel sicherer fühlten bei dem, was sie in wenigen Augenblicken erwartete.

Amin ergriff die Initiative: »Los! Gemeinsam schaffen wir das!«

Die vier bildeten einen Kreis, reichten einander die Hände und atmeten tief durch. Mit dem nächsten Blinzeln würden sie in Namurs Traumwelt gelangen. Und diese war eines ägyptischen Pharaos würdig. Inmitten eines prunkvollen Saales, getragen von mächtigen Säulen und verziert mit Gold und feinster, leuchtender Seide saß Namur auf einem thronähnlichen Stuhl, umringt von seinem Gefolge. Günstlinge und Berater redeten eifrig auf ihn ein, während spärlich gekleidete Dienerinnen untertänig Obst und Wein servierten.

»Krass! Das ist ja wie in diesen alten Hollywoodschinken, die meine Mutter immer schaut!«, flüsterte Shirin grinsend, während Phie und Jo vor Ehrfurcht wie erstarrt waren. »Bleibt locker«, beruhigte sie Amin, »mein Vater wird euch vermutlich gar nicht so richtig beachten. Er fühlt sich jetzt viel zu wichtig.«

Tatsächlich hatte Amin Mühe, zu seinem Vater vorzudringen. Als Namur seinen Sohn sah, tat er allerdings etwas Überraschendes: Er gebot seinem Gefolge zu schweigen und zur Seite zur treten. Mit einem Mal herrschte Stille, und alle Blicke waren auf die Gruppe der Jugendlichen gerichtet, die, sichtlich verlegen, enger zusammenrückten. Phie versuchte sich hinter Jo und Shirin zu verstecken und konzentrierte sich krampfhaft darauf, ihre Erscheinung als selbstbewusste Nicky beizubehalten.

»Mein Sohn Amin hat heute seine Freunde mitgebracht, um ihnen zu zeigen, welche Ehre, aber auch welche Bürde es ist, in unsere höchst angesehene Familie hineingeboren zu sein.« Kaum hatte Namur gesprochen, schloss sich der Kreis um ihn auch wieder, und er erging sich in einen Monolog, in dem er vor allem sich selbst für seine Weisheit und Wichtigkeit lobte. Amin schlüpfte durch die Menschenmenge hindurch und kam grinsend auf seine Freunde zu: »Na, hab ich es euch nicht gesagt? Alles easy!« Jo und Phie waren sichtbar erleichtert. Shirin tänzelte aufgeregt um Amin herum und fragte ungeduldig: »Und wann wechseln wir jetzt zum Rat?« Amin antwortete verschwörerisch: »Es muss gleich so weit sein. Dann haben wir die erste große Hürde geschafft!«

Wenig später ertönte ein lauter Gong, dessen tiefer Klang noch in den Eingeweiden vibrierte. »Nun denn!«, ließ sich Namur vernehmen, »es ist soweit. Reichen wir uns die Hände!« Er nahm seine goldene Krone ab, die Phie verdächtig an die berühmte Totenmaske Tutenchamuns erinnerte. Eine Handvoll edel gekleideter Männer blieben bei ihm stehen, während sich der Rest mit einer Verbeugung zurückzog. Namur streckte theatralisch seine Hände aus. Seine Berater mussten zu ihm aufschauen, als sie seine Hände ergriffen, denn der Thron ihres Anführers stand auf einem erhöhten Podest mit drei Stufen.

Amin, Sophie, Shirin und Jo schlossen den Kreis, und kaum waren die letzten Hände miteinander verbunden, schien es, als würde der Boden unter den Füßen nachgeben. Die Gruppe stürzte ins Leere, doch es waren keine ängstlichen Rufe zu hören. Phie drückte ihre Finger so fest zu, dass Shirin und Jo ihren Händedruck wohl noch länger spüren würden, aber sie wagte es nicht, ihre Augen zu öffnen. Warme Energie durchströmte ihren Körper und erinnerte Phie an das, was sie mit Najuka in ihrem Steinkreis erlebt hatte.

Wenige Augenblicke vergingen, dann setzten ihre Füße sanft auf einer Wiese auf. Der Kreis löste sich blitzschnell auf, so als ob es den Männern unangenehm gewesen wäre, sich zu berühren. Phie und ihre Freunde hielten sich noch länger fest und blickten sich verdutzt um. Sie waren im weitläufigen, symmetrisch angeordneten Garten von Schloss Versailles gelandet. Vor ihnen erstreckten sich endlose Beete mit blühenden Blumen und Sträuchern, eingefasst von akkurat getrimmten Buchsbaumhecken, die die verschlungenen Wege säumten. Unterbrochen wurden die verschiedenen Gartenabschnitte von mächtigen Brunnen, die mit überlebensgroßen Gestalten bestückt waren. Weit vorne thronte das Schloss, die Gruppe war offensichtlich in einem abgelegeneren Teil des Anwesens gelandet.

»Bevor wir nun dem Rat beiwohnen werden, möchte ich mich noch mit meinem Freund Gregorius treffen, um einige wichtige Dinge zu besprechen«, ergriff Namur das Wort. »Kommt!« Die Jugendlichen folgten der ägyptischen Delegation mit Respektabstand. Namur steuerte auf einen Pavillon zu, den Amin schon von seinen letzten Besuchen kannte. Das romantische Gebäude bot ein lauschiges Plätzchen, umgeben von üppigen Rosensträuchern, die es vor direkten Einblicken schützten. »Da haben sich wohl früher die Prinzen und Prinzessinnen zum heimlichen Tête-à-Tête getroffen«, flüsterte Shirin schmunzelnd. Phie nickte schelmisch, doch im nächsten Moment gefror ihr Gesichtsausdruck. Vor ihr erhob sich Gregorius von einer Bank. Lässig lächelnd trat er, mit seinem typischen Overall bekleidet, auf Namur zu. Und auf Sophie wartete die nächste große Hürde.

## Kapitel 31

Sophies Hände wurden schweißnass, und das Herz schlug ihr bis zum Hals. Was, wenn Gregorius sie durchschaute? Was, wenn sie ihre Tarnung nicht aufrechterhalten konnte? Da spürte sie Shirins Atem an ihrer Wage. »Du schaffst das!«, flüsterte Shirin ihr ins Ohr und drückte ihren Arm. Dann wandte sich die Freundin ab und lächelte charmant in die Runde. Vielleicht konnte sie die Aufmerksamkeit ja auf sich, und damit weniger auf Sophie lenken. Namurs Gefährten kannte Gregorius bereits. Er beachtete sie kaum, doch als Namur ihm stolz erzählte, dass Amin seine Freunde mitgebracht hatte, blickte er neugierig zu den Jugendlichen.

Phie wurde ganz heiß. Jetzt kam es darauf an, sie durfte nicht versagen. Hoffentlich kam Gregorius nicht auf die Idee, ihnen allen die Hände zu schütteln! Dann wären sie verloren!

Doch diese Art der Vorstellung war hier im Vorfeld der großen Ratssitzung offensichtlich nicht üblich, man vertraute einander, ohne in den Erinnerungen des anderen zu lesen. Namur forderte seinen Sohn auf, die Freunde selbst vorzustellen. Gregorius gab sich interessiert und höflich, wandte sich jedem zu, der von Amin angesprochen wurde. Sophie kam als Letzte an die Reihe. Amin stellte sie als Nicky vor, jene talentierte Volleyballerin, die er über Shirin kennengelernt hatte.

Phie schaffte es, Gregorius' Blick zu erwidern. Innerlich zitterte sie wie Espenlaub, äußerlich blieb sie betont ruhig. Und dennoch, aus irgendeinem unerklärlichen Grund widmete Gregorius ihr mehr Aufmerksamkeit als den anderen. Sein Gesicht wirkte freundlich, aber Phie erkannte an seinen feinen Mimikfältchen, dass sein Misstrauen geweckt war. In ihrem Kopf begann es zu rauschen, es war, als ob ihr Gegenüber versuchte, in ihre Gedanken einzudringen. In diesem Moment rettete Namur, ohne es zu wissen, die Situation: »Nun, Gregorius, wir haben noch einiges zu besprechen. Kinder, wir wollen unter uns sein. Spaziert noch ein bisschen im Garten, dann geht es in den großen Saal.«

Namurs Gefolgsleute drängten sich zwischen die Jugendlichen und Gregorius, sodass Sophie den Blickkontakt mit ihm lösen konnte. Sofort wurde ihr Kopf wieder klar, Gregorius hatte also tatsächlich versucht, in ihr Gehirn einzudringen! Amin, Shirin, Jo und Phie entfernten sich vom Pavillon, in dem Namur und Gregorius gemeinsam Platz nahmen. Auch die anderen Männer gingen auf Distanz zu den beiden, sie durften demnach auch nicht erfahren, was zwischen den Rosensträuchern besprochen wurde.

Amin deutete seinen Freunden, mitzukommen: »Los! Lasst uns hinter die großen Büsche dort drüben gehen, da können wir in Ruhe quatschen!« Die drei folgten Amin zu einer Gruppe von hohen Bäumen und dichten Büschen ein gutes Stück hinter dem Pavillon. Einmal außer Sichtweite, begann Phie atemlos: »Ich glaube, Gregorius hat etwas gemerkt! Er hat versucht, meine Gedanken zu lesen!« »Um Himmels willen! Hat er dich erkannt?«, Shirin reagierte wie in Panik. »Nein, ich glaube nicht! Bevor ich gecheckt habe, was los ist, und irgendetwas preisgeben konnte, hat uns Namur unterbrochen«, beruhigte sie Sophie. »Aber er hat dich wirklich ganz komisch angeschaut, das ist mir auch aufgefallen«, bestätigte Jo. »Wir müssen jetzt ganz vorsichtig sein, schließlich sind wir kurz vor dem Ziel.«

»Vielleicht wäre es auch gut zu wissen, was mein Vater und Gregorius zu besprechen haben«, warf da Amin ein und grinste geheimnisvoll. »Was meinst du?«, fragte Jo verdutzt, »wie soll das gehen!« Amin deutete auf das dichte Buschwerk vor ihnen und erklärte: »Wenn man dort durch die Büsche kriecht, kommt man unbemerkt ganz nah an den Pavillon heran. Und die Akustik ist zufälligerweise so optimal, dass man gut mithören kann, was dort gesprochen wird.« »Genial!«, strahlte Shirin über beide Ohren. »Aber wir sollten nicht alle vier dorthin schleichen. Je mehr wir sind, desto eher kann man uns hören!«, redete Amin weiter. »Ok!«, schaltete sich Jo ein, »dann bleibe ich bei Phie, denn die sollte sich so weit wie möglich weg von Gregorius halten, und Shirin kommt mit dir mit!«

Gesagt, getan. Amin und Shirin duckten sich unter die dicht belaubten Ästen hindurch und näherten sich kriechend dem Pavillon. Sophie und Jo setzten sich inzwischen ins Gras und lehnten sich an den Stamm einer dicken Eiche. Phie seufzte. Was hatte sie sich nur dabei gedacht? War sie wirklich die Richtige, um vor den Rat zu treten und die Welt der Träumer zu erschüttern? Jo legte vorsichtig seine Hand auf ihre Knie. »Du machst das gut, Phie«, sagte er leise, »ich bin unglaublich stolz, dein Freund zu sein.« Am liebsten hätte Sophie sich jetzt an Jo gekuschelt und wäre in seinen Armen in einen tiefen Schlaf gesunken. Aber in Wahrheit schlief Sophie ja und träumte das Ganze nur. Sollte sie nicht einfach aufwachen?

Nein, das konnte sie ihren Freunden jetzt nicht antun. Sie waren schon so weit gekommen. Phie setzte sich auf und räusperte sich. »Danke!«, war das einzige Wort, das sie herausbekam. Es dauerte nicht lange, da raschelte es zwischen dem Gebüsch, und Amin und Shirin tauchten wieder auf. »Wir haben nicht mehr viel mitbekommen«, berichtete Shirin enttäuscht. »Ja, dafür aber etwas ganz Entscheidendes«, widersprach Amin, »er hat meinem Vater erklärt, dass es gar nicht nötig sei, die Tore zu öffnen, denn es gäbe andere

Mittel und Wege, die Nichtträumer zu beeinflussen.« »Die Nichtträumer beeinflussen?«, wiederholte Jo, »wie soll das gehen?«

»Ich habe da eine Vermutung«, meinte Amin kryptisch und schaute zu Sophie. Dieser ging sofort ein Licht auf: »Du meinst, er kann bei allen Gedanken lesen? Ich dachte, das funktioniert nur unter Traumgestaltern?« »Das dachte ich bis jetzt auch«, antwortete Amin, »aber ich bin mir nicht mehr sicher.« Da meldete sich Shirin mit grimmigem Blick zu Wort: »Najuka hat mir einmal davon erzählt, dass es von der Traumdimension aus möglich war, in die Gedanken und Träume der Nichtträumer einzudringen. Aber dies ist vom Rat zur selben Zeit verboten worden wie das Suchen nach der Traumgrenze. Anschließend sei diese Fähigkeit in Vergessenheit geraten.«

»Das ist ja ein starkes Stück!«, entfuhr es Jo, lauter als gewollt, »der will die ganze Macht an sich reißen und gaukelt allen vor, es gäbe keine Spürenden!« Sophie schüttelte entsetzt den Kopf: »Er ist noch hinterhältiger, als ich gedacht habe. Aber das kann nur bedeuten, dass wir jetzt erst recht weitermachen. Wir müssen den Rat warnen!« »Ja!«, bekräftigte Amin. »Lasst uns zurückgehen! Mein Vater wartet sicher schon auf uns!«

Namur hatte tatsächlich bereits nach seinem Sohn und dessen Freunde suchen lassen und strafte sie mit einem ärgerlichen Blick, als sie hinter den Büschen auftauchten. »Wo wart ihr? Man lässt mich nicht warten, und schon gar nicht den Rat!«, tadelte er lautstark. »Entschuldige, Vater«, sagte Amin, betont kleinlaut, »meine Freunde waren so fasziniert von der Gegend hier.« »Na, dann wird ihnen gleich der Atem stocken, wenn wir den herrlichen Palast betreten. Also, los! Wir sind in Eile.«

Gregorius war nirgendwo mehr zu erblicken, er hatte sich wohl schon Richtung Schloss aufgemacht.

Sie liefen eiligen Schrittes den breiten Kiesweg zwischen den Beeten entlang. Es sah einfach lächerlich aus, wie Namur erhobenen Hauptes flott voranschritt und sein Gefolge geduckt hinter ihm her trippelte. Nach wenigen Minuten erreichten sie das Eingangsportal, das mit seinen goldumrahmten, gläsernen Flügeltüren den Weg in den prunkvollen Palast öffnete.

Sophie fühlte sich an den Jahrmarkt der Träumer erinnert. Die ausladenden Gänge des Schlosses waren erfüllt von bunt gekleideten Menschen verschiedenster Herkunft. Die meisten trugen wie Namur und seine Delegation historische Gewänder, um die Bedeutung ihrer Familie zu unterstreichen. Alles drängte schon in Richtung des großen Saales. Amin, Shirin, Jo und Phie bemühten sich, den Kontakt zu ihrer Gruppe nicht zu verlieren, und ließen sich mit der Menschenmenge treiben. Sophie schnappte einen Blick von Gregorius auf, der das Blut in ihren Adern gefrieren ließ. Er befand sich ein gutes Stück vor ihnen und hatte sich suchend umgedreht. Beobachtete er sie? Oder galt seine Aufmerksamkeit jemand anderem?

Die letzte Flügeltüre vor dem Saal wurde von zwei hell strahlenden Lichtwesen, den Wächtern, flankiert, doch kaum jemand beachtete sie beim Vorbeigehen. Sophie wurde beim Anblick dieser Gestalten immer mulmig zumute, und so begann es auch dieses Mal in ihren Ohren zu rauschen, als sie näher kam. Aber sie zwang sich weiterzugehen. Als sie sich auf Höhe der Wächter befand, schien ihr Körper nicht mehr gehorchen zu wollen. Übelkeit befiel sie, ihre Beine gaben nach, und sie stürzte zu Boden. Shirin hatte aufgeschrien, als sie ihre Freundin zusammenbrechen sah, und als Phie zu ihren Freunden hochblickte, erkannte sie das Entsetzen in deren Augen.

»Phie!«, stieß Shirin tonlos hervor, »du bist wieder du!« Panisch musterte Sophie ihre Hände, ihren Körper, ihre Kleidung – die selbstbewusste Nicky war verschwunden. Längst waren die Träumer rund um sie herum auf den Tumult aufmerksam geworden und bildeten einen engen Kreis um die Jugendlichen. Das war Sophies Glück, denn die Menschenmenge hielt die beiden Wächter, die sich erst hindurchdrängen mussten, für eine kurze Weile auf.

Alles schien vorbei, bevor sie überhaupt in die Nähe des Rates gelangt waren! Phie schossen die Tränen in die Augen.

Da spürte sie eine sanfte Berührung an ihrer Schulter: Najuka! »An den Wächtern kommt niemand mit einem falschen Ich vorbei. Komm mit!«, flüsterte die alte Frau, und mit einem Blinzeln waren Najuka und Sophie aus Schloss Versailles verschwunden.

## Kapitel 32

Sophie begann hemmungslos zu weinen. Sie konnte es nicht glauben, sie war in Sicherheit. Najuka nahm das Mädchen in den Arm und hielt es einfach nur fest. Die ganze Anspannung fiel von Sophie ab, und gleichzeitig überkam sie eine Verzweiflung, die ihr den Boden unter den Füßen wegzog. Alles war umsonst gewesen, sie hatte es nicht geschafft, dem Rat zu offenbaren, dass sie eine Spürende war!

Es dauerte eine ganze Weile, bis Phies Tränen getrocknet waren und sie sich wieder einigermaßen gefangen hatte. Erst jetzt registrierte sie die Umgebung, in der sie mit Najuka saß. Die alte Frau lehnte an der riesigen Wurzel eines gigantischen Gummibaumes. Gemeinsam mit unzähligen anderen dieser Gewächse bildete er ein dunkelgrünes Blätterdach, das nur wenig Licht hindurchscheinen ließ. Der Boden war weich, die rotbraune Erde wirkte wie ein Samtteppich. Saftige Moospolster deuteten auf eine hohe Feuchtigkeit hin, genauso wie die vielen Farne, die an einem rauschenden Bach wuchsen.

»Ich weiß nicht, wie ich dir danken soll«, sagte Sophie leise. Najuka strich ihr sanft über das Haar: »Ich habe nur getan, was mir mein Herz in diesem Moment befohlen hat. Hier bist du in Sicherheit.« Sophie nickte, doch im selben Augenblick schossen ihr die schrecklichen Bilder von vorhin durch den Kopf, sie sah die entsetzten Gesichter von Amin, Shirin und Jo. »Aber was ist mit den anderen?«, stöhnte sie, »was wird mit ihnen geschehen?« »Ehrlich gesagt, ich weiß es nicht«, antwortete Najuka wahrheitsgemäß. »Ich hoffe, dass im allgemeinen Trubel niemand mitbekommen hat, dass

Amin, Jo und Shirin zu dir gehören. Dann wird ihnen nichts passieren, denn die Wächter versuchen meist, solche Vorfälle zu vertuschen.«

»Hoffentlich!«, seufzte Sophie. »Wie konnte das nur passieren? Ich habe mich als Nicky doch schon richtig sicher gefühlt!« »Nun, ihr habt offenbar nicht gewusst, dass beim Eingang zum großen Saal eine Schranke ist, die jede Tarnung auffliegen lässt – zur Sicherheit für den Rat natürlich«, erklärte Najuka. »Deshalb ist es auch nicht notwendig, sich per Handschlag zu begrüßen, oder?«, schloss Phie aus Najukas Antwort. »Genau!«, bestätigte diese und erhob sich. »Komm, lass uns eine Runde durch meine Traumwelt spazieren! Für heute Nacht bleibt uns nicht mehr viel Zeit.«

Phie folgte Najuka auf einem verschlungenen Pfad durch den Urwald und staunte nicht schlecht, als sie an eine äußerst merkwürdige Brücke gelangten. Die Wurzeln zweier Gummibäume waren derart miteinander verflochten, dass sie nicht nur einen breiten Steg über den reißenden Bach bildeten, sondern sich noch dazu wie ein Dach über die Brücke wölbten. Neugierig stapfte Sophie durch den lebenden Pflanzentunnel und kam aus dem Staunen nicht mehr heraus. »Das ist ja wundervoll!«, rief sie aus, »So etwas habe ich noch nie gesehen!« Najuka freute sich über die Begeisterung des Mädchens und erklärte stolz: »Diese Brücken bauten die Adivasi, die Ureinwohner der Region, aus der ich stamme. Diese Bauwerke wachsen stetig weiter und überdauern Jahrtausende.«

Der Steig führte sie nun bergan durch dichte Bäume und Farne. Najuka und Sophie sprachen kaum miteinander, bis sie den Gipfel, und damit das Ende des Waldes erreicht hatten. Phie fühlte sich an ihre eigene Trauminsel erinnert, auch bei ihr lag an der Spitze des Hügels eine große Wiese. Bei Najuka wuchsen fremdartige Gräser und Zwergsträucher, die Sophie nicht kannte, doch weiter vorne ragte ein großer Stein in den Himmel. Nun erkannte Phie die Gegend wieder, es war nicht ihr Bohnenfelsen, der da vorne wartete, sondern Najukas Steinkreis, den sie und ihre Freunde schon einmal benutzt hatten. Sophie hatte damals nach der Traumwelt ihres Vaters gesucht und all ihre Sorgen in die unendliche Traumdimension geschickt, aber sie hatte keine Antwort bekommen. Heute wusste Phie, dass ihr Vater kein Traumgestalter war.

»Na, erkennst du diesen Ort wieder?«, fragte Najuka. »Ja, natürlich! Dein Steinkreis! Du hast damals gesagt, alle erfahrenen Träumer hätten so einen. Ich habe damals zum ersten Mal erkannt, wie viele Traumwelten es gibt, wie unendlich diese Dimension ist. Das hat mir eine riesige Angst eingejagt!«, grinste Sophie. »Und? Wie geht es dir heute mit dieser Erkenntnis?« Najuka schaute Phie aufmerksam an. »Ich weiß nicht«, antwortete diese, »ich fühle mich langsam hier zu Hause, aber die Sache mit den Toren macht mir Angst.« »Warum? Was würde sich für dich ändern, wenn die Tore geöffnet würden?«, wollte Najuka wissen.

Phie schluckte. Shirin hatte ihrer Urgroßmutter also noch nichts gesagt. Sophie musste jetzt mit der Wahrheit herausrücken, sie wusste nicht mehr weiter. »Ich … ich bin eine Spürende«, sagte sie leise. Zuerst weiteten sich Najukas Augen, dann breitete sich ein so liebevoller Ausdruck in ihrem Gesicht aus, dass Sophie fast wieder die Tränen gekommen wären. Dieses Mal aber vor lauter Rührung. »Mein Mädchen«, flüsterte Najuka und streichelte Sophie zärtlich über die Wangen, »ich wusste, dass du für etwas ganz Besonderes geboren bist.«

Als Sophie an diesem Morgen aufwachte, spürte sie noch immer die liebevolle Umarmung Najukas auf ihrem Körper. Sie waren noch lange inmitten des Steinkreises gesessen. Najuka hatte sich an den großen Zentralfelsen gelehnt, und Sophie hatte sich mit Kopf und Schultern in ihren Schoß gekuschelt. Während Najuka ihre Haare gestreichelt hatte, hatte Sophie ihre Geschichte erzählt. Wie auf der Burg in Südtirol wirre Bilder in ihrem Kopf aufgetaucht waren, von der Kapelle in der Nähe des Eibensees, und wie sie langsam kapiert hatte, dass sie das Gedächtnis der Steine lesen konnte. Sie hatte Najuka auch berichtet, dass Nino und Kati sie dabei unterstützt hatten, allerdings strikt dagegen waren, irgendjemandem etwas von Phies Fähigkeit zu erzählen.

Sie hatten sich für die nächste Nacht wieder an Najukas Steinkreis verabredet. Phie würde Amin, Shirin und Jo mitbringen, denn die Jugendlichen brauchten Antworten. Und Najuka war eine Älteste, sie würde am besten erklären können, was es mit dem Öffnen der Tore auf sich hatte.

Sophie streckte sich, kletterte aus ihrem gemütlichen Bett und schlüpfte in ihre Hausschuhe. Ein Blick durchs Fenster verriet ihr, dass es heute wohl nichts mit ihrer geplanten Rodeltour werden würde. Phie hatte sich mit ihrer Volleyballrunde aus Bad Aichbach, die sie im vergangenen Sommer kennengelernt hatte, verabredet, doch es stürmte und schneite draußen, als gäbe es kein Morgen mehr. Der Wind pfiff um die Loggia, irgendwo klapperte ein loser Fensterladen. Dicke Wolken hingen fast bis zu den Büschen und vereinten sich mit dem dichten Bodennebel. Man sah nur wenige Meter weit, und es wirkte so richtig kalt und ungemütlich.

Aber es wurde ein gemütlicher Tag, denn die vier ließen es sich in der warmen Stube gutgehen. Vom reich gedeckten Frühstückstisch wechselten sie nach einem ausführlichen Brunch auf die Wohnzimmercouch, wo sich Jonas in Endlosschleife Folgen von »Tom und Jerry« ansah. Tante Kati las Nachrichten am Computer, und Nino vertiefte sich in ein Buch. Sophie kuschelte sich in eine flauschige Decke und blickte abwechselnd auf den Fernseher und auf ihr Handy, wo sie sich mit Liv über die Geschehnisse der heutigen Nacht austauschte. Dazwischen nickte sie kurz ein, der gut beheizte Ofen machte sie müde und schläfrig.

Erst das Klappern von Geschirr weckte Sophie wieder auf. Kati bereitete Tee und Kakao zu, dazu gab es selbst gebackene Weihnachtskekse. Phie genoss das süße Nichtstun in vollen Zügen. Draußen heulte der Wind, doch drinnen wärmte das Zusammensein mit Nino, Kati und Jonas die Seele. Die Ferien würden bald vorbei sein, und dann hieß es zurück in die Schule. Dieser Gedanke ließ Phie kurz erschaudern, doch sie schob ihn schnell beiseite.

Als Jonas zum Fernseher zurückkehrte und Sophie beim Abräumen half, sprach Kati sie auf die vergangenen Nächte an: »Na, hast du es genossen mit Amin, Shirin und Jo? Wo habt ihr euch denn herumgetrieben?« Phie nickte und versuchte, möglichst unbeschwert zu klingen. Kati und Nino durften nichts von ihrem missglückten Vorhaben beim Rat erfahren. »Es war cool! Wir waren mal hier, mal da«, antwortete sie ausweichend. »Fein«, erwiderte Kati, »heute Nacht wäre es aber wieder einmal an der Zeit, dass du dich mit Nino und mir triffst. Wir haben viel zu besprechen.«

Sophie überlegte fieberhaft, wie sie sich davor drücken konnte. Sie musste unbedingt Najuka besuchen! Sie entschied sich also für eine Notlüge, beziehungsweise für die Halbwahrheit: »Shirin hat heute ein Treffen mit Najuka organisiert. Das ist für mich unheimlich wichtig! Schließlich ist sie eine Älteste!« Kati seufzte: »Na, meinetwegen. Du hast ja recht, so ein Treffen kann dir viel bringen. Es gibt kaum noch Älteste, die bereit sind, ihr Wissen weiterzugeben. Das musst du natürlich ausnutzen. Aber wir dürfen unsere Lehreinheiten nicht zu lange aufschieben, in Ordnung?«

»In Ordnung!«, antwortete Phie erleichtert und zog sich auf die bequeme Couch im Wohnzimmer zurück.

## Kapitel 33

Am späten Nachmittag verabschiedete sich Sophie kurz in ihr Zimmer. Amin, Shirin, Jo und Phie hatten vereinbart, sich um 17 Uhr über die ComUnity auszutauschen. 17 Uhr deshalb, da Amin ja um eine Stunde voraus war und nur um diese Zeit kurz im Internetcafe vorbeischauen konnte. Jeden Abend um kurz nach sechs half er seinem Onkel in dessen Geschäft. Er sortierte die Regale neu, füllte Lebensmittel nach und putzte. Damit konnte sich Amin ein bisschen Geld verdienen, denn sein Vater wurde im Ferienclub zwar relativ gut bezahlt, mit seinen Kindern war er aber alles andere als großzügig. Und ein Computer oder ein Internetzugang kamen ihm sowieso nicht ins Haus.

Amin marschierte also früh genug von daheim los und flitzte wie der Blitz mit seinem Fahrrad durch die engen Gassen, um ein wenig Zeit für seine Freunde herauszuschinden. Er war als Erster online und wartete schon ungeduldig, dass sich Phie, Shirin und Jo einloggten. Über die ComUnity war eine Video-Konferenzschaltung möglich, und daher lachten stets drei Gesichter vom Bildschirm, wenn sich die vier Freunde miteinander unterhielten. Das sah immer wieder witzig aus, und Sophie musste sich oft das Lachen verkneifen, doch dieses Mal blickten alle ernst und besorgt. Schließlich wusste keiner, was mit Phie nach der Schrecksekunde am Eingang des großen Saales passiert war. Und umgekehrt hatte Sophie keine Ahnung, ob ihre Freunde statt ihrer belangt worden waren. Gab es in der Traumdimension Verhaftungen, oder was geschah mit vermeintlichen Gesetzesbrechern?

Ein lautes Kreischen holte Sophie aus ihren Gedanken.

Shirin war ganz aufgelöst: »Phie! Gott sei Dank! Geht es dir gut? Ist alles in Ordnung?« Erst jetzt bemerkte Sophie, wie geschockt alle noch waren. »Ich habe mir solche Vorwürfe gemacht!«, sagte Amin stockend. »Ich bin schuld, dass du in so eine gefährliche Situation geraten bist! Ich hätte alles viel besser vorbereiten müssen und meinen Vater fragen, was es für Schutzbarrieren gibt.« »Und ich hab nur an mich und an Ena gedacht! Ich hatte so sehr gehofft, dass du den Rat dazu bringst, offiziell anzuerkennen, dass es Spürende gibt!«, stimmte Jo in das Wehklagen mit ein. »Es tut mir so leid!«

Phie wurde mit einem Mal ganz ruhig. »Hört zu!«, begann sie mit fester Stimme, »mir geht es gut. Niemand von euch braucht sich Vorwürfe zu machen. Ich hatte mich entschieden, vor den Rat zu treten, und wir haben diese Sache gemeinsam durchgezogen. Wir alle haben nicht bedacht, dass es Sicherheitsvorkehrungen geben könnte. Im Nachhinein ist das logisch, aber im Nachhinein ist man ja immer gescheiter. Wenn euch nichts geschehen ist, dann ist im Grunde nicht viel passiert. Im Gegenteil: Najuka hat mich gerettet und mit in ihre Traumwelt genommen. Sie will mir helfen, meine Fähigkeiten als Spürende beherrschen zu lernen.« Sophie beendete ihren Monolog und sah die anderen aufmunternd an.

Während Jo und Amin noch mit sich haderten, berichtete Shirin: »Uns hat niemand beachtet! Als du verschwunden warst, haben die Wächter den entstandenen Tumult sofort aufgelöst, und alle haben so getan, als wäre nie etwas vorgefallen.« »Das stimmt!«, bestätigte nun auch Jo. »Es gibt allerdings einen Haken.« Sophie schaute ihn fragend an. Jo zögerte, bevor er antwortete: »Gregorius hat dich mit ziemlicher Sicherheit erkannt. Sein Blick und sein hämischer Gesichtsausdruck haben ihn verraten.« »Verdammter Mist!«, entfuhr es Sophie, und Shirin kommentierte: »Ja, das ist eine ziemliche Scheiße!«

Amin wurde unruhig, er musste weiter zu seinem Onkel und durfte sich nicht verspäten. »Ich muss weg! Sehen wir uns heute Nacht?« »Geh nur!«, sagte Jo, »jetzt wissen wir ja, dass alle okay sind. Alles weitere können wir Phie erzählen.« »Mach's gut, Amin!«, verabschiedete sich Sophie. »Ich werde mich heute mit Najuka treffen. Ich glaube, es ist besser, wenn ich zuerst alleine zu ihr gehe. Ich berichte euch dann, wie es war!«

Amin verschwand vom Bildschirm, und nur Shirin und Jo blieben zurück. Erst jetzt getraute sich Phie zu fragen: »Und was war mit Namur? Hat er mitbekommen, dass wir ihn reingelegt haben?« »Nein, keine Sorge«, beruhigte Jo. »Der war viel zu sehr mit seiner eigenen Wichtigkeit beschäftigt. Wir haben ihn gar nicht mehr richtig zu Gesicht bekommen. Er stand vorne beim Rat, und wir hatten leider ganz schlechte Plätze in den hinteren Reihen.«

»Habt ihr dann überhaupt mitgekriegt, was besprochen wurde?«, wollte Sophie wissen. »Ja«, begann Shirin vorsichtig, »und das ist die nächste schlechte Nachricht. Es sieht so aus, als ob es Namur und Gregorius gelungen wäre, den Rat davon zu überzeugen, das Öffnen der Tore bis auf Weiteres zu verbieten.« »Was?« Sophie war fassungslos. »Es soll zuerst eine Arbeitsgruppe gebildet werden, die untersucht, ob wirklich Spürende geboren wurden und ob es nicht andere, weniger dramatische Wege gäbe, um das Weltgeschehen zu beeinflussen«, erzählte Shirin weiter. Es war ihr deutlich anzumerken, wie erbittert sie war. »Und dreimal darfst du raten, wer diese Arbeitsgruppe leiten soll!«, fügte Jo in zynischem Tonfall hinzu. »Nein! Sag, dass das nicht wahr ist!«, stöhnte Phie, »nicht etwa Gregorius?« »Da hast du leider ins Schwarze getroffen.«

Beim Abendessen redete Phie nicht viel. Ihre Gedanken kreisten um das, was sie soeben von ihren Freunden erfahren hatte. Gregorius war dabei, seine Macht weiter auszubauen, das konnte nichts Gutes bringen. Sollte sie Nino und Kati von diesen neuen Entwicklungen erzählen? Nein, sie durfte nicht riskieren, dass die beiden von ihrem waghalsigen Vorhaben, sich vor dem Rat zu offenbaren, erfuhren. Die Erwachsenen hatten es begrüßt, dass Phie sich mit Najuka traf, der sie offensichtlich vertrauten, und mehr brauchten sie im Moment auch nicht zu wissen.

Najuka wartete an der verwurzelten Brücke auf Sophie. Zu zweit wanderten sie auf den Hügel hinauf zum Steinkreis. Najuka hatte keine Eile, und so konnte Phie beim Dahinschlendern allerlei Getier beobachten, das sich im Urwald tummelte: Affen, riesige bunte Schmetterlinge, Schlangen und verschiedenste exotische Vögel. Ein Konzert aus Tierstimmen drang an ihre Ohren, diese Geräuschkulisse hatte sie in der Nacht zuvor gar nicht bemerkt.

Oben angekommen, hockte sich Najuka im Schneidersitz vor dem Zentralstein ins Gras und bat Sophie, ihr gegenüber Platz zu nehmen. Dann sagte sie: »Ich werde mit dir heute eine Reise unternehmen, Sophie. Wir begeben uns an einen Ort, der für die Menschen seit Jahrtausenden als Kraftplatz gilt. Dort ist die Verbindung zwischen unserer Mutter Erde und dem Leben, das aus ihr entstanden ist, besonders groß.« Sophie nickte, sie brachte kein Wort heraus. Najuka lehnte sich an den Felsen und reichte Phie die Hände. Als die Verbindung zwischen den beiden Frauen geschlossen war, begann der Stein in hellstem Grün zu leuchten. Zuerst nur hinter Najukas Rücken, dann breitete sich das Licht über den zentralen Felsen und den ganzen Steinkreis aus.

Sophie schloss wie Najuka die Augen, als der Boden unter ihnen verschwand. Ein warmer Wind ergriff sie und wirbelte sie durch die Nacht. Phie war, als müsste ihr wie bei einem Karussell gleich übel werden, und sie fühlte sich einer Ohnmacht nahe. Plötzlich spürte sie Feuchtigkeit rund um sich. Sie waren am Rande einer Moorlandschaft gelandet. Najuka erhob sich als Erste. »Du solltest dir eine trockene Hose und Gummistiefel herbeiträumen, sonst bekommst du auch noch nasse Füße!«, meinte sie scherzhaft.

Mit einem Augenzwinkern im Traum die Kleidung zu wechseln war für Phie inzwischen ein Leichtes. So stand sie wenig später mit hohen Stiefeln und einem militärgrünen Regenmantel im sumpfigen Gras. »Wo sind wir hier?«, fragte sie neugierig. »Wir sind hier in Wales, genauer gesagt in Snowdonia!«, erklärte Najuka. »Komm, wir steigen auf diesen Hügel da, dann kannst du vor dir das Meer sehen und hinter dir das weitläufige Moor und die karstigen Berghänge.«

Am Hügel angelangt, staunte Sophie nicht schlecht. Das Wetter war zwar nicht allzu gut, doch in der Ferne sah sie das blaue Meer glitzern. Kilometerlange Sandstrände und Dünen sorgten für einen sanften Übergang zwischen dem saftig grünen Land und dem Wasser. An einem breiten Flussdelta lag ein kleiner Fischerort, zahlreiche Boote schaukelten im Hafen. »Wir werden nun in Richtung der Berge gehen«, unterbrach Najuka die Stille. »Es liegt ein Fußmarsch von rund dreißig Minuten vor uns. Ich habe diesen langen Weg gewählt, damit du langsam Kontakt aufnehmen kannst, mit dem, was uns am Ziel erwartet. Öffne deine Sinne, benutze deine Hände als Antennen, und du wirst merken, dass dich dein Körper wie ein Magnet in die richtige Richtung führt.«

Sie wanderten los, zunächst am Kamm des Hügels entlang, dann hinunter zu einem Weg, der am rot-grün blühenden Moor vorbeiführte. Sophie versuchte, tief ein- und auszuatmen. Najuka ließ Phie vorangehen, damit sie ihr eigenes Tempo vorgeben konnte. An Phies Handflächen begann es zu kribbeln, im Nacken stellten sich die Härchen auf und ein warmer Schauer lief ihr wohlig über den Rücken. Es schien, als vibrierte ihr Körper voller Vorfreude auf das, was bald kommen würde.

## Kapitel 34

Es quatschte und matschte unter Sophies Füßen, die Gummistiefel blieben des Öfteren im morastigen Boden fast stecken. Phie suchte nach halbwegs trockenen Stellen, um bequemer voranzukommen, doch das gestaltete sich gar nicht so leicht. Die Landschaft, die vor ihnen lag, war faszinierend und mystisch zugleich. Immer wieder tauchten niedrige Felsformationen auf, die wirkten, als würden sie selbst im Sumpf festsitzen.

Die Berge, die das Hochmoor auf der einen Seite begrenzten, sahen so völlig anders aus, als Sophie sie aus ihrer alpinen Heimat kannte. Eigentlich wirkten sie wie abgerundete, höhere Hügel, die mit Steinplatten übersät waren. Das Seltsame daran war, dass die einheimischen Bauern die typischen englischen Trockensteinmauern nicht nur über die Wiesen, sondern auch über die Gebirgszüge hochgezogen hatten.

Überall begegneten Najuka und Sophie kleinen, wolligen Schafen, die sofort die Flucht ergriffen, wenn sie die beiden Frauen erblickten. Hoch oben zog ein Bussard seine Kreise, auf der Jagd nach jungen Hasen und Mäusen.

Als sie an zwei Bergseen angelangt waren, blieb Phie stehen und ließ ihren Blick zurück Richtung Meer schweifen. Wie viele Kilometer hatte sie wohl schon hinter sich gebracht? War es noch weit? Die eindrucksvolle Landschaft und die Anstrengung hatten Phie abgelenkt, sie spürte das Kribbeln in den Händen kaum noch, und ihr Körper war hauptsächlich damit beschäftigt, sich mit genug Sauerstoff zu versorgen.

Najuka hatte inzwischen ihre Erscheinung gewechselt, sie war wieder die junge, agile Zwanzigjährige, als die Phie sie ursprünglich kennengelernt hatte. Najuka liebte es, sich in der Traumdimension leichtfüßig, ohne die körperlichen Bürden des Alters fortzubewegen, beim Steinkreis brauchte sie aber alle Erfahrungen und all die Weisheit, die in ihr wohnte – und dazu offensichtlich auch ihren gealterten Körper. Sophie tat sich immer noch schwer, die beiden Frauenbilder in Einklang zu bringen, eine Urgroßmutter war in ihrer Vorstellung eben ein altes, buckliges Weiblein mit tiefen Falten im Gesicht. Diese Najuka kam ihr mit jugendlichem Elan hinterher und schien sich überhaupt nicht anstrengen zu müssen.

»Einen Apfel als Stärkung?«, fragte Najuka und streckte Sophie eine glänzend rote Frucht entgegen. Gut, zu dieser Szene passte nun wirklich die junge Najuka besser, in ihrer alten Gestalt hätte sie gewirkt wie die böse Hexe in Schneewittchen. Phie schmunzelte innerlich und nahm den Apfel dankbar entgegen.

»Was spürst du jetzt?«, fragte Najuka, als Phie die Frucht mit Putz und Stängel verspeist hatte. Sophie schluckte, räusperte sich und versuchte, in sich hineinzuhorchen. »Das Gefühl vom Anfang ist fast weg«, antwortete sie, »in meinen Handflächen kribbelt es noch ein bisschen, aber sonst spüre ich hauptsächlich meinen schnellen Atem und meinen Herzschlag.« »Du siehst also: Deine menschlichen Bedürfnisse überdecken noch sehr stark deine Fähigkeiten als Spürende«, erläuterte Najuka. »Das ist ganz normal. Du stehst ja noch am Anfang. Es wird in der nächste Zeit darauf ankommen, dass du lernst, deinen Körper in eine Art Ruhezustand zu bringen, damit dein Geist frei werden kann.« »Kann ich mir das wie den Trancezustand bei einer Hypnose vorstellen?«, wollte Sophie wissen. »So ungefähr, ja!«, bestätigte Najuka, »nur dass in deinem Fall nicht der Geist, sondern der Körper in Trance versetzt wird. Dein Geist muss wach bleiben, damit er in Sphären eintauchen kann, die normalen Menschen niemals zugänglich werden. Ich werde dir jetzt ein paar Atem- und Bewusstseinsübungen zeigen, die du vielleicht von Yoga oder Ähnlichem kennst.«

Je ruhiger Sophies Atem wurde und je mehr sich ihr Körper entspannte, desto stärker fühlte sie wieder das Kribbeln in den Händen. Ihre ganze Haut schien auf Empfang zu stellen, jede Zelle vibrierte. Phie strahlte über beide Ohren. Das war für Najuka das Zeichen, weiterzugehen. »Versuche, dieses Gefühl aufrechtzuerhalten. Es ist jetzt nicht mehr weit, nur mehr da vorne um die Biegung herum. Geh so langsam, wie es nötig ist, damit du geistig auf Empfang bleiben kannst«, forderte sie Phie auf.

Sophie ging bedächtigen Schrittes weiter und achtete nicht mehr auf sumpfige Stellen oder die Landschaft rundherum. Sie konzentrierte sich vollends auf das herrliche Gefühl, das sich immer mehr in ihrem Körper ausbreitete. In ihrem Bauch brannte ein Feuer, dessen Wärme nach und nach ihre Beine, ihre Brust, ihre Arme und ihren Kopf erfüllte. Es war eine Mischung aus freudestrahlender Erwartung und unendlicher Liebe. Je näher sie der Biegung kamen, desto mehr begann es, in Phies Kopf zu rauschen. Ein Gewirr aus Stimmen umgab sie, ein Wispern, ein Flüstern, das sie noch nicht deuten konnte.

Als sie um die letzte Kurve bogen, wusste Sophie, dass sie am Ziel angekommen war. Vor ihr lag auf einer leichten Anhöhe, mitten in der grünen Wiese, eine Krone aus Stein. Najuka schloss zu Sophie auf und sagte voller Ehrfurcht: »Das hier ist einer der ältesten Steinkreise der Menschheit. Er verbindet unseren Planeten Erde mit dem Leben auf ihm, mit der Traumdimension, mit dem Jenseits und mit allen Welten, die sonst noch außerhalb unseres Bewusstseins existieren.«

Phie war geblendet und ergriffen von dem Licht, das die steinerne Krone aussandte. Wie die Kapelle am Eibensee erstrahlte dieser Ort in einem goldenen Schein, der bis zum Himmel reichte. Najuka nahm Sophies Hand und sagte: »Wir betreten nun zu zweit diese heilige Stätte. Dir kann nichts geschehen. Lass dich von der Liebe und Weisheit der Steine erfüllen und höre, was sie dir zu sagen haben.«

Hand in Hand schritten die beiden Frauen vorwärts. Vor Jahrtausenden hatten die Menschen der Vorzeit schmale Felsblöcke nebeneinander zu einem Kreis aufgestellt und das Innere mit flachen Platten ausgelegt. Der Untergrund hatte inzwischen wohl etwas nachgegeben, denn die äußeren Steine standen schief, und der Boden war mehr als holprig. In den Ritzen wuchsen Gras, Moose und Flechten. Der Zentralstein war nicht viel höher als die Umrandung, doch mehrere Streifen von glitzerndem Bergkristall durchzogen ihn. Wegen dieser Besonderheit hatten die Menschen damals wohl diesen Felsen als gewichtigen Mittelpunkt ausgewählt.

Als Sophie das Innere der Steinkrone betrat, wurden die Stimmen in ihrem Kopf immer deutlicher. Najuka führte sie ins Zentrum, ließ dann die Hand des Mädchens los und hielt beide Hände über den Mittelstein. Sophie tat es ihr nach. Der Bergkristall begann grün zu leuchten, und plötzlich schoss ein farbiger Strahl in die Höhe und verband sich mit den Händen der beiden Frauen. Jetzt schienen die Steine mit Sophie zu kommunizieren. Sie murmelten und flüsterten, gleichzeitig tauchten Bilder in Sophies Kopf auf, die das Gesprochene sichtbar werden ließen. Phie sah Kampfszenen, Opferrituale, Kindersegnungen, geglückte Verhandlungen, enttäuschende Beratungen, Hochzeiten. Und sie gewann Einblick in eine Welt, die sie nie zuvor gesehen hatte. Da gab es nur Farben, Schwingungen, Liebe, Wärme, Geborgenheit und Glückseligkeit.

Nach einer Weile spürte Sophie plötzlich Najukas Hände auf ihrem Rücken. Sie hatte ihre Begleiterin gar nicht mehr wahrgenommen, so sehr war sie in ihren Empfindungen versunken. Najuka bedeutete Phie, die Verbindung mit dem Zentralfelsen zu lösen, und führte sie aus dem Steinkreis. Die beiden Frauen stiegen von der Anhöhe herab und machten sich langsam und schweigend auf den Weg zurück. Erst als die Biegung hinter ihnen lag und die Steinkrone außer Sichtweite war, begann Najuka zu sprechen.

»In dir steckt eine ungeheure Begabung, mein Kind«, sagte sie feierlich. »Mutter Erde sieht in dir eine Botschafterin des Guten.«

Sophie war von dem, was sie soeben erlebt hatte, noch völlig gefangen und konnte kaum in Worte fassen, was sie dachte oder fühlte. Phie wusste nur eines: Sie würde für immer eine Sehnsucht nach diesem unfassbaren Gefühl des bedingungslosen Angenommenseins, das sie bei den heiligen Steinen verspürt hatte, in sich tragen. Und sie wollte dieses Erlebnis wiederholen, koste es, was es wolle.

»Weißt du, Sophie«, fuhr Najuka fort, »ich fühle zwar auch die Macht und Energie eines solchen Platzes, doch die Steine sprechen nur mit dir und anderen Spürenden. Nur ihr könnt das Gedächtnis dieser Orte lesen und ihre Bedeutung als Tore zu anderen Dimensionen verstehen.« »Aber woher wusstest du dann, dass genau hier in Wales solch ein Ort liegt?«, wunderte sich Phie, die ihre Sprache wiedergefunden hatte. »Durch Überlieferungen«, antwortete Najuka. »Wir Älteste geben untereinander jene Stellen weiter, die schon einmal als Tore benutzt wurden. Diese Steinkrone ist der eindeutige Beweis dafür, dass du eine Spürende bist, und es wird deine Aufgabe sein, noch weitere solche Orte zu finden.«

Sophie nahm Najukas Antwort schweigend auf, ihr Blick glitt in die Ferne zu den beiden Bergseen, und in diesem Moment sah sie undeutlich, wie sich dort etwas bewegte.

Spazierte da tatsächlich eine bunt gekleidete Gestalt mit einem Hund umher? »Najuka, da vorne ist jemand«, flüsterte sie alarmiert. Najuka legte ihre Hand an die Stirn, um besser sehen zu können. »Ja«, bestätigte sie schließlich lapidar, »da führt jemand seinen Hund Gassi.« »Aber wie ist das möglich?«, fragte Sophie aufgebracht. »Wir sind doch in unserem Traum! Hast du jemanden herbestellt?«

Najuka lächelte: »Derjenige wird uns begegnen, doch er wird uns nicht sehen. Wir sind in unserer Traumwelt und doch in der Realität, unabhängig von Raum und Zeit. Es gibt noch viel mehr Verbindungen zwischen Himmel und Erde, Sophie, als du ahnst.«

## Kapitel 35

Über Nacht hatte es ordentlich geschneit, alles erschien wie in Watte gepackt, Bäume und Büsche bogen sich unter der weißen Last. Der Wetterbericht prophezeite für die nächsten Tage strahlenden Sonnenschein, und so nützten Kati, Nino, Sophie und Jonas die prächtige Winterlandschaft für ausgedehnte Spaziergänge und Langlauftouren.

Abends traf sich Sophie mit ihrer Beachvolleyballrunde zum Mondscheinrodeln und fiel dann todmüde ins Bett. Sie kam auch weiterhin mit Najuka zusammen. Nachdem sie Kati und Nino berichtet hatte, welche Fortschritte sie dank Shirins Urgroßmutter machte, hatten die beiden weiteren nächtlichen Reisen mit dem Steinkreis zugestimmt. Einzige Bedingung blieb, dass niemand sonst von Sophies Training erfahren durfte. Allerdings wussten Amin, Shirin und Jo schon längst Bescheid und waren bei der zweiten Wanderung zur walisischen Felsenkrone hautnah dabei. Die drei waren überwältigt von der Energie, die dieser Ort aussandte, doch ihre Empfindungen ließen sich mit Phies Wahrnehmungen überhaupt nicht vergleichen.

Amin, Shirin und Jo hörten fasziniert zu, wenn Phie berichtete, was die Steine ihr offenbart hatten, und Sophie fühlte sich ihrerseits sicher und geborgen, wenn ihre Freunde mit von der Partie waren. Najuka entging nicht, wie sehr die anderen Phie durch ihre Anwesenheit stärkten, und sie schlug daher vor, dass sie auch bei weiteren geplanten Reisen zu anderen Kraftplätzen dabei sein sollten.

Die Winterferien gingen zu Ende, und für Phie und Jonas stand die Heimreise bevor. Sophie schauderte vor dem Gedanken, wieder die Schulbank drücken zu müssen, zumal noch mehrere Schularbeiten und Prüfungen auf dem Programm standen. Sie hatte in den Ferien absolut nichts gelernt, und das würde sie in den nächsten Wochen nun büßen müssen. Jonas dagegen freute sich schon wieder auf seine Mitschüler und Freunde und konnte es kaum erwarten, seinen Schulrucksack zu packen.

Als die beiden Kinder im Zug Richtung Heimat saßen und die mit Schnee bedeckte Landschaft an ihnen vorbeiraste, wanderten Sophies Gedanken zu ihrem Vater. Er war der einzige Grund, warum sie wieder nach Hause wollte. Sophie vermisste es, bei ihm zu sein, ihn zu berühren, mit ihm zu sprechen. Mira hatte ihr zwar am Telefon gesagt, dass er die Infektion überstanden hatte und auf dem Weg der Besserung war, aber Sophie wollte das mit eigenen Augen sehen. Wenn sie bei Robert in der Rehaklinik war, hatte sie immer das Gefühl, durch ein besonderes Band mit ihm verbunden zu sein. Sie waren auch ohne Worte energetisch auf einer Wellenlänge. Sooft Phie konnte, sprach sie ihrem Vater Mut zu, er durfte nicht aufgeben, er musste wieder gesund werden!

Schon nach den ersten Schultagen war klargeworden, dass Sophie weder mit der Frau »Ich weiß ja alles besser«-Deutschlehrerin noch mit dem Herrn »Ach, ich bin ja so wichtig«-Chemieprofessor jemals gut Freund werden würde. Mira hatte zwar bei den Sprechstunden ordentlich die Mitleidsschiene bedient und auf die Tränendrüsen gedrückt, aber das half nur wenig. Die Lehrer schienen zwar etwas mehr Rücksicht auf Sophies Situation zu nehmen, aber bei der kleinsten Verfehlung gab es für Phie wieder ein riesiges Donnerwetter. Die Schule konnte ihr wirklich gestohlen bleiben.

Zumal sie in der Nacht eine viel bedeutendere Mission zu erfüllen hatte. Najuka reiste mit den Jugendlichen an die verschiedensten Orte: zu Steinkreisen in England und in Malta, zu Dolmen in Italien und Russland und zu Pyramiden in Mexiko und Guatemala. Sophie lernte immer besser, die Orte zu lesen, sogar wenn sie von lauter Touristen umgeben war. In der berühmten Inka-Festung Macchu Picchu wollte Najuka Sophies Konzentration testen und wählte einen Zeitpunkt, als es vor Besuchern geradezu wimmelte. Für Phie eine völlig absurde Situation: Sie stand in Trance vor dem Opferplatz, neben ihr posierten japanische Touristen für Selfies und fotografierten quasi durch Sophie hindurch! Doch Phie entwickelte immer mehr Selbstbewusstsein als Spürende und ließ sich nicht aus der Ruhe bringen. Gerade die Ruinen der Inkas waren ein Ort, ähnlich wie die Steinkrone in Wales, der sich für das Öffnungsritual eignen würde.

Auch Nino und Kati überzeugten sich von Sophies Fortschritten. Sie begleiteten Najuka und Phie zu einem Hügelgrab in Irland. Amin, Shirin und Jo blieben da natürlich in ihren eigenen Traumwelten, denn nach wie vor galt für die Erwachsenen höchste Geheimhaltung, und Sophie wollte keinen zusätzlichen Ärger. Zudem ging laut Nino und Kati unter den Träumern das Gerücht um, dass Gregorius mit seiner Untersuchungsgruppe ebenfalls historisch bedeutende Stätten anpeilte, um mögliche Spürende aufzustöbern. Vorsicht war also durchaus angebracht.

Und da gab es ja auch noch Liv. Liv war Phies beste Freundin und größte Stütze im so beschwerlichen Alltag. Sie saßen in der Schule nebeneinander, verbrachten jede Pause gemeinsam und trafen sich auch am Nachmittag so oft es ging. Wenn es, wie meist, in der Stadt regnete, tranken sie in ihrem Lieblingscafé eine heiße Schokolade, bei schönem Wetter spazierten sie durch den Park zur großen Weide am Fischteich. Liv und Sophie hatten sich sogar eine Isomatte besorgt, damit sie zumindest für eine gewisse Zeit auf ihrem Lieblingsplatz sitzen konnten. Da die Parkbänke im Winter abmontiert waren, brauchten sie eine wärmende und trockene Unterlage, um auf dem Boden Platz nehmen zu können.

Liv war in alles eingeweiht, was Phie in ihren Träumen erlebte. Sie hatte ihr damals beigestanden, als Sophie zur verbotenen Traumgrenze aufgebrochen war, und sie hatte erlebt, dass Kati und Nino ihre Freundin retten konnten, weil sie ebenfalls Traumgestalter waren. Liv wusste über Gregorius Bescheid, sie kannte sein alter Ego in der realen Welt, Ludwig Zaltuoni, und sie verfolgte aufmerksam und mit Begeisterung Sophies Reisen mit Najuka. Jeden Tag erstattete ihr Phie ausführlich Bericht, was in der Nacht zuvor geschehen war und was in der kommenden Nacht auf sie warten würde.

Um diese besondere Verbindung zwischen den Freundinnen wusste auch Najuka, und so wunderte es Phie nicht, als diese ihr eines Nachts eine neue Aufgabe stellte und Liv dabei mit einbezog: Während sie ihre Traumreisen um die ganze Welt führten, sollte Sophie gemeinsam mit Liv die unmittelbare Umgebung erkunden. Die beiden Mädchen sollten herausfinden, wo es rund um ihre Heimatstadt alte Kapellen, mystisch-historische Orte oder Spuren frühester Besiedlung gab.

Liv war sofort Feuer und Flamme. Während Sophie ihren Vater besuchte, marschierte Liv in die Universitätsbibliothek und stöberte stundenlang in Büchern, Katalogen und Zeitschriften. Am Abend saßen die beiden in Phies Zimmer auf dem Bett, und Liv breitete ihr gesammeltes Material vor ihnen aus. »Stell dir vor!«, berichtete sie aufgeregt: »Was für ein Glück! Ich bin mit einem Professor ins Gespräch gekommen, der wissen wollte, was so eine junge Dame wie ich in der Uni-Bibliothek sucht, und dann hab ich ihm halt erzählt, was ich recherchierte. Es hat sich herausgestellt, dass er sich in Geomantie auskennt, und er hat mir dann eine Karte von der Stadt kopiert, mit allen Energielinien drauf, die es gibt. Und fast alle gehen von Kapellen aus, die erhöht rund um uns herum liegen. Wir leben sozusagen in einem heiligen Kraftfeld! Ist das nicht irre?«

Liv redete ohne Punkt und Komma, sie war so begeistert von den Erkenntnissen, die sie an diesem Tag gewonnen hatte, und wollte am liebsten sofort los, um eine der Kapellen zu besuchen. Doch es war mittlerweile spät und dunkel geworden, noch einmal loszuziehen wäre ein Ding der Unmöglichkeit gewesen!

So vertröstete Sophie ihre Freundin aufs Wochenende: »Ich such mir bis zum Samstag alle Busverbindungen zu den einzelnen Kapellen raus, und dann klappern wir am Wochenende alle ab, die wir schaffen, ok? Daheim sagen wir einfach, dass wir miteinander lernen, dann fällt niemandem was auf.« »Aber was ist mit deinem Vater?«, warf Liv ein, »du besuchst ihn doch normalerweise auch am Sonntag?« »Ich weiß«, antwortete Sophie, »aber ich mache das alles in erster Linie für ihn! Wenn alle Tore bis zum Blutmond geöffnet sind und auch Nichtträumer in die Traumdimension kommen können, dann besteht die Chance, dass ich ihn zu mir auf meine Insel holen kann. Egal wie krank oder gesund er in der Realität zu dieser Zeit sein wird, verstehst du?«

»Ja!«, nickte Liv, »aber dazu ist es wichtig, dass wir einen Ort in unserer Nähe finden, der sich als Tor eignet, richtig?«
»Genau!«, bekräftigte Sophie. »Ich hoffe, dass mein Dad bis zum Blutmond so fit ist, dass wir ihn mit dem Rollstuhl zu dieser Kapelle oder was immer es sein wird, bringen können.« Und dass er bis dahin noch lebt, fügte Phie in Gedanken hinzu, getraute sich aber nicht, es laut auszusprechen. Man durfte den Teufel nicht an die Wand malen.

## Kapitel 36

Liv und Sophie hatten den Samstag bis ins kleinste Detail geplant. Um 9.30 Uhr trafen sie sich beim Busbahnhof, ausgerüstet mit Skianzug, winterfesten Schuhen und Gamaschen, damit die Füße bei Tiefschnee nicht nass wurden. Die Wege zu den meisten Kapellen wurden zwar im Winter geräumt und gestreut, aber man konnte ja nie wissen. Handschuhe und Mützen hatten sie natürlich auch dabei, zumal neuerlicher Schneefall angesagt worden war. Gegen die Kälte wappneten sich die Mädchen mit Handwärmern und einer Thermoskanne voller heißem Früchtetee. Liv hatte sich auch noch eine Packung Lebkuchen in den Rucksack gesteckt – als Notproviant.

Der Bus startete um 9.40 Uhr in Richtung Zirl, einem kleinen Ort rund 30 Kilometer westlich von ihrer Heimatstadt entfernt. Phie und Liv machten es sich auf der hintersten Sitzreihe bequem. An einem Samstagvormittag hatte der

Bus zwar nur wenige Gäste, aber auf den Straßen herrschte dafür ordentlich Verkehr. Sie passierten Haltestelle um Haltestelle, Menschen stiegen geschäftig ein und aus, manche sprachen angeregt in ihr Handy. Das letzte Stück der Fahrtstrecke führte auf der einen Seite an einem breiten grünen Fluss entlang, und auf der anderen ragte die steile Martinswand in die Höhe. Von diesem Felsenmassiv, auf dem sich einst Kaiser Maximilian verstiegen hatte und der Legende nach von einem Engel gerettet worden war, hatte die Kapelle, die Liv und Phie nun besuchen wollten, ihren Namen.

Nachdem sie angekommen waren, ging es zunächst vom Zirler Dorfplatz aus auf einer Straße und später auf einem kleinen Wandersteig recht steil bergauf. Zum Glück war der Weg gut präpariert, sonst wäre der Fußmarsch zu einer unvermeidlichen Rutschpartie geworden. Sophie schritt voran, Liv keuchte hinterher und bereute, dass sie das Konditionstraining beim Volleyball so wenig ernst genommen hatte.

Die kleine Kapelle am Hang war ein barockes Juwel: Überall lachten pralle Engelchen vom pastellfarbenen Hintergrund, der Altar war mit reichlich Blattgold geschmückt, Wand und Decken zierten prächtige Stuckarbeiten. Liv und Sophie setzten sich in die hölzernen Bankreihen. Rund um sie herum herrschte eine feierliche Stille. Es war kalt in der Kirche, und man konnte fast den eigenen Atem sehen. Phie schloss die Augen und konzentrierte sich auf das, was ihr dieser Ort sagen wollte. Sie sah Menschen aus dem Dorf, die um Heilung oder Beistand flehten, spürte Verzweiflung, Hoffnung und Trauer.

Eine männliche Stimme holte Sophie aus ihrer Trance, Liv, die bislang ruhig neben ihrer Freundin gesessen hatte, blickte irritiert nach hinten, wo gerade die schwere Holztüre geöffnet wurde. Zwei junge Männer betraten den Kirchenraum – offensichtlich Touristen, denn sie waren mit Rucksack und Fotoapparaten bewaffnet. Die beiden unterhielten sich lautstark in einer fremdländischen Sprache, doch als sie die Mädchen entdeckten, senkten sie ihre Stimme und flüsterten nur noch. Ansonsten nahmen die Männer wenig Rücksicht, wanderten in dem Kirchlein umher und knipsten alles Mögliche mit ihren Fotoapparaten.

Liv blickte Sophie fragend an: »Sollen wir gehen?« »Okay«, erwiderte Sophie. »Ich hab alles gesehen.« Die beiden traten seitlich aus den engen Sitzreihen hinaus. Als sie sich zum Ausgang wandten, winkten ihnen die Touristen freundlich zu. »Die waren vielleicht lästig!«, schimpfte Liv, als die Tür hinter ihnen zugefallen war. »Tja, es war ihnen vermutlich im Nachhinein unangenehm, so wie sie sich bei uns verabschiedet haben«, meinte Phie besänftigend, »und die Kapelle eignet sich ohnehin nicht.« »Nicht?« Liv klang enttäuscht. »Es wäre ja zu schön gewesen, wenn gleich der erste Ort für das Öffnungsritual gepasst hätte!«

In diesem Moment ging das Kirchenportal auf, und die beiden Männer traten ins Freie. Lächelnd marschierten sie an den Mädchen vorbei und machten sich auf den Weg ins Dorf. Liv und Sophie wanderten hinterher und mussten sich des Öfteren ein Lachen verkneifen, denn die Touristen hatten offensichtlich schlechtes Schuhwerk an. Ein um das andere Mal rutschte einer der beiden aus und konnte sich nur mit halsbrecherischen Verrenkungen vor einem Sturz bewahren. Am Ende des Wanderwegs stiegen die jungen Männer in ein dort geparktes Auto, während Liv und Phie weiter zur Bushaltestelle am Dorfplatz gingen.

Alles klappte wie am Schnürchen. Pünktlich zu Mittag waren die beiden Mädchen wieder in der Stadt und genehmigten sich einen herzhaften Kepab. Das kalte Mineralwasser erwies sich als Fehler, denn jetzt fröstelte es Sophie von innen, doch im Bus Richtung Hötting konnte sie sich wieder etwas aufwärmen. Auf dem Weg zum Höttinger Bild bereuten die Mädchen, dass sie keine Rodeln mitgenommen hatten. Überall auf der Strecke tummelten sich Familien mit Kindern, die dem rasanten Wintervergnügen frönten. Man musste auf der Seite gehen, wollte man nicht niedergefahren werden.

Das Kirchlein selbst stand auf einer Lichtung mitten im Wald, umringt von hohen Laub- und Nadelbäumen. Von den Rodlern kehrten nur wenige in der Kapelle ein, denn das letzte Stück des Weges war flach und für die Kinder daher uninteressant. Deshalb herrschte schon am Vorplatz eine fast magische Stimmung. Die Kirche wirkte schlicht, und die Augen mussten sich erst an das düstere Licht im Innenraum gewöhnen. Unzählige rote Opferkerzen leuchteten am Gitter vor dem Altar. Auch hier beteten die Menschen um Beistand und Hilfe. Doch von barockem Glanz war nichts zu sehen.

Phie erkannte in den Erinnerungen des Ortes viel Armut und Leid, aber genauso auch eine besondere Energie, die aus einer Zeit weit vor der Erbauung des Kirchleins stammte. Mensch und Tier wurden von diesem Kraftplatz seit jeher angezogen, doch ein Tor zur Traumdimension würde sich hier nicht öffnen lassen. Bevor sie die Kapelle verließen, kramte Sophie ein 50-Cent-Stück aus ihrer Hosentasche. Sie warf es in eine dafür vorgesehene blecherne Kasse und nahm eine neue Opferkerze aus dem daneben stehenden Karton. Beim Anzünden hatte Sophie nur einen Gedanken: »Bitte, lass meinen Vater wieder gesund werden!«

Das fröhliche Lachen der Kinder auf der Rodelbahn vertrieb Sophies traurige Gedanken. Gemeinsam liefen und rutschten Liv und Phie den Weg nach unten und hielten sich kreischend fest, wenn eine von ihnen zu stürzen drohte. Zurück auf der Straße, kam ihnen ein Parksheriff entgegen, der fleißig Parkzettel verteilte. »Puh!«, kommentierte Liv, »da wird es für einige nach der lustigen Rodelpartie eine unangenehme Überraschung geben!« Im selben Augenblick fiel Sophie ein dunkler Kombi mit ausländischen Kennzeichen auf: »Sag mal, das Auto da drüben, vor dem Parkautomaten, gehört das nicht den beiden Touristen, denen wir bei St. Martin begegnet sind?«

Liv runzelte misstrauisch die Stirn: »Ich bin mir nicht ganz sicher, aber es könnte sein. Hast du sie auf dem Weg zum Höttinger Bild irgendwo gesehen?« Sophie überlegte: »Nein, habe ich nicht. Vielleicht wohnen die beiden Männer ja hier irgendwo in einer Pension, oder ich täusche mich mit dem Auto. Egal, lass uns zur nächsten Kirche düsen!«

Der Bus wartete schon in der Haltestelle, Liv und Sophie mussten die letzten paar Meter laufen, um ihn nicht zu versäumen. »Uff, so ein Glück!«, seufzte Liv. »Jetzt bleiben wir im Plan!« »Ja, denn der Bus nach Rinn fährt nur jede Stunde, aber so geht es sich gut aus«, fügte Phie hinzu. Die Kirche von Judenstein, der nächste Ort, der sein Gedächtnis für Sophie öffnen sollte, lag nur noch zwei Busfahrten entfernt.

## Kapitel 37

»Na, das glaub ich jetzt aber nicht!«, entfuhr es Liv, und sie deutete entgeistert in Richtung des Parkplatzes, der für die Kirchenbesucher errichtet worden war. Noch bevor Liv und Phie in Judenstein den kleinen Fußweg von der Busstation zur Kapelle zurückgelegt hatten, stiegen die beiden jungen Männer vom Vormittag aus ihrem dunklen Kombi. Sie winkten den Mädchen fröhlich zu und stapften mit ihren Fotoapparaten zum Kirchenportal. »Das kann aber jetzt kein Zufall mehr sein, oder?«, wunderte sich Phie. »Und das Auto, schau dir das Nummernschild an, das stand in Hötting!« »Jep, du hast absolut recht«, bemerkte Liv knapp: »Was wollen die von uns?«

»Wenn ich das wüsste«, antwortete Sophie, »andererseits: Wenn die uns wirklich aus irgendeinem Grund verfolgen, warum zeigen sie sich so offen und winken uns zu? Da müssen wir sie ja praktisch erkennen!« »Hmmh, ja, das ist eigenartig«, überlegte Liv: »Was sollen wir jetzt machen? Ich will auf keinen Fall gleichzeitig mit denen in der Kirche sein!« »Ich auch nicht!«, pflichtete Sophie ihrer Freundin bei. »Weißt du was? Wir haben genug Zeit, bis der nächste Bus zurück in die Stadt geht. Setzen wir uns dort drüben ins Café und trinken eine heiße Schokolade. Wenn die Männer ihre Fotos gemacht haben und wieder weg sind, dann besuchen wir die Kapelle.« »Beste Idee ever!«, grinste Liv. Ein süßes und heißes Getränk konnte jetzt nur guttun.

Die beiden Mädchen hatten ihre Schokolade noch gar nicht fertig getrunken, da kamen die Männer schon wieder aus der Kirche und gingen zu ihrem Wagen. Liv und Phie beobachteten die beiden, wie sie offensichtlich über etwas heftig debattierten. »Der große Blonde wäre ja eigentlich ganz süß«, meinte Liv, »aber der andere ist mir zu bullig, so klein und muskulös!« »Mir sind beide einfach nur unheimlich«, erwiderte Phie und schüttelte sich. »Lass uns zahlen und in die Kirche gehen. Langsam bin ich froh, wenn ich wieder nach Hause komme.«

Als Sophie die Tür der Kapelle öffnete, waren die Männer immer noch nicht losgefahren. Phie hoffte inbrünstig, dass die beiden ihnen nicht in den Kirchenraum folgten, und bat Liv, die beiden im Auge zu behalten, während sie selbst über die Schwelle trat. »Geht klar!«, reagierte Liv prompt.

Phie setzte sich in die erste Reihe vor den Stein, der diese Kirche weit über die Landesgrenzen hinaus bekannt gemacht hatte. Angeblich soll an dieser Stelle ein kleiner Junge von jüdischen Kaufleuten, die ihn seinem Großvater abgekauft hatten, getötet worden sein. Es hatte in früheren Jahren einen regelrechten Kult um den armen Knaben gegeben. Menschen von nah und fern waren hierher gepilgert, und viele hatten daran gutes Geld verdient. Erst in neuerer Zeit hatte es ein mutiger Bischof geschafft, das Ganze als das zu entlarven, was es war: eine frei erfundene Horrorgeschichte, die dazu diente, sich auf Kosten der verfolgten Juden zu profilieren.

Was die Steine Sophie an diesem Ort verrieten, war eine Bestätigung dessen, was der Bischof längst festgestellt hatte. Kein Kind war an dieser Stelle zu Schaden gekommen. Jenes Skelett, das hier einst gefunden wurde, stammte von einem viel älteren Mädchen, das durch die Pocken hinweggerafft worden war. Sophie spürte viel Gemeinheit und Hinterlist in der Kirche von Judenstein. Ein Ort, der einmal den Menschen Energie geschenkt hatte, war durch den falschen Kult auf immer geschädigt worden. Sie fühlte sich nicht wohl, sie fröstelte und stand mit einem Ruck auf.

»Hier ist nichts!«, sagte sie draußen zu Liv. »Lass uns heimfahren!« Ihrem Gesichtsausdruck entnahm die Freundin jedoch, dass es nichts Schönes gewesen sein konnte, was Phie an diesem Ort erfahren hatte. Zumindest Liv hatte eine gute Nachricht: »Die beiden Männer sind weg. Ich hoffe, jetzt sind wir sie los!« Die Dunkelheit war inzwischen hereingebrochen, und die Straßenlaternen leuchteten die Wege nur spärlich aus. Zum Glück bog der Bus bald um die Ecke und brachte die beiden Freundinnen sicher in die Stadt zurück. Am Bahnhof verabschiedeten sich Liv und Phie, jede hatte einen anderen Heimweg.

»Bis morgen!«, rief Sophie, »ich hole dich um elf vor dem Stadtpark ab!« »Passt!«, gab Liv zurück. Liv sang nämlich schon seit Jahren beim Jugendchor des Theaters, und am Sonntagvormittag war eine Probe für das nächste große Konzert einberufen worden. Das Theater lag neben dem Park, und so wollten Liv und Sophie am nächsten Tag direkt von dort zu ihrem nächsten Energieplatz aufbrechen.

»Hallo, Mama! Jonas?«, rief Sophie im Vorhaus, nachdem sie mit ihrem Schlüssel aufgesperrt hatte. Alles war dunkel, nur aus dem Wohnzimmer flackerte das bunte, unruhige Licht des Fernsehers. Man hörte das Kreischen und Quietschen irgendwelcher Zeichentrickfiguren. Phie schlüpfte aus Stiefeln und Skianzug und schlich, ohne Licht zu machen, ins Wohnzimmer. Mira und Jonas lagen eng aneinandergekuschelt auf dem Sofa. Jonas blickte Phie mit großen Augen an, legte den Zeigefinger an die Lippen und deutete seiner Schwester, leise zu sein. Als Sophie näher herantrat, flüsterte er: »Mami ist eingeschlafen, bei Papa war es heute wohl sehr anstrengend.« »Dann lassen wir sie schlafen!«, meinte Sophie. »Ist noch etwas zum Essen da?« »Ja, steht im Kühlschrank!« Jonas versank noch tiefer in der flauschigen Decke, die Mutter und Sohn wärmte.

Sophie machte sich die Reste der Nudeln mit Tomatensauce warm, die Mira heute gekocht hatte. Ein stärkendes Mahl tat jetzt gut, schließlich war sie den ganzen Tag in der Kälte unterwegs gewesen. Ihre Gedanken wanderten noch einmal zu den beiden Männern zurück, die ihnen bei den Kapellen begegnet waren. Konnte es so einen Zufall wirklich geben, dass zwei Touristen ausgerechnet am selben Tag wie Liv und sie dieselben Kirchenhäuser aufsuchten? Eher nicht, meldete sich eine mahnende Stimme in ihrem Kopf. Aber wenn die Männer Liv und sie verfolgten – aus welchem Grund sollten sie das tun?

Phie musste sich unbedingt mit Najuka und den anderen besprechen. Nino und Kati wollte sie nichts von ihren unangenehmen Begegnungen erzählen, da die beiden noch nicht wussten, dass sich Sophie auch in der Realität auf die Suche nach Kraftorten machte. Nino und ihrer Tante würde dieses Vorhaben sicher als zu gefährlich erscheinen, und vielleicht hatten sie ja auch recht!

Phie las noch ein wenig in dem Buch, das sie für den Deutschunterricht brauchte, als es plötzlich an ihrer Türe klopfte. »Ja?«, rief Sophie. »Komm nur rein!« Mira öffnete die Tür: »Hallo, Schatz! Jetzt bin ich doch glatt vor dem Fernseher eingeschlafen! Alles in Ordnung bei dir? War eure Expedition erfolgreich?« »Ja, wir haben schon viele Informationen für unser Referat gesammelt«, log Sophie. Das tat sie nur ungern, aber schließlich wusste Mira nicht, dass Phie eine Traumgestalterin war. »Ich werde jetzt bald schlafen, damit ich morgen fit für die zweite Runde bin«, ergänzte Phie. »Es macht dir doch nichts aus, dass ich zu Dad nicht mitkomme?« »Das ist schon in Ordnung«, antwortete Mira und gab ihrer Tochter einen liebevollen Kuss auf die Stirn. »Tina begleitet mich, und wie du weißt, ist sie eine großartige Unterstützung. Gute Nacht!«

Gerade als Mira die Türe schließen wollte, stahl sich Jonas noch schnell in Sophies Zimmer. Er drückte seiner Schwester stürmisch einen nassen Kuss auf die Lippen. Phie wischte sich lächelnd mit dem Arm über den Mund und sagte: »Träum schön, mein Kleiner!« »Du auch!«, erwiderte Jonas. »Das werde ich tun«, dachte Sophie bei sich, knipste die Nachttischlampe aus und machte sich bereit für ihr Leben in der Traumdimension.

Doch sie musste erfahren, dass auch dort bei Najuka, Shirin, Amin und Jo großes Rätselraten herrschte. »Ich kenne niemanden, auf den deine Beschreibungen passen würden, und auch rund um den Rat wäre mir so jemand nicht aufgefallen«, stellte Amin fest, nicht ohne hinzuzufügen: »Das muss allerdings nichts heißen.« »Es könnten natürlich auch Gregorius' Männer sein, die nur im Hintergrund arbeiten«, warf Shirin ein. »Es heißt doch, dass er den Untersuchungsausschuss leitet, der feststellen soll, ob es tatsächlich Spürende gibt.« Alle Blicke wanderten zu Najuka, die sich geräuspert hatte. »Haben die Männer bemerkt, dass du mit den Steinen in Kontakt getreten bist, Sophie?«, wollte sie wissen. Phie überlegte: »Hm, ich glaube nicht! Bei der zweiten und dritten Kapelle waren sie nicht mit uns gleichzeitig im Kirchenraum, bei der ersten habe ich den Kontakt sofort abgebrochen, als sie kamen.« »Dann wollen wir hoffen, dass sie dich nicht als Spürende erkannt haben, Sophie! Aber Liv und du, ihr müsst vorsichtig sein! Versprichst du uns das?«, erwiderte Najuka mit mahnender Stimme. »Ich versprech's!«, schwor Phie mit all ihrer Überzeugungskraft.

## Kapitel 38

Najukas Mahnung schwirrte Sophie immer noch durch den Kopf, als sie am nächsten Tag, vor lauter Kälte von einem Bein auf das andere hüpfend, vor dem Stadtpark auf Liv wartete. Die Nacht war eisig kalt gewesen, und die Sonne hatte noch keinen Weg durch die dichten Wolken gefunden. Liv verspätete sich, und Sophies Zehen froren jetzt schon. Das konnte kein guter Tag werden!

Als Liv auftauchte und freudestrahlend auf sie zuging, hob sich zunächst Sophies Laune, doch irgendetwas machte sie stutzig. Livs Lächeln wirkte plötzlich nicht mehr ehrlich, sondern angestrengt und aufgesetzt. Sie stürmte auf Sophie zu und umarmte sie überschwänglich. Auch das kam Phie eigenartig vor, doch als sie hörte, was Liv ihr ins Ohr flüsterte, wurde ihr alles klar: »Lass dir nichts anmerken, aber da hinten im Park treiben sich die beiden Typen von gestern herum! Komm mit mir ins Theater, da hängen wir sie ab!«

Also tat auch Sophie, als ob nichts wäre, und ging mit Liv Händchen haltend zu jenem Ort zurück, von dem die Freundin soeben gekommen war. Es sollte so aussehen, als hätte Liv Sophie abgeholt, um sie mit ins Theater zu nehmen. Am Empfang des Nebeneingangs saß ein Portier, der jenen Einlass gewährte, die im Hause zu tun hatten. Liv rief ihm ein lässiges »Hab was vergessen!« zu, und schon öffnete sich die Türe mit einem metallischen Summen. Liv zog Sophie weiter den Gang entlang, dorthin wo sich der Lift zu den oberen Stockwerken befand. Sie drückte auf den Rufknopf und versuchte gleichzeitig, aus dem Augenwinkel einen Blick auf den Eingang zu erhaschen.

Die Männer waren ihnen tatsächlich gefolgt! Jetzt taten sie unauffällig interessiert, so als ob sie sich als harmlose Touristen hierher verirrt hätten. Die Lifttüren öffneten sich, und Liv schob Sophie hinein. »Wir fahren jetzt in den zweiten Stock«, erklärte sie aufgeregt, »dort steigen wir aus. Es gibt hinten ein zweites Stiegenhaus, das zu einem Notausgang führt, der nicht alarmgesichert ist. Das wissen normalerweise nur die Angestellten. Die nehmen diesen Weg oft als Abkürzung!« Sophie brachte kein Wort heraus. Die Tatsache, dass die beiden Männer es wirklich auf sie abgesehen hatten, lähmte ihr Denken.

Zum Glück war Liv hellwach. Sie manövrierte ihre Freundin durch die Gänge, an der Schneiderei und den Proberäumen vorbei bis zu den Treppen, die zum Notausgang führten. »Und noch was«, sagte sie im Befehlston, »lassen wir heute die Kapellen Kapellen sein. Meine Mama hat mir gestern was ganz Interessantes erzählt. Du weißt doch, sie steht auf Eso-Kram und so. Na, jedenfalls feiert ihre Trommelgruppe die Sonnenwende immer auf dem Goldbühel, einem uralten Kultplatz der Räter.« »Der Räter?«, fragte Phie verwirrt, ihr Gehirn streikte noch immer. »Ja, die Räter, quasi unsere Ureinwohner aus der Steinzeit oder der Bronzezeit – was weiß ich!«, gab Liv ungeduldig zurück.

Sie nahmen die letzten Treppen. Die Tür ins Freie lag in Griffweite. »Also, ich schlage vor, wir fahren jetzt zu dieser ehemaligen Rätersiedlung. Wir fahren mit dem Bus nach Igls und gehen dann noch ein Stück durch den Wald zum Goldbühel.« Nachdem Sophie immer noch nicht so reagierte, wie sie sich das wünschte, packte Liv ihre Freundin an den Schultern und schüttelte sie: »Hallo, Phie! Wach auf! Wir müssen da jetzt vorsichtig raus, und dann gehen wir nicht zum Busbahnhof, sondern schauen, dass wir ein oder zwei Haltestellen später einsteigen. Bist du dabei?«

Das Schütteln brachte Sophie ins Hier und Jetzt zurück, der eiserne Ring, der sich um ihren Brustkorb gelegt hatte, löste sich. Phie hatte die nackte Angst gepackt. Was wollten diese Männer von ihr? Doch dank Liv erwachte ihr Kampfgeist. Niemand hatte gesagt, dass es einfach werden würde. Sophie war eine der wenigen, die das Öffnen der Traumdimension bewirken konnte, und das wollte sie auch tun – für ihren Vater, für ihre Familie und auch für Liv.

Sophie nahm all ihren Mut zusammen: »Okay! Wir schaffen das! Wo kommen wir hier genau raus?« »Hinten, bei den Gebäuden der Wirtschaftsuniversität«, antwortete Liv erleichtert. »Gut, dann werfen wir jetzt einen vorsichtigen Blick nach draußen, und wenn die Luft rein ist, rennen wir los in Richtung Einkaufszentrum an der Sill«, übernahm Phie das Kommando. Sie öffnete die schwere Eisentür einen Spalt – in Richtung Stadtpark und Theatereingang war niemand zu sehen. »Also, los!« Die Mädchen schlüpften aus dem Tor und schlossen es leise, um keinen unnötigen Lärm zu erzeugen. Dann rannten Sophie und Liv, so schnell sie konnten, um das nächste große Gebäude der Universität herum. Ein prüfender Blick um die Ecke, damit ihnen ja keiner folgte, und dann ging es weiter Richtung Bushaltestelle.

Wenig später saßen sie erschöpft, aber erleichtert in einem Wagen der Linie J, der über eine kurvige Straße nach Igls hinaufkletterte. Liv und Sophie saßen in der letzten Reihe und kontrollierten aufmerksam den Verkehr. Sie wollten den dunklen Kombi der Männer ja nicht übersehen, falls er ihnen doch folgen sollte.

Doch alles klappte wie am Schnürchen. Von der Endhaltestelle der Buslinie aus hatten sie noch einen Fußmarsch von rund dreißig Minuten zu bewältigen. Der Wald war auch hier tief winterlich verschneit. Ab und an begegneten die Mädchen Hundebesitzern, die mit ihren Schützlingen unterwegs waren. Aber die meiste Zeit bekamen sie niemanden zu sehen, was der Umgebung eine geheimnisvolle und wunderbare Stille bescherte.

Phie spürte früh, dass sie hier im Wald oberhalb von Igls einem ganz besonderen Platz zusteuerten. In ihren Händen begann es zu kribbeln, und alle Härchen auf ihrer Haut stellten sich auf, um die Schwingungen dieses Ortes noch besser wahrnehmen zu können. Stimmen drangen an Sophies Ohren, Menschen, die in einer völlig anderen Epoche hier gelebt hatten, tauchten vor ihrem inneren Auge auf. Für Liv blieb der Wald still und verlassen. Von der ehemaligen Rätersiedlung war nichts zu sehen außer den verschiedenen Plateaus, auf denen einst die Behausungen gestanden hatten. In den letzten Jahren waren bei Ausgrabungen vielfältige Gegenstände und Grundmauern entdeckt worden, doch die Tonscherben und Schmuckstücke lagen jetzt im Museum, und die Grundmauern hatte man wieder zugeschüttet. Zumindest waren Schautafeln, die von den historischen Begebenheiten erzählten, errichtet worden.

Die Siedlung war in Terrassen an einem Hügel angelegt worden, so dass der Pfad, dem Liv und Sophie folgten, stetig bergauf führte. Je näher sie dem Gipfel kamen, desto magischer fühlte sich Sophie von dem Ort angezogen. Das goldene Licht, das sie nun schon viele Male über solchen Kraftplätzen gesehen hatte, strahlte hell und klar in den bewölkten Himmel. Rund um den höchsten Punkt hatte man einen alten Steinkreis wieder aufgestellt, und als Phie diesen betrat, wurde sie von der Wucht ihrer Empfindungen fast niedergedrückt. Sie sah ein riesiges Feuer vor sich, das hier vor Jahrtausenden gebrannt hatte. Damals musste es weitum sichtbar gewesen sein, da der Hügel noch nicht von Wald bedeckt gewesen war.

Doch das Feuer sandte nicht nur ein Signal in die Ferne, sondern es zog auch Energie an! Sämtliche Kraftlinien der Region schienen hier ihren Kreuzungspunkt zu haben, Himmel und Erde wollten sich genau an dieser Stelle vereinen.

Hier auf dem Goldbühel war das Wissen uralter Generationen gespeichert. Wenn es so etwas wie Erleuchtung gab, jene einzigartige Erfahrung, von der alle Religionen sprachen, dann war das an diesem Ort hier geschehen. Sophie fühlte sich plötzlich schwerelos, alle Sorgen fielen von ihr ab, und sie wusste, genau an dieser Stelle hatte sich schon einmal das Tor, das die Dimensionen miteinander verband, geöffnet. Sophie war am Ende ihrer Suche angelangt.

Wie in Trance wanderte sie um den Gipfel herum, sah die Menschen, die lange vor unserer Zeit einen Kreis gebildet und das Ritual vollzogen hatten. Sie sah das grüne Licht, das zum Himmel emporstieg – und rutschte plötzlich auf einer Eisplatte aus. Völlig perplex schlitterte sie ein paar Meter nach unten, ohne dass sie versucht hätte, sich festzuhalten. Phie hörte Liv hysterisch schreien: »Pass auf! Halt dich fest!« Im letzten Moment ergriff Sophie den Stamm einer kleinen Fichte. Steine und Tannenzapfen kullerten an ihr vorbei in die Tiefe. Voller Schreck sah Phie, dass der Waldboden vor ihr jäh endete und in eine dreißig Meter hohe Felswand abfiel.

Liv tastete sich vorsichtig näher und reichte Sophie ihren Arm: »Nimm meine Hand, ich zieh dich rauf!« Mit Livs Hilfe gelang es Phie ohne Weiteres, nach oben zu klettern. Obwohl sie die Felswand gut kannte, wäre sie ihr beinahe zum Verderben geworden. Schon unzählige Male war Sophie mit ihren Eltern die Straße unten am Fuß des Abhangs entlanggefahren. Aber die Kraft dieses Ortes hatte ihr die Sinne geraubt und sie unachtsam gemacht. Das durfte nicht noch einmal passieren!

## Kapitel 39

Als sich in dieser Nacht alle bei Najukas Steinkreis trafen, war die Aufregung groß. Amin, Najuka und natürlich Phie hatten Neuigkeiten zu berichten, und Shirin und Jo konnten es kaum erwarten, diese zu erfahren. »Okay!«, übernahm Shirin die Regie: »Wer von euch dreien hat gute Nachrichten?« Najuka und Phie hoben die Hand. »Dann ist deine wohl eine schlechte?«, sagte Jo und schaute Amin betreten an. Dieser nickte nur stumm. »Dann soll Phie beginnen!«, schlug Shirin unbeeindruckt vor.

Sophie erzählte voller Euphorie über den Ort, den sie gemeinsam mit Liv gefunden hatte: von der Energie, den Schwingungen und dass dort bereits einmal der Toröffnungsritus durchgeführt worden war. Shirins und Jos Augen wurden größer und größer. Auch Najuka strahlte bei Sophies Bericht, nur Amin behielt seine düstere Miene.

»Das ist ja wunderbar!«, entfuhr es Shirin, als Phie geendet hatte. »Was kann es Genialeres geben?« »Nun«, begann Najuka bedächtig, »meine Neuigkeiten ergänzen Phies grandiose Entdeckung, würde ich sagen.« Die Jugendlichen blickten die alte Dame gespannt an. »Ich habe einen guten Freund von mir wieder getroffen«, fuhr Najuka fort, »einen sehr treuen und zuverlässigen Freund, der mich bereits in vielen meiner Leben begleitet hat. Er ist wie ich einer der ältesten Träumer, die derzeit auf der Erde sind. Und er ist bereit, mit dir das Öffnungsritual durchzuführen, Phie.«

Sophie wusste in diesem Moment nicht, ob sie lachen oder weinen sollte. Ihr Herz jubelte, und ihre Augen füllten sich mit Tränen – allerdings vor Rührung. Sollte es wirklich so weit sein? Würde sie eine realistische Chance bekommen, ihren Vater in die Traumdimension zu holen? »August, so heißt dieser Freund, hat es nicht weit zu dir, er lebt in München«, berichtete Najuka weiter. »Ehrlich gesagt, haben wir beide nicht damit gerechnet, dass du so schnell einen geeigneten Ort finden würdest, Sophie. August reist nämlich lieber im Sommer. Aber wir haben ja Zeit.«

»Haben wir nicht!«, unterbrach Amin jäh ihre Fröhlichkeit. Alle Köpfe wandten sich zu dem Jungen, der die Fäuste zusammenballte, um seine Wut im Zaum zu halten. »Was ist los, Amin?«, fragte Jo. »Es ist jetzt schon klar, dass die Kommission, die Gregorius leitet, zu dem Ergebnis kommen wird, dass die Sache mit den Spürenden von rebellierenden Abtrünnigen erfunden wurde. Sie werden sogar behaupten, dass das Tor, das in Norwegen geöffnet wurde, niemals existiert hat.«

»Aber wie ist das möglich?«, sagte Shirin schockiert. »Die Untersuchungen haben doch gerade erst angefangen.« »Ha! Bist du naiv!«, lachte Amin sarkastisch. »Das ist alles ein abgekartetes Spiel! Gregorius und mein Vater hatten niemals vor, die Wahrheit herauszufinden. Sie wollen den Rat und alle Träumer täuschen, damit keiner der Nichtträumer von unserer Dimension erfährt. Es sei viel einfacher und vor allem gewinnbringender, die Mächtigen der Welt auf andere Weise zu manipulieren.« »Und sie sind sogar dazu bereit, den Rat der Weisen zu hintergehen?«, Jo konnte es immer noch nicht fassen. »Sie sind zu allem bereit, glaub mir!«, meinte Amin bitter.

»Aber woher weißt du das alles?«, meldete sich Sophie zu Wort. »Mein Vater will mich auf meine künftige Position als Sohn der mächtigsten Träumerfamilie ›vorbereiten‹. Das ist es nämlich, was er sich von dem Bündnis mit Gregorius verspricht.« Verachtung klang aus Amins Stimme, als er das sagte. »Er hat mich in seine Pläne eingeweiht.«

»Umso wichtiger ist es jetzt, dass wir sofort handeln, oder? Wir müssen dem Rat beweisen, dass es Spürende gibt, die Tore öffnen können! Noch einmal können sie nicht vertuschen, dass der Ritus ausgeführt wurde!« Phie sprang auf und gestikulierte heftig. Jo pflichtete ihr bei: »Ja! Es darf nicht sein, dass alles, was meine Schwester getan hat, umsonst war!« »Deine Schwester?«, fragte Najuka erstaunt. »Ena war die Spürende, die das erste Tor geöffnet hat, und ich war dabei! Seitdem ist sie verschwunden!«, erwiderte Jo verzweifelt.

»Dann soll es so sein!«, sagte Najuka feierlich. »Ich werde sofort mit August in Kontakt treten. Es muss möglich sein, dass er bis zum nächsten Vollmond bei dir ist, Sophie. Allerdings könnt ihr das Ritual nicht alleine durchführen, ihr braucht Verbündete, und zwar Träumer und Nichtträumer.« »Wie viele müssen das sein?«, erkundigte sich Phie. »Im Grunde reicht jeweils einer, aber natürlich ist es besser, je mehr es sind. Da kommt dann mehr Energie zusammen«, antwortete Najuka.

Phie runzelte die Stirn und überlegte laut: »Liv wäre als Nichtträumerin sofort dabei, aber ich kenne keine anderen Traumgestalter – außer Nino und Kati, aber die wissen nichts von unserem Vorhaben, und ich glaube nicht, dass sie es gutheißen würden.«

»Und wir wohnen alle viel zu weit weg von dir, Phie!«, jammerte Shirin, »abgesehen davon, dass mich meine Eltern nie alleine verreisen ließen!« Kurz herrschte Ratlosigkeit unter den Jugendlichen, doch dann meldete sich Najuka zu Wort: »Gut, dann werde ich das übernehmen. Ich spreche mit Nino und Kati. Ich weiß, dass sie einer Gruppe angehören, die diese dunklen Machenschaften schon immer bekämpft hat. Wenn sie verstehen, wie ernst die Lage ist, werden sie dich bestimmt unterstützen. Wer etwas erreichen will, muss auch ein Risiko eingehen.« »Genau!«, stimmte Sophie zu, »ich bin auf jeden Fall dazu bereit!«

Erst als an diesem Montagmorgen der Wecker klingelte und Sophie noch kurz im Bett liegen blieb, fiel ihr ein, dass sie nichts von den beiden Männern erzählt hatte, die Liv und sie bei ihren Recherchen beschattet hatten. Nun, dazu blieb immer noch Zeit, und wer weiß, ob die Typen überhaupt mit der Traumdimension in Verbindung standen. Jetzt wollte Sophie sich erst einmal für die Schule fertig machen und Liv von ihrer bevorstehenden Aufgabe überzeugen.

Dass dies nicht schwerfiel, zeigte sich spätestens, als Liv laut kreischend und vor Freude hüpfend vor dem Haupteingang der Schule tanzte: »Ich kann es nicht glauben! Ich darf dabei sein! Das ist so unfassbar genial!«

Liv hatte ihre Freundin Phie niemals um ihre Fähigkeiten als Traumgestalterin beneidet. Sie hatte immer mit großer Begeisterung Sophies Erzählungen gelauscht, weil sie damit das Gefühl bekam, auch ein bisschen an der Dimension der Träume teilhaben zu können. Aber in diesem Moment flammte in ihr die klitzekleine Hoffnung auf, Phie eines Tages vielleicht doch auf ihre Insel begleiten zu können.

»Was sagt Najuka übrigens zu den zwei Typen, die an unseren Fersen kleben?«, fragte Liv, während sie ihre Jacke und die Schuhe im Spind verstaute. »Ehrlich gesagt, habe ich ganz vergessen, davon zu erzählen. Vielleicht hab ich die beiden ja auch verdrängt, aus Sorge sie könnten unser Vorhaben gefährden«, meinte Phie zerknirscht. Sie drehte den Schlüssel mit den vielen bunten Anhängern herum und zog ihn dann aus dem Schloss ihres Garderobekästchens. Nebeneinander stiegen die Freundinnen die Treppen zu ihrem Klassenzimmer hinauf.

»Im Moment ist es auch egal.« Liv klang ganz abgeklärt. »Unter der Woche wird den Typen eh fad, wenn sie uns auf dem Weg von und zur Schule oder zum Volleyball beobachten.« »Und am Wochenende könnten wir sie ein bisschen an der Nase herumführen!«, grinste Phie schelmisch. »Wir tun einfach so, als ob wir noch weitersuchen!« »Geniale Idee!«, pflichtete Liv bei: »Weißt du was, wir machen eine Rodelpartie nach Heiligwasser. Man startet beim selben Parkplatz oberhalb von Igls, von dem man auch zum Goldbühel geht, marschiert dann aber in entgegengesetzter Richtung den Berg hinauf. Das wäre eine gute Möglichkeit, die Männer abzuhängen, falls es in der Vollmondnacht notwendig ist.«

»Du bist grandios, Liv! Was täte ich nur ohne dich!«, schwärmte Sophie und drückte ihrer Freundin einen Kuss auf die Wange, bevor sie gemeinsam das Klassenzimmer betraten. Drei Hauptfächer standen hintereinander auf dem Stundenplan, also würden die Köpfe der Jugendlichen ordentlich rauchen, bevor sie in die große Pause gehen konnten.

Liv war Feuer und Flamme für ihren Plan, die verdächtigen Männer auszutricksen. In der Pause redete sie unermüdlich auf Phie ein, erzählte ihr, was sie sich in den Schulstunden zuvor ausgedacht hatte: Livs Mutter könnte die beiden am Wochenende zum Rodelparkplatz bei Igls bringen, denn sie strahlte sowieso immer wie ein Honigkuchenpferd, wenn ihre Tochter sich am Wochenende in der frischen Luft bewegen wollte – was selten genug vorkam. Livs Mutter hatte offensichtlich mehr Probleme mit der rundlichen Figur ihrer Tochter als diese selbst, aber das war ein anderes Thema.

Nun, auf dem Weg nach oben würden die Mädchen eine Skipiste queren, und genau dort führte im Sommer eine steile Abkürzung durch den Wald nach unten zur Straße. Diesen Steig wollten Liv und Phie unauffällig begutachten, denn wenn es so weit wäre, würden die Männer im besten Fall Richtung Kapelle Heiligwasser weitergehen, während sie die Abkürzung zurück zum Parkplatz nehmen würden. Und von dort führte ein schmaler Pfad hinauf zu dem Ort, an dem sich die Zukunft von Träumern und Nichtträumern verändern sollte.

## Kapitel 40

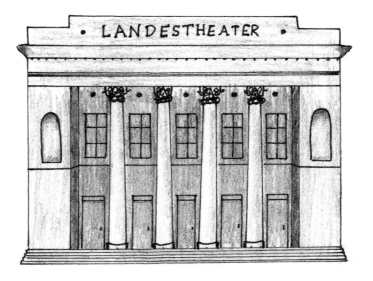

Sophie war nervöser, als sie gedacht hatte, während sie in dieser Nacht mit dem Ruderboot auf ihre Insel zusteuerte. Sie hatte Nino und Kati um eine Unterredung in Ninos Traumwelt gebeten und Najuka als Gesprächspartnerin angekündigt. Was, wenn ihre Tante und ihr Onkel strikt gegen ihr Vorhaben wären? Wenn sie ihr womöglich nicht erlaubten, das Tor bei der rätischen Kultstätte zu öffnen? Nein, das würde sich Phie auf keinen Fall bieten lassen, dann müsste sie eben andere Träumer finden, die sie unterstützen würden. Sophie war überzeugt davon, dass sie das Richtige tat.

Nacheinander trafen Jo, Shirin und Amin ein. Sie wollten Phie bei diesem so entscheidenden Gespräch seelischen Beistand leisten. Als Letzte tauchte Najuka auf. Sie erkannte sofort, wie unruhig und nervös Sophie war, und ergriff ihre beiden Hände. »Es wird alles gut, Phie. Vertrau mir!«, sagte sie leise. Im nächsten Augenblick standen sie vor Ninos falunroter Hütte am norwegischen Fjord. Die Wellen des Meeres schlugen mit leisem Plätschern an den Strand, aber Sophie hatte nur Augen für Nino und Kati, die ihnen soeben entgegenkamen.

Nach einer flüchtigen Umarmung mit den beiden hatte Phie das Gefühl, ihr Herz würde gleich zerbersten.

»Also …«, begann sie mit zittriger Stimme, doch Najuka unterbrach sie: »Ich glaube, es ist besser, wenn zuerst wir Erwachsene miteinander sprechen. Soviel ich weiß, gibt es hier einen sicheren Ort, an dem man keine Spione der Wächter fürchten muss.«

Nino und Kati erklärten sich einverstanden und führten Najuka ins endlose grüne Tal hinter der Hütte, in dem die beiden bei geheimen Besprechungen stets zu verschwinden pflegten.

»Was sollen wir inzwischen tun? Eine Runde Fliegen vom Kjerak vielleicht?«, meinte Jo gelangweilt. »Nein, danke, keine Lust«, antwortete Sophie. »Ich bin viel zu aufgebracht. Von diesem Gespräch hängt so viel ab!« »Ich versteh dich«, sagte Shirin einfühlsam und legte Phie einen Arm um die Hüfte. »Lasst uns zum Meer hinuntergehen.« Amin schlug vor, Steinmännchen zu bauen, und die anderen schlossen sich freudig an. Schon bald türmten sich große und kleine Felsen mehr oder weniger wackelig aufeinander.

Die Zeit verging wie im Fluge, und so bemerkten die Freunde zunächst nicht, dass die Erwachsenen hinter der Hütte wieder aufgetaucht waren. Shirin reagierte als Erste: »Sie sind zurück!«, wisperte sie. Phie und die anderen richteten sich auf und wischten sich den Sand von den Händen. Angestrengt versuchte Sophie, aus den Mienen der Erwachsenen zu lesen, als sie einander entgegenkamen. Nino und Kati wirkten ernst, aber nicht unbedingt ablehnend, Najuka lächelte wie immer.

Erwartungsvoll blickte Sophie die drei an: »Was ... was habt ihr beschlossen?« Kati räusperte sich, sie kämpfte mit den Tränen, die ihr in die Augen stiegen. »Sophie, Liebes«, begann sie mit belegter Stimme: »Ich hatte so gehofft, dich möglichst lange aus diesem ganzen Chaos heraushalten zu können. Du hast es im realen Leben so schwer, und ich wollte dir in der Traumdimension, so lange es geht, eine gewisse Unbeschwertheit erhalten. Aber ich habe wie Nino«, sie schickte ihm einen zärtlichen Blick, »eingesehen, dass es jetzt nicht nur um unser eigenes Schicksal, sondern um das Schicksal der Menschheit geht. Wenn wir den Nichtträumern die Augen nicht öffnen, werden wir alle durch die Gewalt, die überall aufkeimt, zugrunde gehen. Deshalb wurdest du als Spürende geboren, und wir werden alles tun, um dich zu schützen und zu unterstützen.« Kati atmete schwer. Die Überwindung, die sie dieser Schritt gekostet hatte, war ihr deutlich anzusehen.

Jetzt übernahm Nino das Wort: »Bis zum Vollmond dauert es noch neun Tage. Wir werden deine Familie und dich nächste Woche besuchen kommen, dann kann Kati deine Mutter unterstützen, und wenn es so weit ist, werden wir das Tor am Goldbühel gemeinsam mit dir öffnen.« »Und ich werde veranlassen, dass August sofort zu euch aufbricht, damit du ihn kennenlernst und er sich einen Überblick über die Lage verschaffen kann«, fügte Najuka hinzu. »Wir bleiben über unsere Träume in Kontakt, und ich gebe dir Bescheid, sobald du ihn treffen kannst.«

Phie konnte ihr Glück im ersten Moment gar nicht fassen. Sie war erleichtert, aufgeregt und voller Tatendrang zugleich, doch tief in ihrem Inneren regte sich auch eine leise Angst vor dem, was kommen sollte. »Aber jetzt sind doch ein paar Flugeinheiten auf dem Kjerag fällig, oder?«, fragte Jo laut in die Runde. »Jawohl!«, jubelten die Jugendlichen und machten sich auf den Weg, nicht ohne sich vorher von Kati, Nino und Najuka zu verabschieden. Sophie drückte Kati ganz fest und flüsterte ihr ein »Danke!« ins Ohr. Najuka zwinkerte Phie zu und bedeutete dem Mädchen, ihren Freunden zu folgen.

Es wurde eine fröhliche Nacht mit tollkühnen Flügen, spektakulären Kapriolen und gemütlichen Gleitpassagen. Amin, Shirin, Jo und Sophie beschlossen, auch die nächsten Treffen aus tiefstem Herzen zu genießen, denn ernst würde es in der Vollmondnacht noch früh genug werden.

Es tat Sophie gut, nachts nicht dauernd über ihre Bestimmung nachzudenken, denn tagsüber erinnerte Liv sie praktisch ständig daran. Liv war dermaßen beseelt von dem Abenteuer, das sie mit ihrer Freundin erleben durfte, dass sie dauernd davon sprach. Sie entwickelte immer neue Fluchtpläne, wie sie am Tag X ihren Verfolgern entkommen konnten, sodass Sophie des Öfteren genervt reagierte. Denn von den beiden jungen Männern fehlte in diesen Tagen jede Spur.

Wie recht Liv dennoch mit ihrer Vorsicht gehabt hatte, zeigte sich bei einer rein zufälligen Begegnung. Sophie begleitete Liv nach dem Werkunterricht am Nachmittag wie jede Woche zu ihrer Chorprobe, bevor sie nach Hause ging. Das große Landestheater glich mit seinen Säulen und seinem Tympanon einem griechischen Tempel. Die Mädchen hatten es sich zu einer Angewohnheit gemacht, die vielen Treppen zu den Säulen hinauf und wieder hinunter zu laufen, bevor Liv im Nebeneingang zur Probe verschwand. Gerade als Phie zum Slalom zwischen den Säulen ansetzen wollte und Liv ihr folgte, sah Sophie zwei Gestalten im Inneren des Theaterfoyers, die auf die gläsernen Türen des Haupteinganges zusteuerten.

Sie riss sofort ihre Freundin hinter die breite Säule zurück. »Was ist los?«, wisperte Liv. »Hast du ein Gespenst gesehen?« Im nächsten Augenblick öffnete sich die mittlere Glastür, und zwei elegant gekleidete Männer traten aus dem Theater. Jetzt verstand Liv. Sophie hatte den Kleineren der beiden sofort erkannt: Mit seinem langen weißen wallenden Haar und dem maskenhaften Gesicht stieg kein anderer als Ludwig Zaltuoni die Treppe hinunter!

Die Mädchen versteckten sich hinter der Säule, bis Zaltuoni und sein Begleiter Richtung Altstadt verschwunden waren. »Was will Zaltuoni, ich meine Gregorius hier?«, flüsterte Liv atemlos. »Meinst du, er ahnt etwas? Gehören die jungen Typen zu ihm?« »Ich weiß es nicht!«, gab Sophie zurück, das Herz klopfte ihr bis zum Hals. »Vielleicht hat er ja geschäftlich hier zu tun. Du weißt ja, er ist ein Kunstliebhaber. Aber meiner Meinung nach, ist das jetzt ein Zufall zu viel. Wir müssen auf der Hut sein. Wenn ich morgen August treffe, möchte ich, dass du die Umgebung genau beobachtest.« »Alles klar!«, erwiderte Liv. »Jetzt muss ich rauf in den Chorsaal, sonst komme ich zu spät.«

Najuka hatte angekündigt, Sophie in der heutigen Nacht auf das Treffen mit August vorzubereiten. Er war wohl ein sehr missmutiger alter Mann, der sein Leben hier in der realen Welt mit möglichst wenig Aufwand und so kurz, wie es eben ging, gestalten wollte. Da er bereits über 60 Lenze zählte, war ihm Zweiteres nicht wirklich gelungen. Najuka hatte Sophie geraten, Hundeleckerlis zu besorgen, denn August verreiste nicht ohne seinen tierischen Begleiter. Vielleicht ließe sich ja über den Hund das Eis schneller brechen.

Mira freute sich auf den Besuch von Nino und Kati, und sie bestand darauf, dass ihre Schwester und deren Lebensgefährte bei Jonas im Zimmer übernachteten. Jonas durfte dafür ins elterliche Bett schlüpfen, was der Junge ohnehin bei jeder Gelegenheit versuchte. Mira plante Essen und Ausflüge, als ob sie eine ganze Delegation empfangen würde. Sie war so glücklich, ihre Familie zumindest für eine Woche vereint zu sehen, sei es bei Robert am Krankenbett oder im gemütlichen Zuhause.

Sophie half, wo sie nur konnte. Es hätten bis zum Vollmond noch relativ unbeschwerte Tage werden können, wenn Phie nicht den dunklen Kombi der jungen Männer von ihrem Fenster aus auf der gegenüberliegenden Straßenseite entdeckt hätte.

## Kapitel 41

Der Stadtpark präsentierte sich tief winterlich, als Sophie den Eingang zwischen Theater und Wirtschaftsuniversität nahm. Die riesigen Bäume und Büsche trugen zwar keine Schneelast mehr, da es in der Sonne ein wenig getaut hatte, doch die eisig kalten Nächte sorgten dafür, dass die weiße Pracht liegen blieb.

Liv und Sophie hatten wieder den Trick mit dem Hinterausgang des Theaters gewählt, um mögliche Verfolger abzuschütteln. Während Phie nun auf dem Weg war, um August im Park zu treffen, scannte Liv die Umgebung auf mögliche Gefahren. Nicht alle Spazierwege waren geräumt und gestreut, viele der Parkbänke wurden im Winter abmontiert. August hatte sich dennoch dort in die Sonne setzen wollen, um auf Sophie zu warten.

Nervös fuhr Phie mit der Hand in ihre rechte Jackentasche, wo sie die Leckereien für Augusts tierischen Begleiter parat hielt. Sie hatte lange vor dem Regal mit Hundefutter im Geschäft gestanden. Sophie wollte etwas finden, das nicht zu ungesund, aber trotzdem verlockend genug sein sollte. Sie wanderte am Pavillon, der ebenfalls winterfest gemacht worden war, vorbei. Eine Gruppe Männer spielte in der Sonne Schach, sie diskutierten eifrig über den getanen Zug.

Weit hinten, fast schon auf Höhe der Glashäuser, sah Phie einen Mann sitzen, der in einen dicken Mantel gehüllt war. Neben ihm standen mehrere volle Plastiksäcke auf der Bank, vor ihm lag ein kleiner, struppiger Hund im Schnee. Je näher Sophie der Gestalt kam, desto zerlumpter wirkte sie. Der Mantel entpuppte sich als ein mehrfach gestückeltes und geflicktes Stück Stoff, die Hosen des Mannes waren fleckig, die Schuhe abgetragen. Ein mächtiger Bart umrahmte sein Gesicht, das von der Kälte ganz rot angelaufen war. Kondenstropfen hingen ihm unter der Nase und die alte Fellmütze auf dem Kopf hatte auch schon bessere Zeiten gesehen.

Sophie wagte sich zögerlich näher, der Mann auf der Bank erinnerte sie an einen der Obdachlosen, die oft im Bahnhofsgebäude vor der Kälte Schutz suchten. Ob sie da wirklich August, einen der Ältesten, vor sich hatte?

Der Hund schien Sophies Leckereien schon von Weitem zu riechen, denn er sprang auf und lief auf sie zu. Phie holte ein Drops aus ihrer Jackentasche und beugte sich zu dem aufgeweckten Mischling hinunter. Der freute sich über die kleine Mahlzeit und forderte mehr. Sophie ließ ihn fressen und sprach beruhigend auf ihn ein: »Na, du bist ja ein Süßer. Und hungrig, was?«

Die Sympathien des Hundes hatte Phie damit gewonnen, der Mischling leckte ihr die Hand und sprang an ihrer Seite hoch, um einen Zuschlag zu ergattern. Da befahl der Mann sein Tier mit einem scharfen Pfiff zurück. Sophie trat vorsichtig näher. »Trau dich nur, Kleine!« Die Stimme des Bärtigen klang tief und brummig. Er musterte das Mädchen von oben bis unten – kein gutes Gefühl für Sophie. »Du bist also das Wunderkind, von dem Najuka so schwärmt«, fuhr er nachdenklich fort. »Ich hoffe, du kannst halten, was sie mir versprochen hat, sonst habe ich mir diese vermaledeite Odyssee ganz umsonst angetan. Von mir aus kann nämlich die ganze Menschheit verrecken, hat es eh nicht anders verdient. Alles nur dumme, machtgeile Idioten. Wenn Najuka mich nicht überredet hätte, könnte mir dieser ganze Türöffnermist gestohlen bleiben.«

Das war also Augustin, einer der ältesten Träumer. Kaum jemand hatte so viele Leben gelebt wie er. Das musste eine zutiefst frustrierende Erfahrung sein, denn seine Schimpftirade wollte nicht enden. Sophie hielt ihm den Plan, auf dem sie den Goldbühel eingezeichnet hatte, vor die Nase. »Aha, na wenigstens denkt da jemand mit. Ich bin ja kein Hellseher«, kommentierte er trocken.

»Kann ich inzwischen etwas für dich ... äh für Sie tun? Wollen Sie bei uns essen oder brauchen Sie eine Schlafgelegenheit?« Sophie versuchte möglichst freundlich und ungezwungen zu wirken. »Sehe ich so aus, als ob man mich in eine Wohnung sperren könnte?«, fragte August barsch zurück. »Ich lebe auf der Straße und komme gut zurecht. Da geht mir wenigstens niemand auf die Nerven. Du kannst mir ein bisschen Kohle rüberreichen, damit ich mir genug Rotwein und Hundefutter besorgen kann.«

»Ja, natürlich. Ich habe zwar nicht viel mit ...« Sophie fand einen Zehn-Euro-Schein in ihrer Geldtasche, » ... aber ich kann Ihnen morgen mehr bringen.« »Das will ich hoffen!«, blaffte der Bärtige. »Ich will meine Fahrtkosten bezahlt haben. Oder glaubt ihr, ich investiere in das Ganze auch noch, hä? Wenn Najuka nicht wäre ... Sie ist eine Adivasi, eine der ersten Menschen, weißt du das überhaupt?« Phie schüttelte betreten den Kopf. »Ich kümmere mich darum!«, versicherte sie. »Soll ich Ihnen auch ein Taxi zum Goldbühel bestellen?« »Nein, dorthin schaffe ich es schon alleine! Ich brauche keinen Babysitter! So, komm, Hund! Wir gehen uns was zum Trinken kaufen.« Mit diesen Worten stand August auf und machte sich davon. »Na, danke!«, dachte Sophie, »das kann ja toll werden. Mit diesem Kotzbrocken soll ich die wichtigste Tat meines Lebens vollbringen.«

Der Besuch von Nino und Kati tat allen gut. Kati begleitete Mira und Sophie ins Krankenhaus, Nino unterstützte Jonas bei den Hausaufgaben und spielte mit ihm. Mittags probierten sie meist eine Kleinigkeit aus den derzeit angesagten Slow-Food-Läden, und abends kochten alle gemeinsam.

In der Küche herrschte ein fröhliches Miteinander, wie man es in dieser Wohnung schon lange nicht mehr erlebt hatte.

Doch der Abend des Vollmondes rückte unaufhaltsam näher. August hatte sich inzwischen den Goldbühel angesehen, nachdem ihm Phie genügend Geld für die Busfahrt gegeben hatte. Kati und Nino hatten eine Strategie ausgeklügelt, wie sie Mira und Jonas an besagtem Abend ablenken konnten. Dabei kam ihnen zupass, dass Jonas eine schwere Erkältung erwischt hatte. Nachdem eine sternenklare Nacht prophezeit worden war, wollten Nino und Kati mit den »Großen«, also Liv und Phie, Mondschein-Rodeln gehen. Für Jonas wäre es viel zu kalt, meinten sie, Mira könnte besser mit ihm einen Mama-Sohn-Abend machen und ins Kino gehen. Mira war schnell einverstanden, denn sie hatte sowieso stets das Gefühl, dass ihre Kinder derzeit bei ihr zu kurz kämen. Da würde Jonas einen Kinobesuch sicher genießen, und Phie wusste sie bei Kati und Nino bestens aufgehoben.

Liv und Phie schmiedeten derweil ihre eigenen Pläne. Sie hatten beschlossen, den Erwachsenen zwar von den beiden Männern, nicht aber von Ludwig Zaltuoni zu erzählen. Sie wollten nicht, dass Nino und Kati die Aktion in Frage stellten, wenn sie von ihrem Erzfeind erfuhren, vielleicht machten sich die Freundinnen wegen Gregorius ja nur unnötig Sorgen.

Am Wochenende hatten die Mädchen ihre beiden Verfolger auf dem Weg zur Kapelle Heiligwasser nicht entdeckt, doch der Fluchtweg, den sie ausgekundschaftet hatten, erwies sich im Falle des Falles als optimal. Sie konnten nach einer unübersichtlichen Kurve einfach vom Wald in den steilen Pfad abzweigen, der zurück zur Straße führte. Er war zwar rutschig und nur wenig begangen, aber sie würden keine Spuren hinterlassen und könnten schnell in Deckung gehen.

Katis Gesicht sprach ohnehin Bände, als Liv und Sophie von den beiden Männern, denen sie bei den verschiedenen Kapellen begegnet waren, erzählten. Sorgenfalten liefen über ihre Stirn, und die Mundwinkel wanderten nach unten. »Warum hast du uns davon nicht früher erzählt?«, fragte sie scharf. »Es tut mir leid!«, antwortete Phie zerknirscht, »aber in der ersten Begeisterung habe ich es glatt vergessen, und dann sind die Typen zunächst nicht mehr aufgetaucht. Wir haben am Samstag sogar extra eine Wanderung nach Heiligwasser gemacht, um zu prüfen, ob sie uns weiterhin beschatten, und sie waren nicht da.« »Und zum Goldbühel sind sie uns definitiv nicht gefolgt, da haben wir sie klassisch abgehängt, ich schwöre!«, fügte Liv voller Ernst hinzu.

Nino musste grinsen, doch Kati blieb skeptisch: »Dann haben wir von den Männern also nichts mehr zu befürchten?« »Na ja, nicht ganz«, rückte Sophie zögerlich mit der Wahrheit heraus. »Ich habe sie an den letzten beiden Tagen von meinem Fenster aus entdeckt. Sie parken immer in unserer Straße.« Kati schoss von ihrem Stuhl hoch. »Nino, wir brechen das ab. Das ist viel zu gefährlich!«, rief sie aufgebracht. »Kati, beruhige dich. So wie ich Phie und Liv einschätze, haben sie sich etwas überlegt«, versuchte Nino sie zu beruhigen.

Sophie war erfreut, dass Nino für sie Partei ergriff. Lang und breit erklärten Liv und Phie, wie sie die beiden Männer austricksen wollten, falls sie überhaupt die Verfolgung aufnehmen würden. Livs Mutter hatte sich schon bereit erklärt, die Mädchen am Abend zum Heiligwasser-Parkplatz zu bringen. Liv hatte ihr erzählt, dass sie sich dort mit anderen zum Mondschein-Rodeln treffen würden, aber keine Mitfahrgelegenheit hätten.

Die Freundinnen würden rund zwanzig Minuten, bevor Nino und Kati aufbrachen, von Livs Mutter abgeholt werden und dann alleine vom Parkplatz in Richtung Heiligwasser gehen. Nach zehn Minuten Fußmarsch bergauf würden sie die Abkürzung nehmen, die Rodeln weiter unten im Wald verstecken und zum Parkplatz zurückkehren, wo sie auf die Erwachsenen warten wollten. August käme ohnehin alleine zum Opferplatz am Goldbühel.

## Kapitel 42

Im Laufe des Vormittags zierten lustige Strichmännchen, kunstvolle Tintenspiralen und bunte Kästchenmuster Sophies Schulhefte. Anfangs hatte Phie sich noch bemüht, dem Unterricht zu folgen – sie dachte, es würde sie ablenken, wenn sie eifrig mitarbeitete und mitschrieb –, doch mit einer Konzentrationsspanne von wenigen Minuten kam Sophie nicht weit. Ihre Beine waren so hibbelig, die Hände zitterten, und ihr Herz vollführte einen Tango im Brustkorb.

Wie sollte Sophie diesen Schultag nur überstehen? In den Fünf-Minuten-Pausen tauschte sie sich mit Liv aus, der es ähnlich erging, doch für ausführliche Gespräche blieb zwischen Klassenwechsel und dem Organisieren der Hausübungen (auch die bekam Phie nicht mit) kaum Zeit. Endlich nach der dritten Stunde – einer gefühlten Ewigkeit – konnten sich Liv und Sophie in der großen Pause an einen ruhigen Ort in der Schulbibliothek verziehen.

»Ich halte das fast nicht mehr aus!«, klagte Liv, »wenn das so weitergeht, dreh ich noch durch, bevor überhaupt etwas passiert ist!« »Mir geht's genau gleich. Wir müssen uns zusammenreißen und uns beruhigen. Am besten, wir gehen den Plan für heute Abend noch einmal genau durch«, schlug Phie vor.

»Also gut«, begann Liv und richtete sich im Schneidersitz auf, »wir verbringen den Nachmittag zu Hause – was sicher schrecklich wird, wenn ich mit mir alleine bin –, und ich bitte meine Mutter, dass wir dich um halb acht zum Rodeln abholen.« »Genau!«, nickte Sophie: »Ich werde schon um 19.15 Uhr mit meinem Schlitten am Gehsteig stehen, damit mich die beiden Typen ja nicht übersehen.« Und Liv ergänzte eifrig: »Wir müssen ohnehin ordentlich Gas geben, um uns einen guten Vorsprung auf die Männer zu erarbeiten.«

Als die Schulklingel läutete, verzogen beide gleichzeitig das Gesicht und mussten herzhaft darüber lachen. Das löste die Anspannung ein wenig, und in den restlichen drei Stunden gelang es Sophie wenigstens ein bisschen, sich auf den Unterricht zu konzentrieren.

Zu Hause wartete heute niemand auf Sophie. Mira, Kati und Nino waren bei ihrem Vater und Jonas im Hort. Phie ließ in der Garderobe Schulrucksack und Winterjacke einfach auf den Boden fallen, schlüpfte aus den Stiefeln und ging in die Küche. Im Moment konnte ja niemand mit ihr schimpfen: Mira hasste es, wenn die Kinder ihre Sachen nicht ordentlich aufhängten oder abstellten.

Sophie wärmte sich ihr Essen in der Mikrowelle auf und blätterte lustlos in der Tageszeitung herum. Eine kleine Meldung im Kulturteil fiel ihr auf: Der bekannte Kunstmäzen

Ludwig Zaltuoni überlegte eine Zusammenarbeit mit dem Landestheater. Aha, hatte sie also recht gehabt? Zaltuoni war beruflich in der Stadt. Aber ob er auch anderes im Sinn hatte? Sophie verdrängte den Gedanken. Sie war mit einem Mal so müde, als hätte sie den ganzen Vormittag Ausdauersport betrieben.

Nun gut, keiner da, der sie über die Schule ausfragen konnte oder mit den Worten »Dann hast du es gleich erledigt!« zur Hausübung animieren wollte. Sie beschloss also, dass ihr ein kurzes Nickerchen nur guttun würde, und schleppte sich auf die Wohnzimmercouch. Oder doch ein bisschen durch die Fernsehkanäle zappen? Während sie noch überlegte, ob sie zur Fernbedienung greifen sollte, war sie auch bereits eingeschlafen.

Das Vibrieren ihres Handys, das über den Wohnzimmertisch tanzte, ließ Sophie erschrocken auffahren. »Was? Schon kurz vor fünf?« Sie griff nach ihrem Telefon. Sie hatte fast den ganzen Nachmittag verschlafen! In diesem Moment meldete sich Shirin per Videoanruf, und Jo würde sich in wenigen Minuten ebenfalls dazuschalten. »Hi, Shirin! Gott, ich schau schrecklich aus! Ich hab gerade zweieinhalb Stunden gepennt«, begrüßte Sophie ihre Freundin. »Warte, ich gehe zum Computer und melde mich gleich, am Laptop sehe ich dich größer!«

Phie marschierte in ihr Zimmer, um den Laptop hochzufahren. Zuvor warf sie einen Blick in den Spiegel, richtete ihre Frisur und rieb sich die Wangen, um fit auszusehen – aus irgendeinem Grund wäre es Sophie unangenehm gewesen, wenn Jo sie im selben Zustand gesehen hätte wie Shirin soeben.

Wenige Sekunden später erschienen Shirin und Jo am Bildschirm, beide waren besorgt und gleichzeitig neugierig, wie es Sophie so kurz vor ihrem wichtigen Abend erging. Sophie erzählte ausführlich und erklärte ihren Freunden genau, wie sie in der heutigen Vollmondnacht vorzugehen gedachte. Shirin und Jo sprachen ihr Mut zu, und das tat unheimlich gut.

Als später Jonas zur Haustüre hereingestürmt kam und ihm Mira, Kati und Nino folgten, hatte Sophie ihr Gespräch längst beendet. Amin würde sich zwar noch kurz melden, wenn er im Internetcafe war, um Sophie mit den neuesten Informationen vom Rat zu versorgen, aber dann konnten ihr die drei Träumer nicht mehr helfen.

Jonas war völlig aufgedreht und voller Vorfreude, dass er nun gleich mit seiner Mutter ins Kino gehen würde. Vorher kredenzten Nino und Kati aber noch eine kleine Jause, mit vielen Köstlichkeiten, die sie vom Künstlerhof mitgebracht hatten. Es gab Speck, Hartwurst, Bergkäse, eingemachtes Gemüse und selbst gebackenes Brot – ein Festschmaus. »Und hoffentlich keine Henkersmahlzeit!«, dachte Sophie bei sich.

Von Amin kam nichts Neues, und Mira und Jonas zogen sich an, um ihren Film nicht zu verpassen. Sophie beobachtete von ihrem Zimmer aus, wie die beiden das Haus verließen, und winkte noch einmal auffällig. Gleichzeitig taxierte sie den dunklen Kombi, der rund zwanzig Meter die Straße hinauf parkte. Die Männer sollten sehen, dass Sophie noch daheim war, aber nicht unbedingt bemerken, dass sie beobachtet wurden.

»Der Kombi parkt noch unten, und von den Typen ist nichts zu sehen«, erstattete Sophie Bericht, als sie zu Nino und Kati in die Küche zurückkehrte. »Gut«, erwiderte Kati, »wenn du unten auf Liv und ihre Mama wartest, werden wir die Lichter ausmachen und den Fernseher aufdrehen. Sie sollen glauben, dass wir uns einen gemütlich TV-Abend machen.« »Und wir geben dir übers Handy Bescheid, sobald sie euch folgen«, ergänzte Nino.

Die Strategie schien perfekt, jetzt sollte nichts mehr schiefgehen.

Kurz vor sieben begann Sophie sich umzuziehen. Sie schlüpfte in ihre warme Skiunterwäsche und ihren Skianzug, die Rodel stand schon unten im Hausflur. Als Phie sich bei Nino und Kati verabschiedete, packte sie die Angst mit eisernem Griff, ihr Bauch krampfte und ihr Atem stockte. Kati spürte die aufflammende Verzweiflung sofort, sie umarmte ihre Nichte und sagte: »Du musst das nicht tun, Sophie. Du kannst jederzeit zurück.«

Doch Sophie straffte ihren Rücken, atmete tief durch: »Doch, ich muss das tun, für mich, für Papa, für Mama und für uns alle.« Kati kamen fast die Tränen vor Rührung. Sie drückte Sophie einen Kuss auf die Stirn: »Gemeinsam schaffen wir das.« Auch Nino wiederholte diese Worte, als er das Mädchen kräftig umarmte, und Sophie fühlte sich von ihm bestärkt und beschützt wie noch nie zuvor.

Der Mond war schon aufgegangen, stand aber noch nicht hoch am Himmel. Die Stimmung war großartig: Es war bitterkalt und sternenklar, die Schneekristalle glitzerten silbern im fahlen Licht. Noch fünf Minuten, dann würde Liv mit ihrer Mutter um die Ecke biegen. Deren Auto hatte eine auffällige gelbe Farbe, das konnte ihnen heute nur zugute kommen.

Von den Männern war nach wie vor nichts zu sehen, doch Sophie ahnte, dass sie aus sicherer Entfernung jeden ihrer Schritte beobachteten. Denn heute Nacht schien der Vollmond, in dessen Licht sich Türen zu ungeahnten Dimensionen öffnen ließen.

## Kapitel 43

Sie sind euch auf den Fersen, aber sie halten einen Respektabstand von fünf Autos!«, gab Nino durch, kurz nachdem Sophie ihre Rodel in den Wagen von Livs Mutter gepackt hatte und sie Richtung Heiligwasser losgefahren waren. Nach der Ankunft am Parkplatz verabschiedeten sich die Mädchen eilends von Livs Mutter und marschierten mit ihren Schlitten los.

Phie legte ein rasantes Tempo vor. Die kalte Luft brannte in ihren Lungen, und ihre Beine waren von der Autofahrt noch steif, doch die Angst, die Sophies Brust umklammerte wie ein Schraubstock, trieb sie unerbittlich weiter. Liv keuchte ihrer Freundin hinterher, musste immer wieder einige Meter laufen, um sie einzuholen. Dennoch jammerte Liv nicht, sie wollte all ihre Kraft zusammennehmen, um zu schaffen, was sich die beiden Mädchen für heute Nacht vorgenommen hatten.

Sophies Körper lief allmählich warm, Schweiß schoss aus allen Poren, ihre Haut kribbelte. Doch es blieb keine Zeit, um sich der dicken Jacke zu entledigen. Jede Sekunde zählte, um den Abstand zu den Männern, die nun am Rodelparkplatz angekommen waren, so groß wie möglich zu halten. Die Mädchen hatten auf das Einschalten ihrer Taschenlampen verzichtet, um unsichtbar zu bleiben.

Der Mond spendete ein fahles Licht, das genügend Sicht bot. Hinter Phie und Liv tanzten ihre langen Schatten. Der Weg war an einigen Stellen eisig, da musste man aufpassen, aber Sophie folgte zielsicher einer griffigen Spur. Sie hatte ihren Blick auf den Boden gerichtet, nach vorne zu schauen, würde nur die Angst steigern und Mutlosigkeit befördern.

So kam für Phie die Stelle, wo man die Skipiste überqueren musste, schneller als erwartet. Sie waren an der Abkürzung angelangt, und weit hinter ihnen war nichts zu sehen und nichts zu hören. Das Glücksgefühl, es bis hierhin gut geschafft zu haben, durchflutete ihren Körper und öffnete den schweren Ring um die Brust. Sie atmete tief durch und wandte ihren Blick zum ersten Mal wieder Liv zu. Ihre Freundin war ebenfalls schweißgebadet, ihr Gesicht leuchtete knallrot, sie japste, um genügend Luft zu bekommen.

Da wurde Sophie klar, wie sehr Liv für sie kämpfte, wie sehr sie alles gab, um ihr beizustehen. Es war ein unbeschreibliches Gefühl, als sich Phie dessen bewusst wurde: Da war so viel Zuneigung, so viel Dankbarkeit und das Wissen, jemanden zu haben, der einen verstand und bedingungslos zu einem hielt.

»Wir sind da!«, keuchte Liv, so leise wie sie konnte. »Jetzt geht's abwärts.« Phie nickte und bog in den steilen Pfad, der im Wald vor der Piste zur Straße zurückführte. Es ging zwischen hohem Gebüsch und jungen Bäumen hindurch, deren Äste den Mädchen unerbittlich ins Gesicht peitschten, wenn sie nicht aufpassten. Hohe, rutschige Geländetritte führten nach unten, sodass es ungemein anstrengend war, die Rodeln hinter sich herzuziehen.

Doch Sophie stolperte in einem Tempo nach unten, das jedem Erwachsenen die Haare zu Berge hätte stehen lassen. Liv kämpfte sich, so gut es ging, hinterher. Sie wusste, dass es in dieser Phase darauf ankam, möglichst schnell von der Rodelstrecke wegzukommen, damit sie von oben nicht bemerkt werden konnten.

Plötzlich hörte Liv vor sich einen unterdrückten Schrei, leises Fluchen und das laute Knacken eines Astes. Sophie war ausgerutscht, ihr Schlitten hatte sich in einem Baum verhängt, sodass der Ast brach und Phie ein ziemliches Stück bergab stürzte. Mit einem Mal war es mucksmäuschenstill.

Von Sophie kam kein Laut, und auch Liv hielt den Atem an. Konnten die Männer sie gehört haben?

Ganz leise und vorsichtig tastete sich Liv weiter, um nach Phie zu sehen. Diese hatte sich inzwischen aufgerappelt und rieb sich das linke Knie. Sie hatte ihre Mütze verloren, und die Haare hingen ihr völlig zerzaust ins Gesicht. Da musste Liv unwillkürlich schmunzeln und steckte Phie damit an. Die Mädchen gönnten sich eine Pause und nutzten diese, um das Gelände über ihnen zu beobachten.

Sie hatten ein gutes Stück des Steiges geschafft, von oben würde man sie nun nicht mehr entdecken können. Dafür bemerkte Liv den Schein zweier Stirnlampen, die sich am Rodelweg noch gut hundert Meter von der Stelle, wo die Mädchen abgezweigt waren, bewegten. »Da sind sie«, flüsterte Liv aufgeregt. »Wir warten, bis sie an der Abkürzung vorbei sind, dann lassen wir die Rodeln stehen und gehen weiter«, sagte Phie leise. »Nach der Piste macht der Rodelweg mehrere Kurven, erst zur Kapelle hin kommt eine lange Gerade. Sie werden lang nicht merken, dass wir nicht mehr vor ihnen sind.«

Sie hatten ihre Verfolger abgehängt, ein wichtiger erster Teil ihres Vorhabens war Liv und Sophie damit gelungen. Bedächtig verkeilten die Mädchen ihre Schlitten hinter einem größeren Baum und stiegen in gemäßigtem Tempo hinunter zur Straße. Phie spürte ihr linkes Knie ein bisschen, es schmerzte von dem kapitalen Sturz, doch sie ließ sich nichts anmerken.

Auf der Straße war kein Verkehr. Es herrschte eine fast gespenstische Stille. Nur aus der Ferne drang das Signalhorn eines Rettungswagens an ihr Ohr. Es wurde lauter und verstummte wieder. Wenn Nino und Kati in den nächsten Minuten zum Parkplatz fuhren, dann würden ihnen Liv und Sophie hier nicht beggenen. Dieser Teil der Straße führte vom Rodelparkplatz weiter zu den Dörfern im Mittelgebirge. Die Erwachsenen würden von der entgegengesetzten Richtung zum Treffpunkt gelangen.

Zeitlich müsste es sich genau ausgehen, dass sie alle gleichzeitig am Parkplatz eintrafen. Phie hatte ihr Handy aus dem Rucksack geholt und eingeschalten. Während ihrer waghalsigen Flucht vor den beiden Männern hatte sie es auf Flugmodus gestellt, um ja kein ungewolltes Geräusch zu empfangen.

Doch am Treffpunkt wartete niemand auf sie. »Sie müssten gleich da sein!«, meinte Phie mit einem Blick aufs Handy. Beide schauten sie gebannt in die Richtung, woher sie das Auto der Erwachsenen erwarteten. Weit konnten sie nicht sehen, denn die Straße machte eine Biegung. Sie führte quasi um den Goldbühel herum, auf der anderen Seite fuhr man an der steilen Felswand vorbei. Phie ließ ihren Blick zur höchsten Stelle des Hügels wandern. Das goldene Licht thronte wie eine Krone über der rätischen Opferstätte. Hoffentlich war auch August gut angekommen, er war ein sturer Eigenbrötler, der seine Wege stets alleine ging. Ob er schon oben auf sie wartete?

Ein blau flackernder Lichtschein, der sich mit der goldenen Lichthaube des Hügels vermischte, irritierte Sophie. Auch Liv wurde unruhig: »Wo bleiben sie denn? Willst du sie nicht einmal anrufen?« »Gute Idee!«, erwiderte Phie, »und am besten gehen wir schon ein paar Meter voraus in den Wald, nicht dass plötzlich die beiden Typen dahergerodelt kommen und uns doch noch entdecken!«

Sophie überquerte die Straße, steuerte auf den Pfad Richtung Goldbühel zu und wählte anschließend Katis Nummer. Nach einigem Läuten meldete sie sich: »Sophie, hallo! Ich wollte gerade anrufen! Ist alles in Ordnung? Die Polizei hat die Straße gesperrt, da muss irgendetwas passiert sein! Wir haben Rettung und Notarzt vorbeifahren gesehen, und die Polizistin meinte etwas von einem Einsatz bei einer Felswand. Seht ihr nichts?«

Mit einem Mal wurde Sophie fast schwarz vor Augen, sie hielt sich an Liv fest. »Was ist passiert?«, rief Liv entsetzt aus. »Das blaue Licht«, stammelte Phie, »wir müssen die Straße entlanglaufen ... zur Felswand auf der Rückseite.« Sophies Gesicht war bleich wie die Wand, irgendetwas in ihr war soeben zerbrochen.

## Kapitel 44

Sophie jagte die Straße hinauf, bis zur Biegung waren es gut hundert Meter. Liv gab alles, um mit ihrer Freundin Schritt zu halten, doch sie hatte kaum noch Kraft und fiel immer weiter zurück. Phies linkes Knie brannte höllisch, aber davon ließ sie sich nicht aufhalten. Da vorne war etwas Furchtbares passiert, das wusste Sophie intuitiv. Als sie um die Kurve bog, bot sich ihr ein dramatisches Bild.

Vorne, am Fuße der Felswand, standen ein Rettungsfahrzeug, ein Notarztwagen und ein Polizeiauto. Alle drei hatten ihr Blaulicht eingeschaltet. Die kreisenden Leuchten tauchten das Geschehen in ein gespenstisches Licht. Sophie kam vorsichtig näher. Die Polizei sperrte auch hier mit eingeschalteter Alarmblinkanlage die Straße, doch niemand saß im Wagen. Phie gelangte ungehindert zur Unfallstelle.

Rettungskräfte erhoben sich gerade von einem dunklen

Bündel, das dort auf dem Boden lag. Rundherum waren gebrauchte medizinische Notfallutensilien verstreut, ein Sanitäter verstaute den Defibrillator in seinem roten Koffer. Sein Einsatz war offensichtlich umsonst gewesen, denn die Notärztin zog ein Tuch über den Menschen, der dort soeben verstorben war.

Sophie verfolgte die Szene wie erstarrt, in ihren Ohren rauschte es, sie konnte keinen klaren Gedanken fassen. Sie atmete schwer und musste sich am Notarztwagen abstützen, um nicht das Gleichgewicht zu verlieren. Plötzlich spürte sie eine kalte, feuchte Zunge an ihrer anderen Hand. Phie wandte ihren Blick nach unten und schaute in die treuherzigen Augen von Augusts Hund. Er leckte ihr die Finger und winselte jämmerlich.

»Nein! Das darf nicht sein!«, entfuhr es Sophie mit einem lauten Schrei. Liv hatte ihre Freundin in diesem Moment eingeholt. »Phie, was ist da los?« »Es ist August!«, stöhnte Sophie. »Da vorne liegt August!« Wie paralysiert ging sie auf den verhüllten Leichnam zu, ohne zu überlegen, was sie da tat.

Die Rettungskräfte und die Notärztin waren sofort auf Sophie aufmerksam geworden. Ein älterer Sanitäter fing sie gerade noch auf, bevor ihr die Beine versagten. Sophies Körper fühlte sich für sie plötzlich völlig leer an, alle Kraft wie weggesaugt. »Hallo, junges Fräulein! Da hab ich Sie ja zum Glück noch rechtzeitig aufgefangen. Atmen Sie tief durch, wir kümmern uns um Sie«, redete der Sanitäter beruhigend auf sie ein. Die Notärztin kam hinzu und fragte, nachdem wieder etwas Farbe in Sophies Gesicht zurückgekehrt war: »Alles in Ordnung?« »Geht schon wieder«, murmelte Phie und schielte verstohlen in die Richtung, wo Augusts Leiche lag.

»Du kennst den Mann?«, fragte die Ärztin vorsichtig. »Ja, wenn es ein alter Mann mit dichtem Vollbart und zusammengestückelter Kleidung ist, dann ja«, antwortete Sophie. »Er heißt August, und das da hinten ist sein Hund!« Phie drehte sich zu Liv um, die beim Notarztwagen stand. Diese winkte zaghaft in ihre Richtung und streichelte dabei den kleinen Mischling zärtlich. »Und das ist meine Freundin Liv. Wir gehen gemeinsam Rodeln und warten noch auf meine Tante. Da haben wir das Blaulicht gesehen und wollten wissen, was los ist.« Sophies Verstand arbeitete schon wieder so weit, dass ihr diese kleine Notlüge schnell in den Sinn gekommen war.

»Deine Beschreibung wird wohl stimmen«, bestätigte die Notärztin. »Es ist ein Obdachloser, der hier von der Felswand gestürzt ist. Du sagst, er heißt August. Und wie noch?« »Einfach nur August, mehr weiß ich nicht. Ich habe ihn vor einiger Zeit im Stadtpark kennengelernt und ihm Futter für den Hund gebracht. Er meinte, er käme aus der Nähe von München oder so.«

»Das Beste wird sein, du erzählst das den beiden Polizisten. Die sprechen gerade mit dem Augenzeugen, der die Einsatzkräfte verständigt hat. Er steht unter Schock und sitzt da vorne seitlich im Rettungswagen.« Die Ärztin bat den älteren Sanitäter, mit Phie zu den Polizisten zu gehen, während sie ihren traurigen Einsatz noch zu Ende bringen musste.

Sophie und ihr Begleiter traten von hinten an das Rettungsauto heran. Der Sanitäter bat Sophie, am Heck des Wagens zu warten, bis die Polizisten mit der Befragung des Zeugen fertig waren. Phie sah zwei Uniformierte vor der hinteren Seitentüre stehen, sie sprachen mit der Person, die im Behandlungsraum des Einsatzwagens saß. Sophie konnte den Mann nicht hören, doch ein Beamter war gerade dabei zu wiederholen, was der Zeuge berichtet hatte: »Sie sind also zu Fuß in der Dunkelheit der Straße entlanggewandert, als Sie dort oben auf dem Hügel eine Bewegung ausgemacht haben und sahen, wie in der Folge jemand über die Felswand herunterstürzte. Und dann haben Sie versucht, erste Hilfe zu leisten, und die Rettung verständigt. Ist das richtig?«

Die Person im Inneren des Wagens schien diese Aussage zu bestätigen. »Warum läuft jemand in dieser Dunkelheit die Straße entlang, so weit vom Parkplatz entfernt?«, schoss es Sophie durch den Kopf. Der zweite Polizist schien einen ähnlichen Gedanken gehabt zu haben, denn er fragte: »Darf ich wissen, was sie um diese Zeit hier zu Fuß wollten? Wo kommen Sie denn her?«

Eine männliche Stimme antwortete: »Ich bin mit dem Auto da. Mein Auspuff macht schon länger eigenartige Geräusche, und als ich vorhin hier entlangfuhr, gab es plötzlich einen Knall, und daraufhin knatterte mein Auto nur noch. Ich wusste, dass da vorne um die Ecke ein Parkplatz ist, stellte es dort ab und ging zu Fuß zurück, da ich glaubte, hier meinen Auspuff verloren zu haben.« »Eine logische Erklärung«, dachte Sophie.

Auch die Polizisten gaben sich mit der Erklärung des Zeugen zufrieden. »Demnach ist ihr Auto nicht mehr fahrtüchtig. Können wir Sie irgendwohin bringen?«, fragte der eine. Die Person antwortete: »Nein, danke. Ich habe Freunde von mir verständigt. Ah, ich glaube, da hinten kommen sie schon.« Die Lichter eines dunklen Wagens hatten sich der Unfallstelle genähert, dieser wartete nun mit laufendem Motor vor dem Polizeiauto.

Im selben Moment schien in Sophies Kopf ein Lichtkegel zu explodieren, sie erkannte diese sonore Stimme, die stets übertrieben liebenswürdig klang! Und als der Mann aus dem Rettungswagen stieg, wusste Phie, dass ihre Ohren sie nicht getäuscht hatten: Sie schaute in das kalte, maskenhafte Gesicht von Ludwig Zaltuoni! Als sich ihre Blicke trafen, ging ihr das Grinsen, mit dem Zaltuoni ihr hämisch zuzwinkerte, durch Mark und Bein. Das war es also! Nicht sie war das Ziel von Gregorius gewesen, sondern August der Älteste!

Als sich Zaltuoni dem Auto, das ihn abholen sollte, näherte, entstiegen ihm zwei Männer: ein kleiner untersetzter Bursche und ein großer Blonder. Der dunkle Kombi, die beiden jungen Typen, Sophies und Livs Verfolger, gehörten also doch zu Gregorius, der hier in Gestalt von Ludwig Zaltuoni triumphierend von dannen zog!

Sophie war fassungslos. Alles hatten sie umsonst geplant! Nicht sie hatten Zaltuoni und dessen Männer ausgetrickst, sondern umgekehrt: Gregorius hatte Sophie und Liv hinters Licht geführt und August getötet. Nur so konnte es gewesen sein! Doch Phie war machtlos. Niemand würde ihr glauben, wenn sie Zaltuoni beschuldigte! Man würde sie für verrückt erklären, wenn sie von den Machtkämpfen in der Traumdimension berichtete! Es war zum Verzweifeln!

Sophie riss sich zusammen. Sie erzählte den Polizisten dieselbe Geschichte wie der Notärztin und erwähnte natürlich kein Wort darüber, dass sie eigentlich mit August am Goldbühel verabredet gewesen war. »Wo ist denn nun deine Tante?«, fragte ein Beamter. »Wie kommt ihr denn nach Hause? Nach Rodeln ist dir jetzt ja vermutlich nicht mehr zumute!« Sophie nickte und antwortete: »Sie steht mit ihrem Auto dort, wo die Polizei die Straße von der Stadt herauf gesperrt hat.« »Dann rufst du deine Tante jetzt am besten an und gibst ihr Bescheid, dass sie euch hier abholen kann. Sobald der Leichnam verladen ist, geben wir den Verkehr wieder frei«, ordnete der Polizist an. »Warte dort hinten bei deiner Freundin, du musst nicht mitansehen, wie sie den Toten hier reinschieben.«

Sophie bedankte sich und wollte sich gerade umdrehen, da fiel ihr etwas ein. »Was passiert denn jetzt mit dem Hund?«, fragte sie. »Der kommt ins Tierheim!«, antwortet der Beamte. »Dürfen wir ihn mitnehmen? Bitte! Er kennt mich und vertraut mir!«, bat Phie flehend. Die Polizisten überlegten kurz. Dann erwiderte der eine: »Na gut. Nimm ihn mit. Deine Anschrift haben wir ja. Deine Eltern sollen in den nächsten Tagen aufs Revier kommen, dann klären wird das.« »Danke!«, rief Sophie und lief zu Liv zurück.

Die Sanitäter hatten Augusts Leichnam bald in den Rettungswagen geladen, und die Polizei gab die Straße wieder frei. Als der dunkle Kombi an ihnen vorbeifuhr, glaubte Sophie noch einmal, Zaltuonis dämonisches Grinsen zu sehen. Voller Zorn ballte sie die Fäuste: »Dieses Schwein!«, keuchte sie. »Er glaubt, er hat mich besiegt, aber ich gebe nicht auf. Jetzt erst recht nicht!«

Die Autos, die von der Stadt kamen und Richtung Mittelgebirge wollten, schlängelten sich an ihnen vorbei. Phie hatte Kati und Nino Bescheid gesagt, und so hielt nach wenigen Minuten ihr Auto am Straßenrand. Wortlos stiegen Liv und Phie ein, der Hund sprang ihnen dankbar hinterher und kauerte sich zwischen den beiden Mädchen auf die Rückbank.

## Kapitel 45

Sophie sprach auf der Fahrt nach Hause kein Wort. Sie blieb auch völlig in sich gekehrt, als sich Liv verabschiedete. Kati hatte besorgt gefragt, ob Liv schon nach Hause gehen wolle, nach all dem, was sie soeben erlebt hatte. Liv hatte genickt, mit Tränen in den Augen: »Ich kann meiner Mutter natürlich nicht alles erzählen, aber ich kann ihr sagen, dass ich dabei war, als ein Mensch gestorben ist. Und das ist alles, was zählt, oder?«

Kati umarmte Liv fest und wartete so lange, bis Liv im Haus verschwunden war. Die weitere Fahrt verlief schweigend, nur das leise Winseln des kleinen Hundes war zu hören, der jetzt seine Schnauze auf Sophies Oberschenkel legte. Sie ließ ihn gewähren, ohne ihn zu beachten.

Nino parkte das Auto in der Straße vor Miras Wohnung und drehte den Zündschlüssel herum. Alle blieben sitzen, keiner rührte sich. Da fasste sich Kati ein Herz und sagte: »Sophie, ich weiß nicht, ob Mira und Jonas schon zu Hause sind. Willst du über das, was da passiert ist, sprechen?« Phie schüttelte den Kopf. Sie wollte jetzt niemanden sehen, mit niemandem reden, sie wollte einfach nur ihre Ruhe haben.

»Gut«, sagte Kati. »Dann werden wir Mira von dem Unfall berichten und sie darum bitten, dass sie dich morgen nicht in die Schule schickt. Du brauchst Zeit, um diesen Schock zu verarbeiten.« Phie war froh, als klar wurde, dass ihre Mutter und ihr Bruder vom Kino noch nicht zurückgekehrt waren. Die Wohnung war dunkel und leer. Sophie zog sich aus, ließ ihre Kleidung fallen, wo sie gerade war, marschierte in ihr Zimmer, verschloss die Türe und warf sich aufs Bett. Erst jetzt kamen die Tränen. Sie liefen ohne Unterlass über Phies Wangen und tränkten ihr Kopfkissen mit salziger Nässe. So schlief sie schließlich ein. Doch in dieser Nacht ruderte Sophie nicht auf ihre Insel. Sie legte sich auf den Boden ihres Bootes und starrte in die Sterne, denn auch in ihrer Traumwelt herrschte die Dunkelheit.

Als Sophie am nächsten Morgen erwachte, schien die Sonne schon in ihr Zimmer. Es war später Vormittag. Ein Kratzen an ihrer Türe hatte sie spät, aber doch geweckt. Phie schlüpfte aus dem Bett und wollte nachschauen, woher dieses eigenartige Geräusch kam. Kaum hatte sie die Türe geöffnet, wurde sie von einem kleinen, struppigen Wesen überfallen, das sie mit Jaulen und Fiepsen begrüßte. Nicht nur sein Schwanz, der ganze Hund wedelte vor Begeisterung. Phie konnte sich dieser Zuneigung nicht entziehen, sie beugte sich zu Augusts Begleiter und kraulte ihn hinter den Ohren.

»Na, hat er dich endlich wach gekriegt?«, meinte Kati liebevoll. »Da hat einer schon ganz hart auf dich gewartet.« »Guten Morgen!«, antwortete Sophie. Sie hatte ihre Starre überwunden und konnte wieder auf ihre Tante zugehen. »Frühstück?«, rief Nino aus der Küche. Jonas war in der Schule und Mira bei der Arbeit, also hatten die drei Träumer die Wohnung für sich allein. »Gerne!«, erwiderte Phie. Sie hatte einen Bärenhunger.

Der Hund begleitete Sophie zum Tisch und legte sich dann zufrieden zu ihren Füßen. »Wie heißt er eigentlich, der kleine Racker?«, fragte Nino. »Ich glaube, er hat keinen Namen. August hat immer nur ›Hund‹ zu ihm gesagt«, erwiderte Sophie. »Wie sollen wir ihn dann nennen?«, überlegte Kati, »auch ›Hund‹? Nein, er braucht einen Namen.« Sophie dachte kurz nach, dann sagte sie: »Das würde ich gerne mit Liv besprechen. Sie hat einen Narren an dem Hund gefressen. Und ich muss mit ihr über die Ereignisse von gestern reden.«

»Ja, das ist gut. Mach das«, sagte Kati. »Wir haben deiner Mum inzwischen erklärt, dass wir ihn mitgenommen haben, als wir mitbekommen haben, dass er dem verunglückten Obdachlosen gehört. Sie war, wie du dir vorstellen kannst, wenig begeistert.« »Das habe ich mir schon gedacht«, erwiderte Sophie. »Sie hat im Moment keine Nerven für Haustiere, und ich fürchte, Livs Mutter wird das ähnlich sehen. Was geschieht dann mit dem Hund?«

Kati wandte ihren Blick zu Nino, der lächelte über das ganze Gesicht und verkündete: »Wir nehmen ihn!« »Das ist großartig!«, Sophie war ganz gerührt. »Der Künstlerhof ist der richtige Platz für ihn, und ich kann ihn immer wieder besuchen kommen.« »Ja«, pflichtete Kati bei, doch dann wurde sie ernst: »Sophie, willst du über gestern reden?« Phies Magen krampfte. Sie schluckte und sagte: »Jetzt noch nicht. Ich habe das alles für Dad getan und habe versagt. Ich bin heute Nachmittag bei ihm und muss zuerst mit ihm reden.« »Gut«, meinte Kati verständnisvoll. »Aber du darfst das nicht mit dir alleine ausmachen.«

Sophie saß auf dem langen, trostlosen Krankenhausgang und wartete, dass sie in das Zimmer ihres Vaters durfte. Er lag noch immer im Postintensivbereich, und das hieß für die Angehörigen, draußen bleiben, bis alle vier Patienten des Zimmers versorgt waren. Sophie wusste nicht, wie viele Minuten und Stunden sie schon auf diesem kargen orangen Plastiksessel verbracht und die farblich dazu passenden Bilder an der Wand angestarrt hatte. Ärzte und Pflegekräfte eilten an ihr vorbei, ohne sie zu beachten. Andere Angehörige und Patienten schenkten ihr ein verständnisvolles Lächeln. Inzwischen war Phie vieles im Krankenhausablauf zur Routine geworden: das Warten, das Desinfizieren der Hände, das Piepen der Monitore, das Röcheln und Stöhnen der verschiedenen Patienten. Als sie endlich am Bett ihres Vaters stand, legte Sophie eine Hand auf Roberts Schulter, begrüßte ihn und küsste ihn zärtlich auf die Stirn. Dann setzte sie sich zu ihm aufs Bett. Wie immer kontrollierte sie die Werte auf dem Monitor, die sie zu deuten wusste. Heute ging es Robert nicht gut. Seine Herzfrequenz war hoch, er schwitzte und krampfte und wirkte sehr gestresst.

Sophie wurde es immer schwer ums Herz, wenn ihr Vater in so einem Zustand war. Er schien dann so mit sich und seinem kranken Körper beschäftigt, dass er für Phie kaum zu erreichen war. Trotzdem schluckte sie den Kloß in ihrem Hals hinunter und erzählte Robert, dass es ihr nicht gelungen war, ihr erstes Tor zur Traumdimension zu öffnen. Sie fühlte sich dabei so mutlos, und die Tränen stiegen ihr in die Augen. Sie wünschte sich nichts sehnlicher auf der Welt, als die Stimme ihres Vaters zu hören, mit ihm zu reden. Und er würde antworten. Er würde sie in den Arm nehmen und ihr sagen, dass sie keine Angst zu haben brauchte.

Gleichzeitig mit der Angst kam auch die Wut. Sie stieg zuerst wie ein zartes Pflänzchen in Sophies Magengegend hoch und erfüllte schließlich ihre Brust und ihren Kopf. Was war dieser Gregorius nur für ein Mensch! Sah er das Leid auf der Welt nicht? Las er keine Zeitungen, die sich täglich mit neuen Schreckensmeldungen überboten? Er hatte doch selbst einen so großen Verlust erlebt, Frau und Kind verloren! Der Zorn über so viel Unverständnis wurde zur Kraft, zum Antrieb. Phie richtete sich auf und sagte zu ihrem Vater: »Aber ich gebe nicht auf. Ich werde alles daransetzen, um alle Tore dieser Welt zu öffnen, und keiner wird mich aufhalten, auch nicht Gregorius!«

In diesem Moment öffnete sich vorsichtig die Zimmertüre, und Kati trat ein. »Oh, heute ist er aber sehr ruhig«, sagte sie mit einem Blick auf Robert. »Du gibst ihm viel Kraft.« Und tatsächlich: Robert sah seine Tochter aufmerksam an, sein Körper krampfte nicht mehr. »Ich habe ihm gerade gesagt, dass ich nicht aufgeben werde«, berichtete Sophie. »Da hat er sich plötzlich beruhigt. Als ich kam, war er noch ganz anders.« »Deine Stärke ist seine Stärke«, erwiderte Kati mit sanfter Stimme und strich Sophie übers Haar. »Nino und ich, wir werden dir beistehen, bei allem, was du vorhast. Du hast die Fähigkeit, in die Geschichte der Menschheit zu schauen, so weit zurück, wie kein anderer denken kann. Wenn wir durch dich nicht aus dieser Geschichte lernen können, von wem dann?«

»Aber wie sollen wir das schaffen?«, seufzte Sophie. »Wenn sich so übermächtige Gegner wie Gregorius oder Amins Vater gegen uns stellen?« »Auf unserer Seite stehen mehr Träumer, als du denkst, Sophie. Du hast Shirin, Amin, Jo und Najuka. Jeder von ihnen bringt so viele Qualitäten mit, von denen du bisher nur einen Bruchteil kennst. Und auch wir Erwachsenen werden uns nicht mehr feige zurückhalten. Das sind wir dir schuldig.« Kati klang sehr bestimmt.

»Außerdem ist da auch Liv, die mich versteht und mir immer beisteht, obwohl sie keine Träumerin ist«, fügte Phie hinzu. »Ich muss heute unbedingt noch mit ihr reden.« »Ja, mach das«, bekräftigte ihre Tante. »Und wir sollten noch eine Nichtträumerin an unsere Seite holen.« »Wen meinst du?«, fragte Sophie erstaunt. »Mira, deine Mutter«, antwortete Kati.

## Kapitel 46

Eine weitere Besucherin hatte das Krankenzimmer betreten, deshalb konnten Kati und Phie ihr Gespräch nicht mehr weiterführen. Erst als sie im Auto zur gemeinsamen Heimfahrt saßen, fragte Sophie nach, ob sie sich nicht verhört hatte: »Hast du das ernst gemeint? Du möchtest Mum sagen, dass ich auch eine Traumgestalterin bin? Wird das nicht alte Wunden aufreißen? Außerdem wird sie niemals wollen, dass ich mich in irgendeine Gefahr begebe!«

»Nun, wir müssen sie ja nicht gleich überfordern, oder?«, meinte Kati verschmitzt. »Aber Mira muss begreifen, dass es mehr als diese reale Welt gibt, dass meine Traumgeschichten aus der Kindheit Wirklichkeit sind. Bei dem, was du vorhast, Sophie, brauchst du deine Mutter als Rückhalt.« Kati und Mira hatten sich einst entzweit, da beide Schwestern um die Gunst der geliebten Großmutter buhlten. Auch diese war eine Träumerin gewesen, und so glaubte Mira, Kati stünde ihrer Oma viel näher, weil beide in derselben Dimension ein zweites Zuhause hatten. Schlussendlich sprach Kati nicht mehr von ihren Träumen, und Mira tat das Ganze als kindliche Spinnerei ab.

Was würde Mira dazu sagen, wenn nun ihre eigene Tochter von einer Traumwelt sprach und davon, dass sie das Gedächtnis der Steine lesen konnte? Würde ihre Mutter Sophie für verrückt erklären? Als Spätfolge des Schocks über den Unfall ihres Vaters?

Kati und Phie vereinbarten, das Gespräch mit Mira zu führen, nachdem diese Jonas ins Bett gebracht hatte. Liv wollte ebenfalls dazustoßen, offiziell um beim süßen Hund vorbeizuschauen. Liv war Sophies wichtigste Zeugin, denn obwohl sie selbst keine Träumerin war, wusste sie alles über Phies Traumdimension und glaubte fest daran.

Augusts Hund begrüßte Liv stürmisch, als sie die Wohnung betrat. Die Mädchen bemühten sich, ihn ruhig zu halten, damit er Jonas nicht am Einschlafen hinderte. Liv kramte ein Leckerli aus ihrer Jackentasche und hielt es dem Mischling hin: »Na, Gustl, das schmeckt dir, was?« »Gustl?«, grinste Phie. »Wirklich? Wie kommst du denn auf den Namen?« »Na, von August natürlich!«, antwortete Liv ernst. »Ich dachte, das wäre ein schönes Andenken.« »Du hast recht!«, bestätigte Phie und marschierte mit ihrer Freundin und Gustl in die Küche.

Dort saßen die Erwachsenen am Tisch. Reste der abendlichen Jause lagen noch auf Tellern und in Schüsseln. Kati hatte gerade für alle Tee aufgestellt. Sophie hatte Kati gebeten, mit dem Gespräch zu beginnen. Sie selbst war so unendlich nervös, das Herz klopfte ihr bis zum Hals. Wie würde ihre Mutter reagieren?

Kati bat ihre Schwester, einfach zuzuhören bei dem, was sie nun erzählen würde. »Ich weiß, dass das, was jetzt kommt, bei dir alte Wunden aufreißt, aber bitte gib uns eine Chance.«

Danach begann Kati zu berichten, und Nino sprang ihr immer wieder bei. Mira verzog keine Miene, saß starr auf ihrem Stuhl und schluckte. Dann hielt Liv ein leidenschaftliches Plädoyer für ihre Freundin, dass diese keine Lügnerin und keine Verrückte sei.

Schließlich war Phie an der Reihe. Sie sprach zunächst leise und vorsichtig, wurde dann aber immer heftiger und mutiger. Sie erzählte von ihrer Insel, von Shirin, Amin und Jo, vom Jahrmarkt der Traumwandler, von Gregorius, von der Traumgrenze, vom Fliegen, von Najuka und davon, dass die Steine ihr die Geschichte der Menschheit offenbarten.

Dann wartete Sophie erhitzt und erschöpft auf eine Reaktion ihrer Mutter. Diese verharrte immer noch regungslos und lehnte sich nach hinten, als ob sie genügend Abstand zu den anderen herstellen wollte. Mira war geschockt, versuchte sich zu sammeln und die richtigen Worte zu finden.

Eine gespannte Stille lag über dem Raum, da löste sich plötzlich Miras Miene und wurde ganz weich. Tränen stiegen ihr in die Augen, als sie sprach: »Ich würde nie glauben, dass meine Tochter verrückt ist oder lügt. Ich bin überwältigt von dem, was ihr mir erzählt habt. Es reißt keine alte Wunde auf, sondern lässt sie endlich verheilen. Wir haben nie mehr über das gesprochen, was damals passiert ist, Kati. Und es tut mir heute noch leid, dass ich dich unserer Mutter gegenüber verraten habe. Sie ist diejenige, die nie verstanden hat, was sie in unserer Familie angerichtet hat.«

Beide Schwestern standen gleichzeitig auf und umarmten sich innig. Liv drückte Sophies Hand. »Alles wird gut!«, stand in ihrem Gesicht zu lesen. Dann wandte sich Mira an ihre Tochter: »Phie, du ahnst nicht, wie viel Hoffnung du mir schenkst. Seit Roberts Unfall habe ich so gezweifelt. Gibt es einen Gott? Gibt es ein Leben nach dem Tod? Werde ich meinen Mann je wieder gesund erleben, wenn nicht hier, dann in einer anderen Welt? Durch dich, Sophie, weiß ich, dass ich hoffen darf, und ich danke dir dafür.«

Es hätte eine Million Taschentücher gebraucht, um all die Tränen der Rührung zu trocknen, die in den nächsten Minuten in dieser Küche flossen. Sogar Nino, der sonst so souverän wirkte, konnte sie nicht zurückhalten.

Plötzlich vernahmen sie eine kräftige Knabenstimme. Jonas war von all dem Trubel wach geworden. Er lehnte sich lässig an den Türrahmen und sagte: »Hey, cool, Schwesterherz! Jetzt, wo ich weiß, dass du auch so verrückt träumen kannst wie ich, muss ich dir unbedingt meine Ritterburg zeigen! So eine hast du noch nie gesehen!«

Und Jonas sollte recht behalten: In dieser Nacht bestiegen Shirin, Amin, Jo und Phie Türme aus riesigen bunten Legosteinen, kämpften mit grimmigen Playmobil-Figuren und flogen mit Jonas durch seine fantastische Traumwelt. Sie waren bereit für neue Abenteuer.

## **Danksagung**

Ein großer Dank gilt:

Maria, die mich mit großem Verständnis immer wieder zum Weitermachen motiviert hat;

jenen, die meine Trauer aushalten und begreifen, dass sie noch lange nicht vergehen wird, besonders Anke, Lisi, Silvia und Moritz;

den Bad Mitterndorfern, die diesen Ort zu meinem Kraftplatz machen: Claudia, Gotthard, Regina, Hubert und der Herr Pfarrer;

Alex. Danke, dass wir diesen Weg gemeinsam gehen und du niemals aufgibst, obwohl es oft so schwer und schmerzhaft ist!

Der Verlag dankt Julia Klötzer sowie Max, Paula und Lilith Pointner für die Zeichnungen.